U0569784

陈富强 著

碧海红灯

大陈岛
电力
垦荒史

浙江工商大学 出版社 | 杭州
ZHEJIANG GONGSHANG UNIVERSITY PRESS

图书在版编目（CIP）数据

　碧海红灯：大陈岛电力垦荒史 / 陈富强著.

杭州 ： 浙江工商大学出版社， 2025. 6. -- ISBN 978-7
-5178-6452-3

　Ⅰ. I25

　中国国家版本馆 CIP 数据核字第 20256ZW959 号

碧海红灯：大陈岛电力垦荒史

BIHAI HONGDENG: DACHEN DAO DIANLI KENHUANG SHI

陈富强　著

出 品 人	郑英龙
策划编辑	沈　娴
责任编辑	费一琛　刘　颖
责任校对	夏湘娣　吴岳婷
封面设计	朱嘉怡
责任印制	屈　皓
出版发行	浙江工商大学出版社
	（杭州市教工路 198 号　邮政编码 310012）
	（E-mail: zjgsupress@163.com）
	（网址：http://www.zjgsupress.com）
	电话：0571-88904980，88831806（传真）
排　　版	大千时代（杭州）文化传媒有限公司
印　　刷	浙江海虹彩色印务有限公司
开　　本	710 mm × 1000 mm　1/16
印　　张	22.75
字　　数	295 千
版 印 次	2025 年 6 月第 1 版　2025 年 6 月第 1 次印刷
书　　号	ISBN 978-7-5178-6452-3
定　　价	108.00 元

版权所有　侵权必究

如发现印装质量问题，影响阅读，请和营销发行中心联系调换

联系电话　0571-88904970

目 录

序　章

1917 年，
葭沚的第一道光

蒹葭苍苍，白露为霜。所谓伊人，在水一方。

此为《诗经·蒹葭》前两句，寥寥数语，一幅河上秋色图跃然纸上。

浙江台州椒江有一地，名葭沚。"葭"指初生的芦苇，"沚"意为水中的小洲。此名是否借鉴《诗经·蒹葭》，无从考证。但这个地名所蕴含的意境，却让人不得不佩服先贤的智慧。葭沚旧名家子，原属临海县明化乡三十九都。

直到 1933 年，葭沚镇才设立。不过，为方便叙述，本书将 1933 年之前的家子也统称为葭沚。

1917 年夏天，地处台州湾的葭沚镇下街，突然热闹起来。被镇上百姓称作大户人家的黄家，门庭若市。而距离黄宅不远的一处工地上，也是人来人往，不少工人在一间厂房内施工，其中几位明显是技师模样的人，则在那儿指挥工人安装一台机器。这个铁家伙，不要说葭沚居民，就是安装的工人，也是平生第一次见到。从他们既小心翼翼，又一丝不苟的态度中可以看出，无论是技师，还是工人，都对这台机器有敬畏之心。

黄家大儿子黄崇威，早年借钱造船，雇渔民出海捕鱼，又兼做海鲜生意，挖到第一桶金，继而办起实业，一时在葭沚镇上混得风生水起，成为名震台州湾的著名商人。黄崇威字楚卿，所以同业人大多喊他黄楚卿。不过，在黄楚卿发达之后，特别是在他创办恒利电灯公司后，同业人都习惯叫他黄掌柜了。也有人叫他黄爷，多是他的手下，或者和他有生意往来的小商小贩。黄楚卿倒也随意，不论叫什么，他都答应。所以，他在葭沚的人缘不错，颇受乡邻尊敬与喜爱。

黄楚卿决定创办恒利电灯公司的事，同业人并不是很清楚，在他们看来，台州地处富庶的江南，又依山面海，物产丰富，老话说，"靠山吃山，靠海吃海"，光靠打鱼，就足以维持百姓的基本生活。台州境内还有天台宗发祥地国清寺，千年古城临海，自然风光崎峻的仙居，更有海岛大陈岛作为天然屏障。台州被大自然哺育，百姓安居乐业，历史上大多年份也算风调雨顺。但黄楚卿显然有更宏大的实业计划，他要办电。

黄楚卿在家乡葭沚办电的设想，虽在同业人的意料之外，但也在情理之中。在距离台州数百公里的上海，早在 1882 年 7 月 26 日，就在南京东路和外滩亮起了中国最早的一批电灯。说起来，那是英国人的创举。这个消息，黄楚卿是多年以后才从《申报》上得知的，这让黄楚卿多少有点沮丧。

作为一位民族实业家，他希望台州的电力工业由自己，起码是由中国的企业家来投资创办。1882 年 7 月 26 日的《申报》，到黄楚卿手上时已经时隔多年，为了找到这段历史，他特意让人从家里的书房找出那天的《申报》，并在密密麻麻的头版新闻中，用笔画出几道线，是这么一段文字：

闻本埠新制电气灯定于今晚试点，本拟早为燃试，因天雨不便，工作致稽时日。惟愿今晚天气清明，则各电灯放大光明，可以一扩眼界也。刻下已成之灯计有十五盏，虹口招商局码头四盏，礼查客寓左近四盏，公家花园内外共三盏，美记钟表行门前一盏，福利洋行门前一盏，该公司门内外共两盏，每盏光明可抵烛炬二千条。惟该公司目下因大机器未到，此番不过小试其端。据称已发信至外洋，定制一百匹马力之机器，约四个月可以来沪。机器一到，则上海人家、店铺以及路上均可用电灯，其光耀当大胜从前矣。

其实，在这之前，黄楚卿还关注了另外一件与上海有电相关的事情，那是刊登在一份叫作《字林西报》的报纸上的消息，时间要比 1882 年早。在 1879 年 5 月，《字林西报》记者在位于虹口乍浦路的仓库采访，发现上海工部局一个叫毕晓普的英国工程师，正在进行弧光灯试验的准备工作。那天是 5 月 28 日，毕晓普在仓库中公开进行亮灯试验，取得圆满成功，中国第一盏电灯在此点亮。

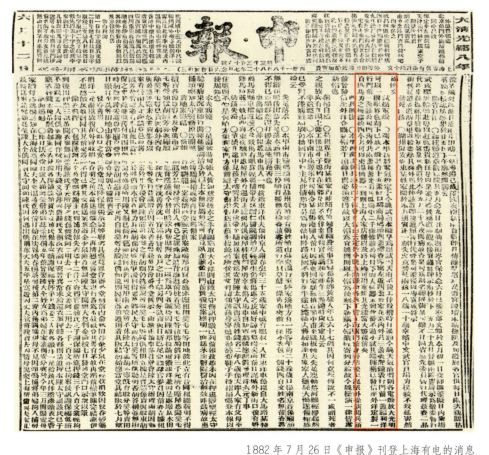

1882 年 7 月 26 日《申报》刊登上海有电的消息

毕晓普亮灯试验的成功，为 3 年后上海有电，做了很好的铺垫。这两则消息，拉开了中国电力工业发展的序幕。

时间到了 1896 年夏天，在杭州拱宸桥西，京杭大运河南端起点，一个名叫如意里的地方，杭州企业家丁丙与湖州商人庞元济合资，两人共拿出白银 30 万两，在此地建成杭州世经缫丝厂。此时，杭州已建有一些工厂生产类似产品，但世经缫丝厂却独辟蹊径，为工厂安装了自备发电机，供照明用。这样，工厂就具备了工人上夜班的条件。车间安装有 208 台上海摩宜笃公司制造的直缫丝车，由于电灯照明的使用，工厂的劳动生产率提高了将近一倍，他们能月产"西泠牌"生丝 30 担，一时成为杭州业界美谈。杭州世经缫丝厂自备发电机的使用，是浙江电力工业发展的起源。

随着如意里的光芒照亮大运河两岸，附近商家显然也看到了电气化所蕴含的巨大商机，于是，他们纷纷购置电力设备，以此招徕客商，扩大自己的经营规模。1908 年 9 月 9 日的《浙江日报》罕见地刊登了一则《拱宸桥——来安中外客栈广告》，全文如下：

> 拱宸桥自通商以来，商务日盛，来往客商苦无驻足适宜之所。本栈主人有鉴于此，特在大马路洋桥沿街新建西式高大洋房一所，内外大小房屋有六十余间之多。官房概用红木镶牙家伙，又有西式官房数间，陈设外洋桌椅、英国铁床，特备会客花厅一座，官场接晤谈心，尤为合宜。总之，陈设之精良，装潢之华丽，膳品之适口，伺候之周到，电灯明亮，电话灵通，与他家较之，真不啻天渊之别。敢请商学界诸君子惠临一试，方信吾言之不谬也。本栈并经理福德医生亚拔尔克烟药片。电话一百零六号。本栈主人谨启。

广告里特别点明"电灯明亮"，或许正是电灯发出的光亮让来安客栈生

浙江电力工业的起源地——杭州世经缫丝厂旧址（陈富强　摄）

意日渐红火。作为后来人，我能够从这则广告中感受到拱宸桥开埠之初这座城市的喧闹与躁动，体会到拱宸桥畔当时的繁华和激情。我曾经无数次登上拱宸桥，眺望两岸万家灯火，耳畔仿佛听到了当年客栈里发电机的声音，那声音与运河上往来船只的马达声竟然有一些相似。

拱宸桥西成为浙江电力工业的发源地，其实一点也不意外。早期，浙江多家大厂都建在拱宸桥西，从杭州城南闸口驶出的浙江第一列火车，其终点站就是拱宸桥。始建于1906年的江墅铁路，全长约16.135公里，线路沿当时杭州的老城墙外由南至北，从闸口一直到拱宸桥，沿途设闸口、南星、清泰、艮山和拱宸桥5个站。这条铁路的始发地闸口和终点站拱宸桥，在当时的杭州都是繁华之地，闸口是钱塘江船只进入京杭大运河的重要通道，而拱宸桥则是杭州的北大门，既是京杭大运河南端起点，也是客船北上的重要枢纽。

江墅铁路的绿皮火车上，曾经来过一位重要客人，1912年12月11日，孙中山从闸口乘经江墅铁路的火车到拱宸桥。而鲁迅、郁达夫等文学大家，也大多以拱宸桥码头为起点，沿运河，出浙江，远游世界。

马克思曾经预言："蒸汽大王在前一个世纪中使世界发生了天翻地覆的变化，现在它的统治已到末日，另外一种更大得无比的革命力量——电火花将取而代之。"这个精准预言很快在全世界得到验证。在杭州的大运河畔，随着世经缫丝厂独辟蹊径，以电能驱动的一批大厂也先后横空出世。令浙江人如雷贯耳的浙江麻纺织厂、杭州丝绸印染联合厂、杭州第一棉纺织厂、华丰造纸厂等，一度成为浙江现代工业的象征。

黄楚卿觉得，有上海和杭州的办电经验可借鉴，在台州办电的条件已经成熟。他将家乡葭沚作为他创办恒利电灯公司的首选之地，据说还有一个重要原因，就是要为他的母亲献上一份生日厚礼。如果传闻属实，那么可以说，黄楚卿是一个孝顺儿子。

1917年8月，黄楚卿终于将他的计划付诸实施。他出资2万银圆，在葭

京杭大运河南端标志性建筑拱宸桥（陈富强　摄）

沍下街建成台州第一座火力发电厂。从发电机组种类来看，无论是上海，还是杭州，均属于火力发电范畴。葭沚的这台发电机组也不例外。当时，葭沚的这台发电机组容量是 15 千瓦，以 500 米低压直配线路向葭沚镇街区供电，共点亮 200 余盏电灯。据说，当时葭沚的主要街道灯火通明，百姓奔走相告，尽管他们中的一些人知道在上海和杭州早已有电，但当电灯真的照亮葭沚的夜空时，他们依然欣喜不已。绝大部分葭沚居民是第一次见到电灯，当他们仰脸看着光芒四射的夜空，他们的激动与欢喜溢于言表，说万人空巷或许稍稍夸张，但的确，在亮灯的那天晚上，整个葭沚镇，是真的有不少人彻夜未眠。其中，自然也包括黄楚卿和他的 6 名员工。

两年后的春天，恒利电灯公司决定在海门一个叫荷花深的地方购地 4000 平方米。荷花深在现在椒江区光明路南端。恒利之所以有这个大手笔，主要是因为认定电力工业是一个朝阳产业。这一年是民国八年，也就是1919年，全国各地办电已成热潮，呈不可阻挡之势。作为商人的黄楚卿，自然也能感受到这个产业的明媚未来，所以，他愿意斥巨资来建设一个比葭沚下街的发电厂规模更大的发电厂。

按照当年的行政区域规划，海门与葭沚相邻，黄楚卿创办的这两家发电厂，分别以所在地命名，叫作葭沚发电厂和海门发电厂。海门发电厂建设厂房12间，安装德国产的75千瓦柴油机配40千瓦发电机。这是在1919年4月，这家发电厂也是恒利电灯公司的总公司。一个月后，海门发电厂开始以2.3千伏及220伏电压供电。葭沚发电厂也成为支厂，而恒利电灯公司亦改名为恒利泰记两合电气公司。

到了1920年，海门发电厂延伸2.3千伏线路2.5公里，为葭沚镇供电。

海门发电厂内的发电厂房（许雨佳　摄）

葭沚支厂的发电机组则停机备用。接下来，恒利先后在厂内、城门头、永泰街、同和弄及葭沚东凉头设置配电变压器 5 台，总容量 170 千伏安。当年 9 月，电灯发展到 1400 余盏。应当说，在当时的台州，这个规模也是不可小觑了。因为有这个基础，恒利的发展一时也十分顺利。1922 年，恒利又从上海购置 100 千瓦煤气机配 60 千瓦发电机，机组经过改装，以当地产木炭作为燃料进行发电。彼时，恒利总厂、支厂 3 台机组总容量增至 115 千瓦。

恒利的电力工业版图在台州继续扩大。1923 年，黄岩县城关新华电灯公司破产标卖，恒利泰记两合电气公司以 7552 块银圆中标，购得该公司全部发、供电设备，于黄岩县城关郑家巷购地 1333 平方米，建造厂房，将原新华电灯公司的 15 千瓦柴油发电机组拆迁至新厂房安装，恢复发电，这家新发电厂被称为恒利泰记两合电气公司第二支厂。因为有了充足的发电机组，1924 年，海门开始通宵供电。到 1931 年，恒利几家发电厂的发电量上升到 21.75 万千瓦时，供电 726 户。

吴文珩在恒利担任了重要角色。他是黄楚卿的葭沚同乡，毕业于北平工业专科学校电气专业。因为这个在当时难得的学历背景，在 1920 年，吴文珩受到黄楚卿重用，被聘为恒利的经理兼技术员。从有限的史料记载来看，吴文珩在恒利，乃至葭沚的口碑都不错。为解决发电不正常问题，吴文珩热心向工人讲解电气知识，教授技术，并想方设法地改进设备。他在兼任私立东山初级中学校长的 10 年间，每学期都会在学校举办电气讲座，向老师和学生讲授发电、供电和用电知识，深受师生欢迎。

1945 年 9 月，吴文珩受聘回海门负责恒利的复建工作。翌年 6 月，恒利恢复发电，吴文珩再任经理兼工程师。为使公司业务正常运作，他亲自制定营业规则，共 20 条，就供电、报装、检验、接户线、保证金、电度表、收费、停电、窃电等各个方面做了规定。中华人民共和国成立后，吴文珩一直从事学校教育工作，并且继续在自己所熟悉的专业领域发挥作用。特别令人称道的是，吴文珩在浙江师范学院教授电工学和电学时，没有教材，他就自编讲义，因为既有理论又有实践，颇得学生好评。

1931 年，台州电力创始人黄楚卿病逝。恒利由其弟黄楗卿接办。其后，经历战乱，虽然恒利也有起有落，但一直在黄氏家族的实业版图中，并且在黄楗卿手上更名为恒利电气公司。可以说，这是如今国网台州供电公司的雏形。从历史的视角来看，黄氏兄弟为台州电力工业做出的贡献，怎么推崇都不为过。

与上海和杭州不同，葭沚只是一个农村小镇。所以后来官方认定，黄楚卿创办的恒利电灯公司为葭沚架设的供电线路，是浙江农村电网的起源。也就是说，葭沚是浙江农村电网的发源地。

100 多年过去，沧海桑田，葭沚还在，但恒利电灯公司已了无踪迹。

2024 年春天的一个晚上，我和国网台州供电公司的几位朋友去葭沚老街寻访恒利无果，但灯火辉煌间保留下来的几幢老宅，以及虽然经过翻建却仍保持民国建筑风格的建筑群，还是让我仿佛看到了 100 多年以前，黄楚卿在此点亮台州最早一批电灯时的场景。

葭沚老街入口处有一座牌坊，刻有"千年古渡"四字，多少有点往事越千年的怀旧意境。牌坊下有一口池塘，水中有鱼在游。望着池塘边上的电灯，我不禁想起在中国国家博物馆见过的一盏西汉晚期的彩绘雁鱼青铜釭灯，在电力照明没有出现之前，类似的铜灯，是夜晚照明的主要工具。

我在中国国家博物馆见到这只"彩雁"时，其羽毛瑰丽逼真，两翅羽翎顺滑精巧，自然并翼于背上，长长的雁脖向后弯曲，正张开大嘴，口中衔着一条肥大的鱼，鱼的鳞片都在闪光，鱼的眼瞪得大大的，鱼眼中透出濒死的绝望，而雁目中分明闪烁着胜利、得意的光芒。雁喙衔鱼首，似乎正在把肥鱼提出水面，下面半截鱼身正巧是铜灯的灯罩，铜灯的灯座正稳稳地坐落在大雁背上。雁颈修长，断尾上翘，双足并立，雁掌有蹼，雁冠上绘有红彩，

葭沚老街入街牌坊（沈海松　摄）

雁羽用七色彩绘，活灵活现。就连那条被衔在雁喙中的鱼，鱼鳞依然彩绘，仿佛还带有刚刚出水的湿润。其造型之独特精美，令人惊叹。

葭沚老街的鱼池里那些摇头摆尾的鱼，辅以灯光的照耀，与中国国家博物馆里的珍宝，竟也有些许相似之感。

有意思的是，在后面的章节里，我还会多次写到灯和鱼。灯是光，灯是人类文明的航标。而鱼，有一种说法，人类是由鱼类进化而来的，从鱼到人，经历了大约5亿年，从无颌动物到有颌动物、肉鳍鱼、水陆动物、陆生动物、哺乳动物，直至人。鱼还是所有脊椎动物的共同祖先，脊椎动物也包括森林古猿。森林古猿和鱼类，在进化成人的道路上，只是出现的时间不同。

在濒海的台州，灯塔与航标随处可见。而鱼在台州人的心里，可用"鱼，我所欲也"喻之，鱼似乎是台州，特别是大陈岛的一个象征，甚至图腾。

由此我想到，人类的祖先是什么时候用上真正意义上的灯的呢？翻遍史书,无论是文字记载还是出土文物图片,都没有明确记载或证明。历史上记载,古希腊人在 2500 多年前就开始使用"油灯",其"灯盏"有出土的实物证明。而我们的祖先使用的是"膏"。战国时代屈原的《楚辞》中有"室中之观,多珍怪些,兰膏明烛,华荣备些"。"兰膏"说的是被加工过的动物的油脂,"明烛"则是点燃的油脂。或许可以这样诠释:把动物的脂肪加工成圆柱形,然后再点燃它照明,像后人用的蜡烛。《史记》记载,秦始皇的骊山陵墓中,要把黑夜变成白天,也是"以人鱼膏为烛,度不灭者久之"。秦始皇是用"人鱼"作油脂,即把秦人称为"人鱼"的儒艮、海牛的脂肪取出,经过加工,点燃为烛。《史记》对秦始皇陵记载得很细,但无一笔提及灯、盏,说明秦始皇之前,照明还停留在点膏为烛上。

那么,中国最古老的灯又在哪里? 1968 年,位于河北省满城县的西汉中山靖王刘胜的陵墓被发现,紧跟着,其妻子窦绾的墓也被发现。西汉时期的墓葬"十墓九空",甚至"十墓十空",一墓被盗过数次,甚至十数次都有可能,但中山靖王刘胜夫妻的陵墓却逃过了 2000 余年的盗墓厄运。在刘胜妻子窦绾的墓中,考古人员有了惊人的发现,那就是汉代的长信宫灯。

这一考古发现,令中国灯再度出世,且光芒四溢,可以说,它照亮了中国古代文明史。在 2000 多年前的西汉初年,中国人不但使用了青铜灯,而且其造型精美别致,通体镏金。长信宫灯被誉为"中华第一灯",也堪称"世界第一灯"。

馆藏于河北博物院的长信宫灯高 48 厘米,重 15.85 千克,毫无疑问是盏大灯。这盏制作成美人造型的灯在当年出土时,被专家认为是一位跪立的金美人。一位金光闪闪的古代美人赤足跪坐,按西汉的礼节,是"跣足而坐";带着雍容、娴静、文雅的韵味,长裙宽袖,细眉窄眼。奇特的是,她左右手共同持着一盏长筒形的灯,圆形灯座,灯盘向上,这位持灯侍女左手托灯之底盘,右手似在为油灯挡风,人之美和灯之美自然合一。更令人称奇的是,

中国国家博物馆馆藏西汉晚期彩
绘雁鱼青铜钘灯（陈富强　摄）

河北博物院馆藏汉代长信宫灯

（陈富强　摄）

这盏灯上有六十五字的铭文，其中灯座底部有铭文"长信尚浴"，文物由此定名，也由此判定此宫灯是置放于窦太后的浴室之中的，为其沐浴而造，足见西汉王室的奢侈讲究。

这盏灯，与我在中国国家博物馆所见的彩绘雁鱼青铜釭灯处于同一朝代，只不过时间有先后。它们的出土，不仅是考古史上的重大发现，更是人类利用灯具的实证。我在葭沚老街"千年古渡"牌坊下的水池里，看见鱼和灯光相映，加上此处又是台州电力的原点，竟产生了一种"回眸千年，近在眼前"的感觉。的确，葭沚老街历史悠久，它始建于宋，兴盛于清中期，在这条数百米长的街上，曾经商贾云集、人文荟萃，说它是台州从东海王国、章安古港、临海古郡到如今的千年变迁的见证者，也毫不夸张。

说到灯，"仙居石灯柱"也值得一说。位于台州仙居城关的"石灯柱"，建于明嘉靖二十六年（1547），距今已经400多年了。石柱灯通高3.45米，上部为灯屋，前空后实，并在两侧镂成"火"字形窗孔，内部可放置灯具，为过往行人照明。灯柱为方形，一侧镌刻有楷书联语"灯应奎光，自此文风丕振；柱参翼地，从今黎庶还淳"。楹联内容表达了对文运昌盛及社会风气变得淳朴的美好愿望。据说石灯柱在浙江仅存两处，此灯可以说是台州乃至浙江最古老的路灯之一。

国网台州供电公司对历史的追溯，是有责任感的。他们在葭沚老街的一幢房子里，融入电力元素，他们要握住台州电力在这里发出的第一道光，将百年电力的史脉浓缩在这里。

从"千年古渡"牌坊步行三五百米，一幢仿古建筑映入眼帘，大门上悬"来电吧"三字，在夜色中熠熠闪光。这是一幢两层小楼，目测200余平方米，负责硬件处理的国网台州市椒江区供电公司把这里布置成了电力文创体验馆。这显然是一个好主意。葭沚老街是台州市中心的一处重要人文景观，人流密集，具备天然的品牌外溢效应。他们还专门邀请台州当地的篆刻名家孙新龙

葭沚老街夜色（沈海松 摄）

先生治印"台州有电"，并制作了精美的拓片。倘若每天经过老街的人中，有 1/5，甚至 1/10 进入这幢建筑，隐形的推广效果就达到了。此外，在室内展陈内容方面，他们也做足了功课，既有"浙江农村电网发源地""台州第一个有电的地方"的介绍，又有墙绘漫画、浙江电力发展历史宣传片、文创精品展等。另外，更有葭沚从"点亮浙江农村第一盏灯的艰苦卓绝"到"万家灯火繁荣璀璨"的发展历程的介绍，讲述浙江电力人的奋斗故事。显然，利用葭沚老街资源的唯一性与稀缺性，讲好台州电力，乃至浙江与中国电力的故事，可谓水到渠成。

当然，展馆内最引人注目的，还是大陈岛垦荒与电力垦荒的故事。

1955 年 2 月 13 日，大陈岛宣告解放。当时的大陈岛，荒无人烟、满目疮痍。团中央发出"建设伟大祖国的大陈岛"的号召，1956 年 1 月至 1960 年 4 月，前后共有 5 批 467 名来自温州、台州的青年志愿垦荒队员响应号召，陆续上岛安家落户，参与大陈岛垦荒建设，用青春和汗水孕育了"艰苦创业、奋发图强、无私奉献、开拓创新"的大陈岛垦荒精神。2019 年 1 月，台州市五届三次党代会将大陈岛垦荒精神升华为台州城市精神。椒江区委、区政府建成大陈岛两岸乡情主题馆和青少年研学基地，大陈碳中和数字化展厅完工，丁勾头酒店区块、卫生院搬迁项目签约清零，梅花湾首开区、大小浦高端民宿

"来电吧"侧面墙绘（国网台州市椒江区供电公司　供图）

"来电吧"内的风电传输沙盘（国网台州市椒江区供电公司　供图）

签约项目顺利推进……奋进在"现代化的大陈"建设新征程上的"东海明珠"不断擦亮色彩，一幅美丽蓝图越来越清晰。

1958 年 5 月 1 日，大陈发电厂投产，大陈岛从此有了自己的发电厂。几代大陈电力人坚守海岛，为大陈岛电力供应殚精竭虑，和垦荒队员们一起，为大陈岛开发建设提供了源源不断的光明与动力。他们的电力垦荒实践，显然是大陈岛垦荒精神在电力工业领域的延续。在这里，还能看到大陈岛垦荒精神伴随援藏的电力工人们，跨越万水千山，与老西藏精神融为一体，在雪域高原绽放出民族团结、人民电业为人民的璀璨光芒。

而大陈发电厂，已成为国家电网百年电力文化遗产。一些似乎已经消失的记忆，又神奇地在人们脑海中浮现。

展馆内的墙上，密密麻麻地陈列着互感器、电表等老物件，这些老物件可谓来之不易。当时，国网台州市椒江区供电公司为配合大陈发电厂申报国家电网百年电力文化遗产，组织了一次寻找椒江电力源头的活动。他们找到了海门发电厂老厂房。这个厂房现在是同康酒业的资产，他们走进长满半人高茅草的废弃厂房，惊喜地发现，在低矮的瓦片房上面，有电杆从房顶上伸出来，并且在老发电车间里，还处处可以看到鼓舞人心的标语。也是在这里，他们找到了原来的生产元器件……

在葭沚老街，我停留了一个小时左右，却感受到了百年台州电力的传承、千年葭沚古渡的流芳，从这里发出的第一道光芒，不仅照亮了台州的夜空，更成为台州这艘巨轮驶向大海的航标。

第一章

一盏红灯照碧海

　　大陈岛，位于距台州市区约 52 公里的东海上，由"上大陈岛"和"下大陈岛"组成，同属台州列岛。600 多年前，航海家郑和率船队在波涛接天、巨浪如山的海况下，以罗盘导航定向驶向西洋，将东海珍珠似的小岛记入《郑和航海图》，那时为其取名"大陈山"。

　　600 多年后，一首歌曲在郑和船队曾经驶过的"大陈山"回响：

<blockquote>

云来遮　雾来盖

云里雾里放光彩

风吹来　浪打来

风吹浪打花常开

哎！

一盏红灯照碧海

一团火焰出水来

红灯高照云天外

火焰熊熊把路开

哎！

</blockquote>

　　这首歌取名《珊瑚颂》，此歌旋律优美，既通俗又高雅，脍炙人口，这

是业界和大众的一致评价。歌曲在广为传唱之后，于 1996 年在中央电视台春节联欢晚会亮相，演唱者是著名歌手宋祖英。随后，此歌又入选中宣部评选的"庆祝中华人民共和国成立 70 周年优秀歌曲 100 首"。

从艺术角度评析，《珊瑚颂》的唱词采用了借物抒情、以物喻人的手法，借赞美红珊瑚来赞美渔家女珊妹。我一直以为红珊瑚是一种海生植物，其实不然，红珊瑚是水螅型的群体动物，是群体生活的珊瑚个体。可能因为红珊瑚的骨骼呈树枝状复体，所以才会给我留下它是植物的印象。通常，它的每个分枝中心都有一根角质的骨骼中轴，软体包围在骨骼外面，许多珊瑚虫围绕着中轴生长。红珊瑚生长在深海之中，形似树枝，骨质坚硬，颜色鲜丽，异常珍贵，《珊瑚颂》的唱词赞美它形态俏丽如"一盏红灯"，光彩炙热似"一团火焰"，品格刚毅，不怕风吹浪打、云遮雾盖。唱词看似句句写的是物，事实上句句写的是人，可以说，达到了人物合一、人物一体的境界。此外，唱词既简练又丰富，既通俗又高雅，不仅容易唤起曲作者的创作欲望，而且为整首音乐打下了雅俗共赏的基调。

然而，就是这么一首可以传世的经典名曲，却很少有人知道它的创作背景。

此歌的创作背景要从中华人民共和国成立后，中国人民解放军解放沿海岛屿说起。

1949 年，中国大部分区域已基本被共产党领导的人民政权解放，中华人民共和国也在北京宣告成立。国民党残余部队退至东南沿海的部分岛屿，企图将这些岛屿作为拱卫台湾和对大陆实施反攻的前进基地。在歌剧《红珊瑚》中，还处在国民党军队和渔霸统治之下的"珊瑚岛"，其原型便是位于浙江台州湾海域的一江山岛和大陈岛。

1955 年 1 月 18 日，中国人民解放军发起了一江山岛战役。这是中国人民解放军首次采用陆、海、空三军协同作战的战术，战役只用一天时间就取得了胜利。这次战役因此被写进军史，成为经典战例。

1960 年，中国人民解放军海政歌剧团以此为背景创作了歌剧《红珊瑚》。作品讲述了追求美好生活的渔家女珊妹反抗渔霸压迫，并在解放军侦察员的带领下，带动全岛渔民配合人民解放军渡海，最终迎来海岛解放的故事。

《红珊瑚》的剧情是围绕解放军夺取一江山岛、大陈岛展开的。故事发生在中华人民共和国成立初期的珊瑚岛（浙江台州的一江山岛、大陈岛）上，渔霸七奶奶为巴结国民党军官窦司令帮助她守岛，将渔家女珊妹租给窦司令为妾。珊妹为筹集给重病的爹爹治病的费用，被迫答应。在前往窦司令府邸的途中，珊妹跳海逃到一个岛上，遇到解放军战士王永刚及其恋人阿青而得救。珊妹后来又掩护王永刚躲避敌人的搜捕。为配合解放军解放珊瑚岛，珊妹不顾身体受伤以及个人安危高举红灯为信号。经过一番激烈的战斗，解放军终于打败了国民党守军，珊瑚岛迎来了解放。

1961 年，八一电影制片厂将歌剧改编为电影时，导演提出影片应该有首易于传唱的片头歌，于是，曲作者胡士平、王锡仁采用原本在歌剧中为珊妹谱写的主旋律，经过精心编排，完成了《珊瑚颂》的谱曲。

珊妹高举红灯的瞬间，是剧中的高潮时刻。她高举的红灯，不仅是传递给解放军的信号，更是照亮一江山岛和大陈岛的一个航标、一座灯塔。

1955年早春，上大陈岛的灯光

2024 年的春天，我乘坐高速客轮，用时一个半小时登上上大陈岛码头。途中，海面平静，只有在海面宽阔处，才有波浪起伏。航行路线途经一江山岛，此岛无人居住，除非旅游旺季，有团队需求，才会安排客轮停靠，平时，客轮基本上绕过一江山岛，直驶上、下大陈岛。

如今的一江山岛上，当年的军事设施依旧，战场遗址也保护完好，也有纪念馆用实物和图文再现那场解放军海、陆、空三军联合作战攻克守岛者的场景。不过，更多的人选择直达上大陈岛，通过那儿的一些遗址，似乎能从更广阔的视角回顾那个年代发生的故事。在上、下大陈岛，有很多战备设施，战壕、碉堡、坑道等遍布全岛，其中最引人注目的，显然是当年国民党守军的指挥部。守军将领秦东昌其实是蒋介石的嫡系将领胡宗南。胡宗南之所以化名秦东昌，一来，是为了保密；二来，是隐含当年兵败三秦、今日东山再起之意。

出生于浙江镇海（今宁波市镇海区）的胡宗南是黄埔军校一期的学员，也是黄埔系学生中第一个成为集团军总司令的人，人称"西北王"。周恩来曾给予胡宗南很高评价，他说胡宗南或许是蒋介石手下最有才干的指挥官，比陈诚出色。

不过，即使是拥有高评价的胡宗南，最终也兵败如山倒。

从上大陈岛码头上岸，距离胡宗南指挥部旧址不远，有一座看上去普通的小山，沿一条石径上坡，可见3排石砌营房依地形上下排列。营房空地上，有几门火炮，对着海面。中间一排营房已改建成陈列馆，馆中陈列大量图文与实物。这些实物，既有迫击炮，也有炮弹、发报机等，但无法确认是否为当年胡宗南部所用，大概率是替代品。不过图片是真实的，从这些图片上，可见当年大陈岛百姓的日常生活。其中一张记录着一群10岁上下的孩子，他们虽然衣着朴素，但对着镜头都是笑脸，他们并不清楚，若干年后，他们将背井离乡，远去台湾。

指挥部中间一排营房是士兵宿舍。上面一排则是指挥部，有胡宗南召集开会的会议室、胡宗南的办公桌，当然，也有可通地道的密室。密室入口被一个文件柜遮挡，拉开柜子即出现一个洞口，从洞口下去，有一口水井，拐几个弯，可达出口处，外面是上山的一条道。类似的密室，在指挥部所在区域有3个。它们相距不远，不过，从地形来看，如果山下真有部队攻上来，

位于上大陈岛的胡宗南指挥部内景（陈富强　摄）

也很难藏匿。

　　胡宗南之所以被蒋介石任命为守军将领，显然与两人是浙江老乡有一定关系，另外，胡宗南在军事方面的才能也不容小觑。只是大势已去，胡宗南也无力回天罢了。

　　一江山岛是大陈岛的门户和前哨据点，此岛若被攻占，大陈岛会立刻失去外围屏障。1955 年 2 月 7 日，国民党当局于仓皇之中，实施了那个改变无数人命运的大陈岛全面撤退的"金刚计划"。所谓"金刚计划"，简言之，是将大陈岛及周边岛屿上的所有物资全部撤至台湾。

　　那时，大陈岛海域的海面上铺开了由美国海军第七舰队 132 艘舰船、国民党方面调集的 27 艘舰船组成的混合船队，包括 6 艘航空母舰，用 5 天时间从大陈、竹屿、披山、渔山诸岛撤走国民党军队 1 万多人，强令撤走居民 1.8 万余人，运走军用物资 4 万吨和各村庙宇神像 10 余座，同时将遗留的码头、渔船悉数毁坏。整个大陈岛仅留下一位重病在身、奄奄一息的老人，还有深埋在地下的地雷。

撤退的同时，国民党军队在岛上实施了大量的破坏行动。大陈岛上数十处民居、水井被炸毁，300多艘渔船被焚烧，全岛被埋下了数万枚地雷。

1955年2月12日上午10时，最后一批国民党军队工兵在实施爆破后登上美舰，"金刚计划"全部结束。

在大陈岛两岸乡情主题馆内，2张老照片引起了我的注意。一张记录了当年大陈岛国民党军队和百姓撤退的场景。码头上，居民鱼贯下到渔船上，再驳到停泊在远处海面的军舰上，海面上的舰队清晰可见。而码头的一堵墙被刷成白色，上面写着"我们要打回大陆"。这句标语显然已经成为一段遥远的历史记忆。

另外一张老照片记录了一位老人与一群年轻人。讲解员说，照片上左侧的这位老人，就是当时"金刚计划"实施时唯一一位留在岛上的渔民。从画面看，老人头戴防风帽子，满脸沧桑，但面露微笑，正和一群年轻人聊天。这群朝气蓬勃、风华正茂的年轻人，显然是1956年初上岛的第一批大陈岛垦荒人。

关于大陈岛撤退时的遗留人数，另有一个版本：有14人因"通共"被关押在岛上，没有随国民党军队撤离。如果再加上这位老人，那么，在"金刚计划"中没有横渡海峡去台湾的大陈岛人员，应该是15人。

"金刚计划"后的大陈岛，了无生气，几乎成为一座"死岛"。

1955年2月13日，人民解放军登上大陈岛，目之所及，是一片疮痍。《浙江日报》记者彭汝春在其《随军解放大陈岛纪事》中记录了当时的景象：

> 房屋被炸倒烧毁，田园被践踏毁坏……满街都是碎玻璃、破门板、女人的发夹、孩童的衣帽。山坡上残留着渔民正在织补的破网……学校里散落着铅笔、练习簿……居民的灶头、锅里还有剩菜，有些桌上还放着碗筷……

实施"金刚计划"撤退时的大陈岛码头（陈富强翻拍自大陈岛两岸乡情主题馆）

照片上左侧的这位老人，据说就是当时撤退中唯一一位留在岛上的大陈渔民
（陈富强翻拍自大陈岛两岸乡情主题馆）

面对国民党军队弃守大陈岛后留下的一片焦土，让这个小岛尽快恢复生机，成了大家最关切的事情。那年春天，登岛的解放军官兵挨家挨户地清理了被破坏的民房和散弃的物资。他们把潮湿发霉的物品洗晒干净，并把所有物品按户详细登记，在破碎的玻璃窗和门上钉了木板，贴上人民政府署名并写有"保护私人财产"字样的封条，等待它们的主人回来后发还。

登岛的解放军官兵还在一些房屋的门板上看见主人临别前写下的字迹："我们暂时出去，很快就会回来。"离岛时，岛上居民每人只被允许携带一件行李，很多带不走的家当只能就地埋下。没人知道要离开多久。于是，有人临走时在门板上写下这句催人泪下的话。我想，如果这句话没有被风雨剥蚀，能够留下来，或者，至少被影像资料保存下来，那可真是一句顶一万句的汉语经典了。

其实，在"金刚计划"实施后，当时还有一个"飞龙计划"，实施地点也是一座海岛，同属大陈战区。这座小岛名叫南麂岛，地处温州平阳。我曾经上过该岛，那里有一幢坚固的别墅给我留下深刻印象。别墅围墙用岛上特有的岩石砌成，正门上方悬挂着写有"南麂美龄居"5个字的匾额。

这座形若碉堡的别墅建在南麂大沙岙东北面的山坳里，共有3间平房，约80平方米，前间是保卫室，中堂是会客室，顶棚有国民党党徽，右边是卧室，左边为书房，屋后两厢房分别是卫生间和厨房。窗口安装有防弹钢丝网，屋顶有遮蔽物。整座房子由大块花岗岩和钢筋水泥砌筑而成，远看好像一座坚实牢固的碉堡。

虽然别墅是专门为宋美龄建造的，但其实宋美龄本人并未到过南麂岛。

大陈岛"金刚计划"执行完毕后，同属大陈战区的南麂岛成为完全孤立的由国民党军队控制的岛屿。1955年2月18日，蒋介石决定南麂岛也即刻进行撤退，是为"飞龙计划"。飞龙计划于当年2月24日夜至25日天明前实施，共撤运国民党正规军3608人、地方武装819人、居民1996人，另有火炮34门、车辆 29 部、机帆船 22 艘，武器弹药和军需物资共 1280 吨。

"飞龙计划"有一个子计划叫"爆破计划"，就是对岛上所有碉堡、弹药库等设施实施爆破。军用辎重物资爆破后沉入海里，带不走的民用物资全部烧毁。或许是体恤半年前下令建房却已战死的老长官王生明，或许是驻军考虑到在当时的条件下建造这座房子实属不易，又或许是这幢房子与宋美龄女士有关，总之，美龄居不在爆破之列，被完好地保存了下来。这也是国民党统治时期在南麂岛上保留下来的唯一钢混结构房子。

职业使然，在胡宗南指挥部，我注意到无论是营房、会议室，还是胡宗南本人的办公室，都是有电灯的。特别是会议室和胡宗南办公室的电灯，是风扇与灯具两用的，我仰头看悬在木梁上的灯，上面是风扇叶子，叶子下面就是具有典型民国风格的电灯，当风扇旋转时，灯是不动的。此外，会议桌和办公桌上，也分别放置了台灯。胡宗南在大陈岛的那些日子，大陈岛是没有民用发电厂的。可见，军队使用的是自备发电机。尽管这些发电机仅被军队用于发报与照明，但这也可算是大陈岛上早期的电力供应。

1955 年 2 月 12 日凌晨，胡宗南指挥部所在营房内的发电机被搬运上船，大陈岛最初的灯光也随之熄灭。

垦荒精神，大陈镇岛之宝

大陈岛凤尾山山巅垦荒纪念碑广场上耸立着一座火炬形雕塑，上面用繁体汉字写着"建设伟大祖国的大陈岛"，落款是"中国新民主主义青年团中央委员会"，落款时间是"一九五六年一月"。这是首批垦荒队员登上大陈岛的时间。

火炬形雕塑底座上，镌刻着"垦荒誓言"：

我是一个青年志愿垦荒队的队员，我志愿来到伟大祖国的海洋，背后是祖国的河山，脚踏着海防前哨，背负着人民的希望。我们宣誓：

第一，坚持到底，决不退缩，与英雄的边防军一起，用辛勤的劳动，把这个被敌人破坏的海岛变成可爱的家乡。

第二，勇敢劳动、加强团结，要把荒地变成乐园。

第三，服从领导、遵守纪律，决心做一个优秀的垦荒队队员。

第四，认真学习，不断提高自己的思想觉悟和技术水平，为祖国创造更多的财富。

倘若，我违背了自己的誓言，辜负了党和团的期望，我愿受集体的制裁。我一定要全心全意，完全实现我的誓言。

每位垦荒队员都有过面向大海宣誓的记忆。在火炬旁，一块用玻璃罩住的石碑吸引了我。我过去一看，这是当年垦荒队员们宣誓的地点。碑石上刻有"垦荒队宣誓址地"，"址地"显然是笔误，应为"地址"。这块石碑是当年原物，所以显得特别珍贵。

说到大陈岛垦荒，就不得不写到一位已经逝去的老人。

1955年11月，时任共青团中央书记的胡耀邦到温州调研，建议组织一支青年垦荒队赴大陈岛开垦建设。随后，他又在浙江省团委工作会议上讲了一句后来广为流传的话：敌人破坏，我们建设！

就在这次会议间隙，时任温州团市委书记的叶洪生在会堂走廊上找到团中央书记，并表示，大陈岛是温州地区的岛屿（当年台州隶属于温州地区），理所当然应该由温州青年们去建设。团中央书记同意了叶洪生的请求，并提出，到时要派人送一面锦旗，锦旗上就写10个字"建设伟大祖国的大陈岛"。这面锦旗被保存了下来，陈列在大陈岛青少年宫。我在2016年第一次上岛时，专门去看过这面珍贵的锦旗。

垦荒队宣誓地址纪念碑（陈富强　摄）

温州市委立即向全区青年发出"建设大陈岛"的号召，很快便组成了一支227人的温州青年志愿垦荒队。1956年1月，垦荒队员登上了大陈岛，开始进行大陈岛的开发建设。这是第一批垦荒队员，随后，又有来自台州和温州的4批垦荒队员登岛。

这是一群平均年龄不到18岁，最小年龄仅有16岁的年轻人，他们义无反顾地告别安逸生活，辞别父母兄妹，即便坐船呕吐仍要坚持赶往的，竟然只是一个残垣断壁、荒无人烟、地雷密布的海岛。正是他们，靠着锄头和柴刀，以及以苦为乐的不屈斗志，让一个"死岛"在短短几年里焕发生机。

2024年中央电视台跨年晚会上，大陈岛有15分钟的现场实景展示，其中，

从 1956 年 1 月开始，467 名温台青年志愿者响应团中央"建设伟大祖国的大陈岛"号召，奔赴岛上参加垦荒（大陈镇　供图）

垦荒队员在队旗下宣誓（大陈镇　供图）

王宗楣第一个出镜。

王宗楣是大陈岛青年志愿垦荒队的队长。1957 年 5 月，王宗楣从第一任队长卢育生的手里接过重任。自此，王宗楣成为垦荒队的主心骨和带头人。

卢育生是南下干部，大陈岛解放后设立中共大陈工作委员会，他被调去担任工委副书记。在卢育生确定担任首任大陈岛垦荒队长后，那面团中央赠送的写有"建设伟大祖国的大陈岛"的锦旗由他第一个擎起。

王宗楣出生于 1933 年 5 月，他是 1956 年 1 月 27 日首批青年志愿垦荒队员集中的前一天入队的。当时，因为无人带队去大陈岛，王宗楣就自告奋勇地承担起带领青年志愿垦荒队员的重任。其时，他已是温州团市委的一名干部，担任青工部部长。

王宗楣登上大陈岛，一眼望去，满目苍凉，遍地杂草。尽管已有心理准备，但他还是被眼前的荒凉震惊了。不过，王宗楣紧锁的眉头很快舒展开来，他当然明白，如果不是眼前这样的境况，也就不需要他和年轻的伙伴们上岛垦荒了。在地无三尺平的大陈岛，王宗楣带领从未干过农活的垦荒队员们开垦生荒、熟荒的土地，不仅种上了番薯、土豆、花生、蔬菜等农作物，还养起了牛、羊、猪等牲畜。后来，还发展了渔业，养殖海带。为了实现渔业机械化，全体队员在捕捞收入达 9 万元后，每人每月仅保留吃饭费和 2 元零用钱，余下的钱都捐给垦荒队，他们用这些钱建造了一艘机帆船，取名"勇敢号"。1960 年 7 月，大陈岛垦荒队撤销，王宗楣被任命为大陈镇党委副书记，他带领留下的 100 多位垦荒队员和镇、村干部一起，继续建设大陈岛。直到 1973 年 3 月，王宗楣才被调离大陈岛。

王宗楣深情地回忆起一段让他永生难忘的往事。

1957 年 5 月，大陈岛青年志愿垦荒队队长王宗楣到北京出席中国新民主主义青年团第三次全国代表大会，时任团中央书记胡耀邦两次约见了他，关切地询问垦荒队员的生活和思想情况，并亲切地鼓励他说，团中央组织了两支垦荒队，一支去了北大荒，一支去了大陈岛。垦荒队是全国青年的榜样。现在国家还有困难，垦荒队要自力更生、克服困难，不要向国家要什么。

王宗楣清楚地记得，书记同志在和他结束交谈时说，他给垦荒队写封信，让王宗楣带回去，大家好好讨论讨论。书记同志一边说着，一边就拿起笔来。信的内容很简练："宗楣同志转垦荒队同志们：我知道你们在大陈岛艰苦奋斗的情况，知道你们同心协力克服困难的情况，希望你们不要退缩，继续奋斗。"信的最后一句是："无论如何要保持荣誉！"那天临走前，书记同志把他用过的一架望远镜送给了垦荒队，那是战争年代用过的，意义非凡。王宗楣起身向书记同志告辞时，书记同志对秘书说，再拿些画报送给他们。于是，秘书又取了一些苏联画报，这些画报是用铜版纸印刷的，全彩，很漂亮，在那个年代的国内亦属罕见。

有关王宗楣的垦荒往事，有不少来自大陈岛供电所王海强的回忆。他是紧随王宗楣在跨年晚会上出镜的"垦二代"。之所以称他为"垦二代"，是因为王海强的父亲王进苏是第二批上岛的垦荒队员，尽管王海强出生在大陈岛，但在填写籍贯时，他填的是父亲的家乡——温州苍南。说起王宗楣，王海强一脸敬佩地对我说，王宗楣他们才是开发大陈岛真正的功臣。

高阿莲是第五批登岛的垦荒队员，也是至今仍生活在大陈岛上的为数不多的几位垦荒队员之一。

我们在高阿莲家与这位老垦荒队员见面，相谈甚欢。

到达高阿莲家时，老太太正站在家门口的一处小晒场上迎接我们。老太太看上去气定神闲、精神矍铄。她的身后，是一幢3层小楼，似乎刚刚装修完毕，与边上的一排2层楼房相比，显得特别醒目。高阿莲伸出手，握住我的手，热情地邀请我们进屋。高阿莲说，这幢房子还没装修完。这排房子以前是垦荒队员的"工人之家"，后来垦荒队员陆续离岛，就改成了宿舍。随着时间的推移，住在这里的人越来越少，高阿莲就买下了其中两间。

　　厨房里的电器都是新的。高阿莲带着我们进入里间，靠墙的一只低柜上摆放着不少照片。她指着其中一张合影说，前排最右边站着的就是她。这张合影我在大陈岛其他地方也见到过。坐在首排正中间、身穿米色风衣的，是1955年号召青年上岛垦荒的团中央书记，合影时他的身份已是党的最高领导人之一。高阿莲称呼他为书记同志。高阿莲回忆起拍摄这张合影时的情景："这是他在1985年上岛时跟我们的合影，我是第一排最右边一个。当时我去找书记同志签了字，所以就晚了，他们早就站好了，我就只好站在最边上了。当时书记同志和我们拉拉手，我手上刚好有一本笔记本，就请书记同志把他的名字签在笔记本上。当时书记同志只给2个人签了字。所以，这个签名特别珍贵。后来这本笔记本就捐给了青少年宫了，我自己就拍了照片留念一下。"高阿莲说的青少年宫，就是大陈岛青少年宫，在相当长的时间内，大陈岛青

垦荒队员高阿莲（右一）向采访者介绍垦荒情况（曹霞　摄）

少年宫作为垦荒纪念馆对外开放，里面陈列着不少有价值的文物，可以说，这里是研究大陈岛垦荒队历史的重要档案馆。

高阿莲说的那个笔记本，只留下了第一页，上面印着"赠给原温州青年志愿垦荒队员"的字样，落款分别是中共温州市委和温州市人民政府。在第一页的顶端，是书记同志的签名。这一页用塑封方式保存。看得出来，高阿莲十分珍视这个签名。

浙江人民出版社在2019年出版了徐家骏和钱国丹合著的《峥嵘岁月稠——大陈岛垦荒精神口述史》，其中有一段内容就是写当时高阿莲请书记同志签名的，与我采访她时说的八九不离十。高阿莲说："早一天通知我们开会时，说好不许带任何东西进去的。我想，书记同志好不容易来一趟，我得跟他要个签名啊，于是我就把笔记本偷偷地藏在衣服里面。那天，兰芬站在台上和书记同志说话呢，我就把笔记本递上去了，说'兰芬兰芬，让书记同志给我签个名'。书记同志真是体贴我们，有求必应。他接过我的笔记本，唰唰地就把名字给签了。"

高阿莲告诉我，她老家在温州洞头，她是瞒着父母偷偷报名的，当时只有16岁。高阿莲说，她在年纪尚小的时候，就被送去了别人家里。到别人家的第四天，她就去农场干活了。1960年，温州团市委到高阿莲劳动的岛上开会动员，她动了心，会后就请人代笔写了申请书报名。她清楚地记得自己上岛的日子，是1960年3月6日。

她说，她是响应党的号召来到大陈岛的。然后，她跟我讲了几句实话。她说，早几批上岛的垦荒队员里男的多女的少，他们在这里思想波动较大，工作状态不稳定，所以组织上就动员洞头海岛的46位女垦荒队员来到这里，当时她是年龄最小的一个。后来，其他女队员都由于各种因素离开了大陈岛，只有她在这里5年没回家，就这样一直坚持了下来。别看现在岛上已经是漫山遍野的树，她刚来的时候，山坡上连一棵草都没有，更别说树了，一眼望

团中央颁发给垦荒队员高阿莲
的"光荣垦荒三十年纪念"章
（陈富强 摄）

去全是荒山。他们就只能自己种。高阿莲说，他们还在门口种了几棵苦楝树，
想着女儿长大后嫁人时可以做嫁妆用。

我问高阿莲："你5年不回家，父母肯定急坏了吧？"老太太笑着说："是
啊，不过，我回去，不光带着丈夫，还抱着孩子。这下，父母也没话说了。"
原来，她的丈夫也是垦荒队员，比她早2年上岛，他们在岛上生儿育女、相
依为命，一直没有离开。遗憾的是，她的丈夫多年以前就离世了，现在她一
个人住这屋，不过，女儿女婿也在岛上，住的离她家不远。

让我稍稍有点意外的是，高阿莲的外甥孔庆伟也在岛上，是名副其实的
"垦三代"，而且表现不俗，曾经被评为"最美垦荒青年"和"台州好人"。

孔庆伟从南昌气象学校（2002年更名为江西信息应用职业技术学院）毕

业后，选择回到大陈岛，入职大陈气象站，成为一名国家基准气候站气象测报员。大陈岛常住人口中，像孔庆伟这样的年轻人已经不多了，考上大学的，毕业后大多选择留在城区工作。孔庆伟重返大陈岛，离不开他外婆和父亲的影响。1981 年，大陈海军气象站改制后，孔庆伟的父亲成为站里的一名气象工作者。如此看来，孔庆伟这也算子承父业。

说到外甥，高阿莲一脸喜悦，显然，孔庆伟已经成为她的骄傲。

在聊天中，高阿莲讲的一句话给我留下很深的印象。她说，走路要向前走，不要后退。当时，我问她："那些离开的人，是什么原因不愿意待在岛上？"她说："中国的土地在哪里都一样，反正只要辛勤劳动就能有饭吃。那时候国家困难，老百姓也很困难，国家需要我们，在哪里劳动都一样。那时候，我们村很多人报名，但是后来又反悔了，最后去的就我一个，我不后悔。走路要向前走，不要后退。我来这里是高兴的，他们有些人哭，想家。我一心劳动，每个月 30 天我没有一天是请假的，因为从不请假、旷工，所以我得到的粮票是最多的。"

高阿莲说："我还去竹屿岛养猪。"她所说的竹屿岛毗邻大陈岛，我曾站在高处俯瞰这座小岛，风平浪静的时候，小船即可渡。

那年高阿莲 17 岁，她开始从事农业，主动报名去竹屿岛养猪。高阿莲说："那个岛上没有老百姓，我们 4 个女的 9 个男的一起上岛，养猪养了 1 年多。"

我问她："岛上有房子吗？"她说："有空房子，是很早以前的，房子很矮，但收拾收拾可住人。"

我又问："岛上吃饭问题怎么解决呢？"她说："没有其他补给，就自己种菜吃。当然，定期会有大米之类的被送过来。节日到了，还会送皮蛋、白糖等。别人半斤，我们能得到 1 斤，我们高兴得不得了。"

高阿莲说自己上岛就当了民兵。我想到她是温州洞头人，洞头先锋女子民兵连声名显赫，高阿莲似乎天生带有这样的基因，因此她的警惕性也特别高。高阿莲给我讲了一个抓特务的故事。她说："1965 年左右，岛上的政治环境还是有点乱的。敌机飞过来，警报一响，我们一出去，他们就逃到公海去了。此外，特务也会来。有一次，8 个特务伪装成渔民上岛。他们坐橡皮船过来，后来船漏水了，就走不了了。因为他们吸的烟头有海绵过滤嘴，而且吃的压缩饼干也是岛上没有的，所以很容易被我们发现。上级知道他们，但是找不到他们，因为他们躲在山洞等隐蔽的地方。他们曾想在水库下毒，后来看到水是老百姓喝的，就没放。他们和老百姓一起看电影时想引爆炸药，后来也没敢在现场引爆。最终，他们在发报时，无线电信号被部队发现，于是被抓住了。"

从这段叙述中可以听出，高阿莲虽然年逾八旬，但思路清晰，而且普通话说得也不错。她说："我'三高'什么的都没有。我每顿可以吃两碗饭，平时练练太极拳、太极剑。我只要下了决心去做的事就必须做到。"她还说：

20 世纪 80 年代初，4000 平方公里的大陈渔场，每年冬汛有来自苏、浙、闽、沪的 10 万渔民在此作业

（大陈镇 供图）

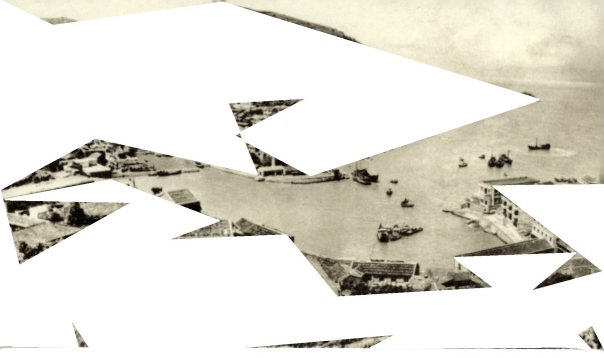

20 世纪 80 年代的大陈镇（大陈镇　供图）

"我不喝酒不抽烟，从小不喜欢吃甜食，牙齿一个都没有掉。我最喜欢吃鱼。"
讲到这里，高阿莲说了一句让我大开眼界的话："大陈岛的鱼是甜的。"理
由是大陈岛的鱼通常生长在浑水和清水的交界处。

　　当天晚餐，我在品味鱼时，试图从中寻出一丝甜味。但因为厨师在烧制
时放了各种作料，我没有吃出鱼的甜味。不过，我相信高阿莲讲的话，她在
岛上生活了 65 年，有资格这么说。她说大陈岛的鱼是甜的，那就一定是甜的。

　　垦荒队不仅让大陈岛成为一座绿岛，也点燃了大陈电网最初的那簇星火。

　　那时候，垦荒队员们白天干重活，晚上在煤油灯下熬日子。沉寂的黑夜，
让海岛生活异常枯燥。他们萌生了一个念头——让大陈岛的夜空亮起来。他
们的想法得到了上级的支持。1958 年，一台德国产 18 千瓦炭气发电机组来
到了大陈岛。同年 5 月 1 日，当夜幕降临，大陈岛的居民家里突然出了"太阳"，
大陈岛的夜空终于有了亮光。

　　有了电后，垦荒队员们在电灯下开会、看书、给家人写信，学习和生产
的干劲更足了。大陈岛居民的夜生活也丰富了起来，可以在夜晚补渔网、修

农具，充满活力的青年还可以听收音机。电灯让年轻的朋友来相会，催生爱情之花。

被岁月摧残得体无完肤的大陈岛，在短短的两年多时间里，农业和渔业得到迅速发展，实现自给有余。垦荒队员们大部分选择了继续留岛，台州各地的居民陆续迁入，岛上人口剧增至 2000 多人。

由于条件受限，岛上的发电量只能供中心村居民晚上照明 3 个小时。因此，大陈人称之为"夜灯"。1960 年，电厂增加了一台 50 千瓦的发电机，开始向大陈岛各村庄全面供电，夜灯时长从 3 个小时延长到了 5 个小时。即便如此，岛上供电能力仍远远不能满足居民生产和生活的需求。那个时候，岛上一个六口之家，一个月才用 1 度电。

然而，大陈岛居民还是尝到了有电的甜头。由于世代"日出而作，日入而息"，每天 5 个小时的供电，已能基本满足他们的用电需求。在有限的供电时间里，光芒从居民家的窗口透出来，仿佛星星，这里一颗，那里一颗，照亮了大陈岛的夜空。

乡愁是一枚小小的邮票

大陈岛两岸乡情主题馆的建筑设计独具匠心，其正面形似一个信封，左上角画着6个红色的方框，是填写收件人的邮政编码的，右上角是贴邮票的长方形虚线框，盖在虚线框上的，则是一枚邮戳，邮戳中间画着的碑，显然是大陈岛垦荒纪念碑，围绕着纪念碑的是一圈文字：台州大陈岛专用邮资图首发式纪念。时间是2021年10月11日。这个时间应该是主题馆的落成时间。

"信封"下面，一面黑色诗墙特别醒目，墙上刻着台湾诗人余光中的名诗《乡愁》：

> 小时候，
> 乡愁是一枚小小的邮票，
> 我在这头，
> 母亲在那头。
> …………
> 而现在，
> 乡愁是一湾浅浅的海峡，
> 我在这头，
> 大陆在那头。

相信很多人和我一样，几乎能把《乡愁》完整地背下来。诗句浅白真率，但情感深切，在所有表达乡愁的诗歌作品中，我首推这首《乡愁》。而大陈岛两岸乡情主题馆的内容，也有很大一部分表达的是两岸的乡愁。

一直陪同我在大陈岛上采访的王海强，指着主题馆内的一堵照片墙对我说："叶荷妹女儿叶玲丽，是我从小学、初中到高中的同学。"海强手指的

大陈岛两岸乡情主题馆（陈富强　摄）

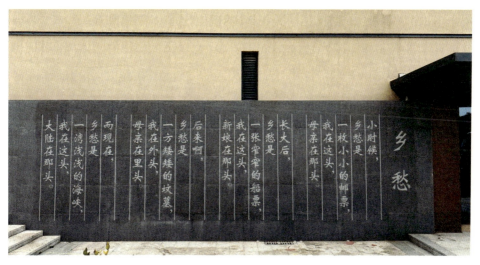

大陈岛两岸乡情主题馆外的《乡愁》诗墙（陈富强　摄）

照片墙，是由上下两张照片组成的，上面一张是一位白发老者站在海边，眺望着远处的大海，下面一张则是白发老者与一位老妇人在翻看相册。海强说的叶荷妹，就是照片上的白发老者，他是大陈岛"金刚计划"中的"漏网之鱼"。

话说 1955 年国民党军队从大陈岛撤退的前几日，叶荷妹恰巧不在岛上，而是在陆地看病。当时，由于信息闭塞，叶荷妹并不知道自己的家人将离乡登上去台湾的军舰。等他回到岛上，早已人去楼空。对于少年叶荷妹来说，这是一场重大的变故。那时，虽然硝烟已经散去，但叶荷妹的世界全变了，他的家人不见踪迹。叶荷妹曾经说过："当时我非常害怕，因为不知道他们去了哪里。"

1956 年，叶荷妹随着第一批上岛的垦荒队员参加劳动，加入渔业合作社，建设大陈岛。他一边参加工作，一边四处打听家人在台湾的消息，但皆无音信。他能做的十分有限，甚至可以说毫无办法。现实给予叶荷妹的，只有等待，只是他不知道，这一等，就是 25 年。

事情的转机出现在 1979 年。其时，第五次《告台湾同胞书》发表，两岸关系趋于缓和。1980 年，叶荷妹的等待终于有了回应。他的大姐从美国寄来了一封信。"一开始这封信我没有往家里人的方向想，毕竟太久没有消息了，一听又是从美国寄来的，我第一反应是寄错了。"叶荷妹还记得，大姐在信的开头就问大陈岛上还有没有叶荷妹这个人。原来，他的家人也一直在寻找他的下落。谈起当时的情景，老人回忆道："我记得我眼睛一花，差点儿没拿稳信。"

长达 25 年的思念之情终于得到了回应。1992 年，叶荷妹前往台湾和家人小聚了一段时间，但在大陈岛住了一辈子的他，有些不太习惯。"我失去的是亲人，而 1.8 万大陈人失去的，却是故乡。"叶荷妹一边说，一边若有所思地望向远方。

叶荷妹说的这句话，戳中了很多大陈人的内心。在乡情主题馆看到叶荷

王海强指着主题馆内的一组照片说，叶荷妹女儿叶玲丽是他从小学直到高中的同学（陈富强 摄）

妹的照片，再听着王海强向我讲述叶荷妹身上发生的故事，我有一种恍如隔世之感。

客观讲，对随军队撤至台湾的大陈人，台湾当地还是做了一些安置，在台湾各地设置了 35 个大陈新村，比如台南市的博爱新村、新竹县的信义新村。这些大陈新村，在台湾有个认定，通常是指 1955 年大陈居民从大陈等岛屿迁台后，当地为安置迁台的大陈居民所划定的聚集区。

大陈新村的建立，主要以宜兰、花莲、台东、高雄、屏东 5 个县市为主。台湾东部因地广人稀，较适合大陈新村的建立，屏东与高雄则是有良好的农业环境与渔业资源，对大陈迁台人员就业有一定的帮助。

大陈迁台居民所从事的职业以农业、渔业、手工业与商业来区分，但并非单一职业村，有时会有农渔、渔商、工商等混合职业村，比较特别的是南投县埔里镇的绍兴新村，那里的大陈迁台居民主要在埔里酒厂里工作。而台南市南区的博爱新村，则是唯一一个以商业为主的大陈新村，其他还有以码头工人为主的高雄市旗津区实践新村、以渔产加工为主的新竹市北区信义新村等。

然而，刚刚抵台的大陈居民，内心的彷徨甚至恐惧是可以想象的。主题馆内，数张巨幅照片再现了当时的场景。其中一张拍摄的是刚在台湾基隆港登岸的大陈人，他们手抱幼儿，眼神略显无助，一个小孩被一位年轻的国民党女兵抱在怀里，但依然能看出他在号啕大哭。

当然，在经历最初的慌乱与动荡之后，他们不得不开始新的生活。一张照片的画面里，大陈新村装上了自来水，但文字注释没说明是哪个新村。而另一张照片拍摄的则是 4 位中青年女子，其中一位正在展示织草帽的手艺，照片下面的文字注释是：大陈迁台居民把织草帽工艺带到了台湾。从这些照片中可以看到，大陈迁台居民正在渐渐融入当地人的生活。

然而，对故乡的思念，是大陈迁台居民挥之不去的情愫。

从 1987 年开始，陆续有台湾的老一辈大陈人回到大陆寻亲。大陆方面迅

登上台湾基隆港举目无亲的大陈人（陈富强翻拍自大陈岛两岸乡情主题馆）

大陈迁台居民把织草帽工艺带到了台湾（陈富强翻拍自大陈岛两岸乡情主题馆）

速抓住时机，开始加强与在台大陈同胞的交流。当地政府先是主办了"大陈岛国际钓鱼节"，以政府名义欢迎台湾大陈同胞回乡参加这项独具大陈特色的活动。明眼人都知道，钓鱼不过是一个引子，通过类似活动，吸引更多台湾大陈同胞回大陈才是目的。随后，"两岸大陈文化节"成为常态性文化交流平台，吸引更多的在台大陈人返乡。在台湾，也开始举办"大陈乡情文化节"，与大陆的"两岸大陈文化节"相呼应。一张照片中记录的一位在台老大陈人抵达大陈码头时的神态令人动容。老人身穿蓝色背心，戴着蓝色帽子，当踏上大陈土地时，他难抑内心的激动，用右手捂住了嘴巴。虽然他戴着一副浅色墨镜，无法看清他的眼睛是否湿润，但我隔着照片，还是能感受到他在流泪。

随着两岸交往的常态化，更多的台湾民众踏上大陈岛，其中有不少是大陈迁台人员的后代。

"近乡情更怯，不敢问来人。"这句诗似乎是大陈籍台湾同胞最真实的写照。我从媒体拍摄的图片上看到，在即将抵达下大陈岛的客船上，许多大陈籍台湾同胞都望向窗外家的方向。在大陈岛两岸乡情主题馆内的"大陈十景四忆"智慧交互大屏上，他们都在找寻自己曾经的家。这些回乡台胞中，有不少人是多次回大陈了。他们纷纷表示："我们几个陆陆续续回家乡大陈岛几次了，每次只要有机会，我们都想回来看看家乡的发展，尝尝家乡菜。"

梁慧懿是大陈籍台湾青年，她说："我5年前来过一次大陈岛，与如今相比，变化真的太大了。"她特别提到梅花湾，用"简直大变样"来形容她的感受，她说："梅花湾多了许多年轻人喜欢的元素。我虽不曾在这里生活过，但与长辈们怀抱着相同的乡情，期许大陈岛发展迈上新台阶。只要有机会，我一定会再来。我甚至想回到家乡大陈或者台州居住。"

前往上大陈岛的游客，都会去看一处自然景观，这处自然景观被称为甲午岩。甲午岩由两片岩礁组成，它们原先似乎是一块岩礁，或许是受亿万年海浪的冲击，被一分为二，屹立在海滩上。甲午岩岩壁如削，岩层垂直节理发育，有若神斧劈就。游人穿过一片幽幽的黑松林，豁然可见巍巍巨礁于惊涛中屹立。甲午岩与大陈本岛仅仅数米之隔，但海水深不可测，探头下望，只见渊底白浪汹涌，涛声雷鸣，令人不敢久视。

1954 年 5 月 8 日，蒋介石曾率其属僚在此观景，观景处建有"中正亭"，后又改名"美龄亭"。但现在此亭已改名为"思归亭"。亭柱上写有一副楹联："望海觅岩云曾听波涛澎湃，飘蓬归故里来寻根本枝蔓。"

"思归"，顾名思义，就是希望台湾能早日回归，台湾的大陈同胞能早日回归。

在大陈岛两岸乡情主题馆内滚动播放的视频中，我抓拍到一个画面，准确地说，是两个画面的结合，左侧画面是一个女孩的明眸，她微微仰视，眺望着远方。这双眼睛，很容易让人联想到她眺望的方向就是海峡对岸。右侧画面是一位船长，正双手举起望远镜，在驾驶舱内面朝大海，凝视着前方。而屏幕下方，则是几行文字，分别是"民族复兴""荣归故里"等。

当地政府和设计师将大陈岛两岸乡情主题馆正面造型做成一个信封，足见用心良苦。而将台湾诗人余光中的《乡愁》一诗镌刻在墙上，也是再合适不过了。这座主题馆，已经成为"海峡两岸交流基地"的重要平台。

离开主题馆时，我忍不住转头回望。我想起叶荷妹说的那句话："我失去的是亲人，而 1.8 万大陈人失去的，却是故乡。"

是啊，有此感受的，何止叶荷妹。不过，作为故乡的大陈岛，却一直在此岸，等待游子的归航。

第二章

海岛上的电力工业遗产

"工业遗产"一词出自《下塔吉尔宪章》，该宪章用于指导工业遗产的保护工作。通常，工业遗产的定义是指：

> 凡为工业活动所造建筑与结构、此类建筑与结构中所含工艺和工具以及这类建筑与结构所处城镇与景观，以及其所有其他物质和非物质表现，均具备至关重要的意义……工业遗产包括具有历史、技术、社会、建筑或科学价值的工业文化遗迹，包括建筑和机械，厂房，生产作坊和工厂矿场以及加工提炼遗址，仓库货栈，生产、转换和使用的场所，交通运输及其基础设施以及用于住所、宗教崇拜或教育等和工业相关的社会活动场所。

很显然，工业遗产具有多重价值，但其历史价值显得尤其重要。因为它们记录了工业活动对历史和现实产生的深刻影响。历史和现实都证明，工业遗产是人类创造并需要长久保存和广泛交流的文明成果，是人类文化遗产中与其他内容相比毫不逊色的组成部分。忽视或者丢弃这一宝贵遗产，就抹去了一座城市或者一个地区最重要的一部分记忆，使遗产所在地出现一段历史空白。而更好地保护工业遗产，发掘其丰厚的文化底蕴，将使这历史画卷更加绚丽多彩。同时，这些承载深刻变革的物质证据对人们认识工业活动的产生和发展，研究某类工业活动的起步和过程具有普遍价值。

2018年1月17日，"中国工业遗产保护名录（第一批）"在北京发布，昆明石龙坝水电站、南京民国首都电厂（民国首都电厂旧址公园）、吉林丰满电站等多项电力工业遗产入选。随后，国务院国资委发布中央企业工业文化遗产（电力行业）名录，11家中央企业共25项电力工业文化遗产项目入选，其中，国家电网公司有5项电力工业文化遗产上榜，分别是由我国最早的民族资本建造的上海闸北发电厂，全国最早建成且仍然在运行的防空洞电力设施重庆220千伏凉亭变电站，我国第一座大型水电站、被誉为"水电之母""水电摇篮"的丰满水电站，在汉口电灯公司旧址上建立的湖北省电力博物馆，中华人民共和国第一座为人民政权发电的水电厂镜泊湖发电厂。它们再现了100多年来电力行业的时代变迁，构筑起电力行业的精神脊梁，是展现电力工业发展成就的物质载体和重要窗口。

在此背景下，国家电网公司也组织了百年电力文化遗产的发掘与推选。国家电网公司的供电区域占到全国国土面积的88%，这片土地上遗留下大量电力工业遗存，每个省（区、市）都有值得骄傲的电力史实证据。但入选首批百年电力文化遗产名录的数量终究有限，无论能否获得这个光荣的奖章，都是值得自豪的。

经过严格筛选，并经国家电网公司专家现场考评后，台州椒江大陈发电厂以其独一无二的海岛发供电特色与大陈发电人的代际传承荣耀成功入选。这个遗产包括发电车间、光明井、电力垦荒展厅、电力垦荒园、电力垦荒史长廊等。

在大陈发电车间，除了柴油发电机保持备用状态，整个车间其实已经成为百年电力文化遗产的一部分，有不少珍贵的图文与实物史料。其中，几篇陈列在玻璃柜内的论文引起了我的注意。一篇是《大陈岛能源考察报告》，该报告发表的刊物名称和时间不详，是由浙江省科委与浙江省能源研究会组

大陈发电厂入选国家电网公司首批百年电力文化遗产名录（国网台州市椒江区供电公司　供图）

织的"大陈岛能源考察队"，经过一周考察后写出的一份专业报告。参加考察的专家有 20 余人，从列出的专家名单中，我意外地看到了徐洽时的名字，他当时的身份是省水利厅顾问。徐洽时的名字曾多次出现在我的一些能源电力工业专著中，他曾担任全国政协委员、浙江省水利厅厅长，是著名的水利专家。1952 年 6 月，徐洽时和著名水利学家潘家铮院士等人撰写了《新安江水力资源开发的报告》，报告建议修建新安江水电站，以解决华东 10 年甚至 20 年的供电不足问题。这一建议很快得到"一五"计划编制领导小组陈云、李富春的批准，同意将此列入重点基建项目。可以说，徐洽时与潘家铮的报告，是启动新安江水电站建设的重要理论依据。

　　作为中国水电事业的重要奠基人之一，徐洽时参与大陈岛能源考察，确实出乎我的意料，但也让我对这份报告的权威性深信不疑。报告提出的解决大陈岛能源问题的几点建议，现在看来，不仅具有前瞻性，也具有现实可操

大陈岛能源考察报告*

四月二十三日至二十八日，由省科委会同能源研究会组织了"大陈岛能源考察队"，对大陈岛进行了现场考察。参加这次考察的有关研究所、大学和有关厅局的专家、学者和科技人员共二十人。参加这次考察的有省水利厅顾问、高级工程师徐恰时同志，国家科委海洋专业组学科组办公室主任金鼎华同志、省人大常委宋宏同志、省科委付主任昌金铭同志等。台州地区、椒江市有关科技人员约二十余人也配合参加了考察。

我省海岛众多，而海岛能源供应十分短缺，因此对改善军民生活、发展工业、渔业带一定的影响。如何合理地利用好现有能源、充分开发海岛上具有优势的可再生能源（如风能、潮汐能、波浪能、太阳能等），并把一些能源开发利用的适用技术，从陆地向海岛转移，这是我们这次考察的侧重点。

六天来，考察队对大陈岛能源资源情况和岛上能源供需矛盾作了比较深入的了解，并根据该岛情况，初步提出了解决该岛能源问题的一些设想。

（一）大陈岛概况及其目前存在的主要问题

椒江市大陈岛地处浙江沿海中部，距东海石油钻油田50公里，是省第二大渔场，也是国际避风港。有海域面积四千平方公里，汛期时闽、苏、沪、浙有十万渔民云集于此。全岛由十九个岛（礁）组成，其中上、下大陈两岛面积为十二平方公里，居民5184人。全岛气候温和、雨量充沛、港汊遍布、海洋资源丰富，可再生能源资源较多，海涂广阔，发展捕捞和养殖业极为有利，并可建设成为东海石油开发补给基地及我国商品鱼生产和出口基地之一。

在中央和耀邦同志的关怀下，全岛居民三十年来艰苦奋斗，在国民党溃劫后我留下来的废墟上进行了卓有成效的建设。尤其是三中全会以来，发展更为迅速。一九八三年工、渔业总产值已达495万元（其中渔业349万元，工业146万元），渔业产量10万担。几年来，新建住房二万七千多平方米，社员存款140万元，人均收入达467元，比一九七八年增加1.67倍，开始呈现欣欣向荣的景象。

当前存在的主要问题是：

1. 交通、通讯困难

大陈岛距海门港29海里，小客轮单程要三小时，一遇大风就要停航。年载客量为2.8万人次。岛上仅有简易码头和道路，年吞吐量只有2.2万个。

2. 能源短缺、调入困难

常规能源全部从大陆堡持运入。1983年供应1420吨烧柴，60%用于城镇生活。另购议价煤1224吨，用于生产。国家供应柴油936吨，其中80%用于渔业，不足部分要各种渠道解决。占人口60%的农渔户要烧茅草度日，因此土层流失，水库和湾底泥沙淤积，影响船只避风和作业。电力供应负荷不稳定，电价昂贵，上大陈每度0.47元，下大陈0.32元。

3. 经济单一、影响社会经济的进一步发展

在工渔业总产值中，渔业占四分之三。农、林、牧业为数甚微。人民赖以生存的主食、付食包全靠大陆运入。岛上有二万余亩土地，且阳显充足、无霜期长，适应发展种植业。适山牧草也适宜发展畜牧劳动。但因捕捞收入大，难以发展。该岛只种植了少量蔬菜、蕃薯和枇杷。人音美便均被废弃。生猪饲养量近几年逐年下降，1983年为1549

*本文执笔者：赵智华、徐普行、唐济鸿、王朝斌、何熙生

—1—

保存在大陈发电厂车间的《大陈岛能源考察报告》（陈富强 摄）

作性。其中，更新上、下大陈发电设备，发展风力发电等，均已实现。报告提出的开发大陈岛潮汐能资源，也非空中楼阁，报告里提到了大陈岛4处可建潮汐能电站的站址，明确指出其潮差在全国5000多个海岛中居前位。

我在发电车间看到的另外一篇论文发表在《能源工程》杂志上，标题是《中欧合作大陈岛互补能源系统项目综述》，作者是浙江省科委的昌金铭等3位专家。欧共体援建的大陈岛风电项目不仅早已投运，为大陈岛的供电发挥过重要作用，而且已经成为大陈岛百年电力文化遗产的重要组成部分，电力垦荒园里的风机、叶片与海缆，见证了大陈电力工业的变迁。

甲午岩的灯塔与南田村的炭气发电机组

双峰并峙听惊雷，

峭峡横边破浪开。

碧玉平铺天一色，

狂涛漫卷雪千堆。

…………

这是一首描写大陈岛甲午岩的诗，作者是叶万里。读者能从诗中感受到甲午岩这一"东海第一大盆景"的壮观与雄奇。

我第一次见到甲午岩之前，问过大陈供电所时任所长王海强，这个甲午岩，跟甲午战争有关系吗？海强告诉我，可以说没有任何关系。之所以称其为甲午岩，是因为从前大陈岛本地老百姓用来捕鱼的木质帆船上，会有一个插橹杆的基座叫"夹柸"，它的形状与这两块岩石非常相似，所以当地人就把这两块岩石叫作"夹柸岩"，后来取其谐音，就称为"甲午岩"了。我不得不佩服大陈人的智慧，这个"木"偏旁加上一个"五"字的字，是输入法根本输不出来的。

关于甲午岩，海强还跟我讲了一个在本地流传很广的传说。据说很久以前，岛上有一对恋人，由于渔姑长得非常漂亮，当地一个恶霸非得娶她做小妾，这对恋人便决定乘船私奔，下决心生不能在一起，死也要在一起。当船开到这儿的时候，两人因心里慌张，加之风浪大，船不慎触礁，双双殒命。他们的情义感动了土地公公，但土地公公自感法力微小，心有余而力不足，便去求助如来佛祖，如来佛祖也被感动了，在船撞礁的地方，将他们化为两块紧紧依偎在一起的巨石，让他们永远也不分离。

这个传说一听就十分牵强，不过，当我站在甲午岩边上的山坡上俯瞰时，除了惊叹自然的伟力，也能理解这两块巨岩带给人类的遐想，这个传说倒也颇为贴切。

在甲午岩，还有一段令人肃然起敬的往事。当年国民党军队弃守大陈岛后，解放军第一支部队上岛的登陆地点就是甲午岩。从这个角度来看，甲午岩虽然与甲午战争无关，但它见证了岛屿的守军轮替，从这个维度向后来人讲述了这座岛屿的不同凡响。

在甲午岩景区，除了这两块岩石外，还有两处景观值得一看。一个当然就是思归亭，我在第一章中已有涉及。另一个就是灯塔。海岛上有灯塔，似乎是平常事，但修建在甲午岩礁石上的这座灯塔，不高，目测也就10米出头，它原先是渔民和海上船只测量时间和定位方向的重要标志，后来经重修，基本上就是一个供游客拍照的观景平台了。倘若单看灯塔，并没有什么特别之处，但如果将它与思归亭联系起来，这座小型灯塔就有了特殊意义：它是一座期待游子归航的灯塔。

在大陈岛，还有一座灯塔，靠近下大陈码头，可以说是大陈岛的一个新地标。这座刚启用不久的灯塔，位于下大陈岛东侧南北水运大通道，塔高16.5米，采用传统塔形结构，塔身通体白色，上有红色屋顶及灯笼，塔身呈弧形，造型灵感取自敬礼的人体弧线和帆船造型。这座灯塔也是东海海区首座具备无线电导航和气象信息感知功能的多功能灯塔，为"万里东海红色纵贯线"增添了一颗地标明珠。尤其引起我注意的是，灯塔采用市电和绿色能源结合供电，灯光射程可达15海里。

大陈岛素有"东海明珠"之称，随着大陈岛旅游业的发展，大陈水域船舶流量越来越大，船舶航线也越来越多。大陈岛灯塔的建成，一方面保障了大陈岛附近船舶的安全航行；另一方面，也为具有传奇色彩且拥有丰富红色资源的大陈岛注入了"灯塔精神"新血液。

事实上，在大陈岛上，和"灯塔精神"同样有着鲜明象征意义的，还有

大陈岛甲午岩（陈富强　摄）

大陈发电厂。这座发电厂被列入国家电网公司百年电力文化遗产，从历史和现实意义上来说，它和灯塔一样，对大陈人而言不可或缺。

叶晓园参与了《大陈岛志》的编写，我向他请教有关大陈岛的问题时，他总能如数家珍，比如有关大陈发电厂的情况。我问叶晓园，既然大陈岛有守军，那么他们一定会用到电。但我在其他史料上看到，只要提及大陈岛用电，均以1958年大陈发电厂的投产作为标志。那么，之前无论是国民党驻军，还是人民解放军驻岛部队，他们的自备发电机算不算是大陈岛有电的标志呢？叶晓园翻开《大陈岛志》的第240页指给我看，这一页有一段文字，是简述大陈岛电力史的，尽管简短，但基本上把大陈岛的电力史梳理清楚了。

> 大陈岛与陆地电网联通之前，为电力自供区。1952年，国民党驻军在下大陈岛小坑建立发电所，安装2台大型柴油发电机组，每晚6至10时向大沙头至南坑里区域输电，1955年2月后停办。1957年10月，解放军驻岛部队在上大陈岛建火力发电厂，次年，下大陈岛地方国营大陈发电厂投产，形成上、下大陈岛2片独立供电区。1988年，敷设连接上、下大陈两岛的10千伏海底输电线缆，以大陈发电厂为主要供电源。2007年12月，台州市首条35千伏陆岛联网海底电缆敷设工程开始施工，总投资1.1亿元。2008年10月26日，完成输电缆敷设工程，2009年11月投入营运，大陈岛用电自此由陆地电网供应，结束50余年自供发电的历史，为大陈岛的进一步开发提供了电力保障。2009年陆岛联网工程投运，由电能消费转为能源输出岛屿。

这段大陈岛电力史，至少说清楚了几个我关注的问题。第一，大陈岛和其他海岛一样，在与陆地的海底电缆连接之前，拥有小型的孤立电网。第二，在大陈发电厂投运之前，大陈岛的驻军是有电可用的，但他们并不向岛上居民全面提供电能，仅供应部分居民用电，所以大陈发电厂的建成，才是大陈岛有电的标志。因为有了大陈发电厂，全岛的全面供电才得以逐步实现。第三，大陈岛实现了与陆地的电力联网，结束孤网运行，并且随着风电场的建成，在保证本岛用电的前提下，还可向陆地输出电能。

有关大陈岛国民党驻军在下大陈岛小坑建发电所的资料，比较匮乏，我只在《大陈岛志》中找到这么几句："1952年，国民党驻军在下大陈岛小坑建立发电所，安装2台大型柴油发电机组，每晚6至10时向大沙头至南坑里区域输电，1955年2月后停办。"小坑发电所是否向岛民供电，表述上有点模棱两可。我从字面上理解，"每晚6至10时向大沙头至南坑里区域输电"似乎是在向居民供电，当然，有可能大沙头和南坑里也是国民党驻军所在地。不过，这至少证明，大陈岛在1952年就开始用电。

相反，有关人民解放军在大陈岛创办小火电厂的情况，倒是在《椒江市

1958年创办的地方国营大陈发电厂，位于下大陈岛南田村（国网台州市椒江区供电公司　供图）

电力工业志》里有比较详细的记载。我梳理了一下，发现这家发电厂前后共运行了34年，当然，中间一直在扩建。对于一座小火电厂来说，这样的运行时长，可以说十分了不起了。

创办上大陈岛发电厂的是中国人民解放军南京军区守备第81团，时间是1957年10月。当时，中国人民解放军南京军区守备第81团团机关移至上大陈岛，接替公安16师防务，并创办火力发电厂，厂址设在上大陈岛庄周庙。这家发电厂的名称叫什么似乎是一个历史谜题，有称上大陈发电厂的，也有称庄周庙发电厂的，不过，守岛部队内部一般称其为守备第81团发电厂。从部队创办的角度来看，这个名称应该更有说服力。

守备第81团发电厂除供驻岛部队用电外，还供应岛上居民用电。电厂创办时，只有1台50千瓦旧木炭机组。1959年，这台旧木炭发电机组改为4160型90马力柴油机与50千瓦发电机配套，并架设3.3千伏线路，供电范围扩展到石牌坊、象头嘴，每晚发电4小时。1964年，供电线路延伸至码头。1970年，改用120匹船用"抱伦敦"柴油机配75千瓦发电机。1976年，守备团扩建电厂，新置3台机组，总容量155千瓦，当年发电6.26万千瓦时。随着用电量的不断增加，1979年，守备团又更换了机组，发电装机总容量达到430马力、268千瓦。1984年，部队开办东海皮鞋厂，电厂开始实行24小时供电，发电量从1983年的8.21万千瓦时，增加到20.69万千瓦时。1988年底，上、下大陈岛10千伏海底电缆接通后，军用电厂的供电范围缩小到黄泥坑以北的4个行政村。1989年和1990年发电量均为5.99万千瓦时，占大陈镇总发电量的4%。1991年1月24日，随着守备团撤销，发电厂也跟着停办。

这家部队自办的发电厂遗址是否还保存完好，我不得而知，我在上大陈岛停留的时间不足24小时，没能前往庄周庙，这是一个遗憾。

从这段史料可以确认两个信息：一是解放军不仅满足自己用电需求，也向周边居民供电；二是即使大陈发电厂已经投运，大陈岛驻岛部队的用电仍主要由自己负责。

　　作为电力工业遗产的大陈发电厂，从创办的第一天起，在很长一段时间内都是大陈岛电力工业的主角。在大陈岛居民的心目中，这座发电厂就是电力企业的象征。事实上，发电厂在岛上承担发供电的任务，直到 1995 年，大陈发电厂改制为大陈供电所，才结束这一使命。随着 35 千伏陆岛联网工程的竣工，大陈发电厂机组才"退居二线"，成为备用电源。

　　和那个年代几乎所有发电厂一样，大陈发电厂也是一家地方国营发电厂。它创办于 1958 年，所在地是下大陈岛南田村。1979 年，在大陈镇元宝山玻璃坑筹建新厂，也就是现在大陈供电所所在的位置。

　　最初的大陈发电厂厂房，是 3 间不足 200 平方米的民房，最早安装一台 18 千瓦炭气发电机组，于 1958 年 5 月 1 日投产。这台容量不大且看上去不起眼的发电机组，是德国制造，真正是漂洋过海来到大陈岛的。柳兴发是首批上岛的垦荒队员，他还记得，大陈岛亮起的灯，让垦荒队员们和岛上居民

1979 年在大陈镇元宝山玻璃坑筹建新厂（国网台州市椒江区供电公司　供图）

在夜里有事做、有活干。

刚建厂时，全厂只有 2 名职工。发电机组每天晚上运行 5—6 小时，主要为岛上居民照明供电。在之后的几年里，发电厂虽然扩建了 4 间厂房，但也只有 98 平方米。由于炭源缺乏，不得不淘汰炭气发电机组，新装一台柴油发电机组，容量 78.8 千瓦。这时，厂里职工也增加到 3 人。

发电厂老人们回忆，当时发电厂楼下是发电机房和仓库，楼上是宿舍和办公室。电厂员工总共 3 个人，但他们分工明确，分别管理发电、线路、财务物资。随后，由于大陈岛用电需求持续增加，发电机组不断更新换代，最大装机容量一度达到 1256 千瓦，职工也增至 31 人。

炭气发电机组早已淘汰，即便像大陈岛这样的小岛，也仅用了 1 年左右

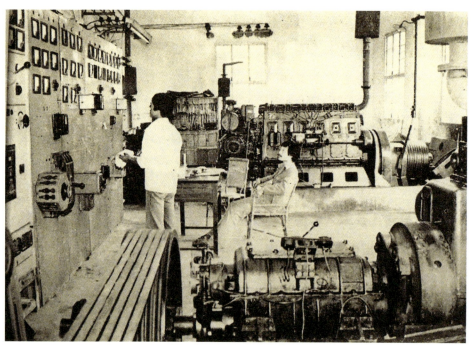

1981 年，大陈发电厂员工正在发电车间内记录柴油发电机组的运行数据
（国网台州市椒江区供电公司　供图）

的时间就将炭气发电机组更换成了柴油发电机组。顾名思义，"炭气发电"，是利用木炭作为燃料来进行发电，原理上和煤电机组类似，但炭气发电不仅成本高，原料也相对贫乏。不过，它在大陈岛发电史上立下的功劳，不可忘却。

炭气发电机组在大陈岛投入运行，是大陈岛有电的标志。这台机组与甲午岩的灯塔所发挥的作用异曲同工，它们都以光的形象，为远航或者归航的船舶指引方向，也为回家的人以及等候他们回家的人，点亮一盏灯，照亮回家的路。

光明井与煤油灯

我第一次登上下大陈岛是 2016 年夏天。大陈供电所时任所长王海强全程陪着我，走遍了下大陈岛的角角落落。在岛上的几顿饭，都是在所里食堂解决的。食堂距离大陈发电厂厂房不远。海强说："以前发电机发电时，我们都是伴着震耳欲聋的机噪声用餐的，后来电厂作为备用电源停运了，我们有好长一段时间不适应，一到用餐时间，就感觉所里面特别安静，总觉得缺少了一点什么。"

时隔 8 年，我再次登岛，有充裕的时间看看所里的每一间房、发电车间里的每一台机组，以及陈列的每一个老物件。当然，我依然在所里和工人们一起用餐，空间不大的食堂，收拾得很干净，两张桌子刚好坐下正在上班的员工。由于员工上班是轮值制，所以能赶上午餐的人不多，用晚餐的则更少。离所大约 300 米远的地方，有所里的集体宿舍，即使是大陈岛本地员工，也大多住在集体宿舍。说是集体宿舍，其实条件不错，除了睡觉的房间外，还有独立的厨卫。

食堂阿姨烧得一手好菜，我在所里吃的几顿饭，菜几乎不重样。她煮的红薯很好吃，我以为是烤的，其实不是，她说是用电饭锅煮的。我在所里吃到一种红头虾，记忆中是第一次吃，虾头大，虾身小。海强说："你一定要多吃一点，别处没有这种虾，它的味道很鲜，是早上去买的活虾。"其实，我觉得每一道菜都很对胃口，所以，我吃的量比海强他们要多。食堂阿姨和我们一起吃，大家围坐在一起，有一种家的感觉。说实话，这种用餐模式我已经很少见到，在单位食堂，大家都是端了饭菜各自用餐，吃的是快餐。而大陈供电所的食堂，则像家一样，大家围桌而坐，有说有笑，工作上需要讨论协调的，饭桌上也能解决，气氛极其融洽。现任所长蒋伟坚很年轻，话不多，但一看就是很机灵的样子。我在岛上的几天，他也几乎天天和我在一起，吃饭时，他拿了一个红薯，掰了一半给我，说："我吃不了一个，我们一人一半。"他的动作和语气都很自然，我也十分乐意地接过红薯搁在碗里，然后吃掉它。

吃完，我对阿姨说："菜烧得很好吃。"阿姨笑着说："即使我烧得不好吃，你们也说好吃。"我笑着回话："是真的好吃。"

一条公用道路将供电所一分为二，靠近山坡一侧是办公和机工具用房，路的另一侧则是发电厂、电力垦荒史长廊，以及电力垦荒文化展厅和食堂。一楼的一间房子原先是堆放杂物的，现在已经改作"红船·光明书舟"的小型图书室，墙上还挂着一条写有"红船·光明读书会"的横幅。架子上的书不多，是由书舟统一配送的，但一进门，便能感受到充盈的书香气息。这间房子也充当着劳模王海强的实操工作室，足以满足小型员工培训的需求。在王海强看来，所里需要有这么一个小小的图书室，人总是要有一点精神的，而好的图书，可以丰富人的精神和内心世界。

供电所外墙多了一组墙绘，主题是大陈岛垦荒和电力垦荒。海强指着墙上的墙绘说："这是你上次来提的建议，现在靠马路和对着发电厂的墙面上，我们都画上了大陈岛垦荒和电力垦荒的墙绘。"我转着看了一圈，确实如海强所说，这些墙绘反映的是垦荒内容，一目了然。记得我第一次上岛来所里时，两面墙上都是空白的，我觉得有点可惜，建议所里在墙上画点什么，内容可以是大陈岛垦荒，也可以是跟大陈电力相关的主题。我之所以提这个建议，是因为我在延安枣园供电所和南泥湾供电所看到了墙绘，觉得很好，花的钱不多，但对外的宣传效果很好。我记得当时在枣园供电所看到的是一些与张思德有关的绘画，枣园供电所将张思德作为自己学习的榜样和推广的品牌。在南泥湾，我看到的墙绘则是南泥湾垦荒的画面，感觉非常有意义。

我对海强说，大陈供电所是一个相对独立的区域，但一面挨着公路，而且从这里可以到达垦荒纪念碑，如果游客在经过这里的时候，看到墙上的这些画面，应该会留下一些印象。我从手机里翻出几张在延安拍摄的照片，供他们参考。

很显然，海强他们把我的建议当回事了。我记得当时国网台州供电公司党建部的同事还拍了墙绘照片发给我看，我自然很欣慰。这次上岛，能亲眼看一看这些墙绘，我觉得特别亲切。不过，所里的面貌，比我上次来时，更

大陈供电所的垦荒主题墙绘（陈富强　摄）

大陈岛上的电力主题墙绘是一道特别的风景线（陈富强　摄）

多了一些电力垦荒元素，比如门前的群雕以及群雕边上放置的已经废弃的风力发电机。这台风机是欧共体援建大陈岛的3台风机之一，因已到使用年限，报废了，所里将其部分设备拆卸下来，安装在这里，作为垦荒园的一个实景。

说到墙绘，我在大陈岛上发现，几乎每个配电房外墙上都有墙绘。画面内容基本上都是电力与大海的元素，而且色彩多为海蓝色，看上去赏心悦目。这些配电房的外墙在没有墙绘之前，通常是水泥墙，显得冰冷而坚硬，偶尔可见爬墙植物。而墙绘则让不起眼的配电房生动起来，既好看，又宣传了用电常识，行人路过时往往会多看一眼。

在一家客栈附近的配电房外墙上，我发现了全岛绿电地图，卡通化的Logo，配上全电民宿、全电交通、全电养殖、全电景区等元素，描绘了海岛低碳共富的美好生活场景。这种融入服务理念且独具特色的风景式配电房外墙成为大陈岛网红打卡点，得到周边民宿、海岛游客和大陈镇政府的一致赞誉，大陈岛因而还被国网浙江电力命名为"乡村振兴，电力先行"示范区。

在大陈供电所办公用房与发电车间之间的靠山处，有一处面积不大的院落，外墙是由石块垒成的，以一道铁门为界，隔在里面的是一口水井。这口水井，主要是提供发电用水。众所周知，发电机组无论大小，都需要用水进行冷却。这口水井有一个好听的名字，叫"大陈发电厂光明井"。从墙上的挂牌可以略知光明井的来历。这口水井，挖掘于1979年，是发电厂柴油发电机组的冷却水源，服役至2006年。1979年，在大陈岛元宝山玻璃坑兴建了一座地方筹建的新发电厂，改原有3.3千伏输电线路为10千伏线路，增置从黄岩县电力公司调入的135马力潍坊6160柴油机，配以120千瓦发电机，总装机容量达220千瓦。同期，配合建造冷却水井，即光明井。光明井水源来自经自然过滤后的山水，清澈、纯净，为机组提供优质的冷却水源，起到防沸、防腐、防垢的作用。

这口水井不太起眼，如果不刻意关注，很容易错过。我弯腰从井口往下看，水像一面镜子，我的脸倒映其中，果然十分清澈。我问海强："井里的水可以喝吗？"海强说："都是山上流下来的水，干净得很。"我对海强说："下次再来，我们用光明井里的水泡一壶茶，慢慢喝，边喝边看海上日落。"海强说："一言为定。"我笑着说："那就说好了。"我想，喝着光明井里的水，看海上日出日落，会是什么感觉？它们都是光明的化身，日出之后是晴天，日落之后，也会有星星和月亮，即使在黑夜，只要有光明井里源源不断的井水，大陈发电厂的所有机组都枕戈待旦，随时可以启动，大陈人就不愁找不到回家的那条路。

从食堂出来，一排石砌房子格外醒目。这里原先是发电车间，后来扩建，机组都被移到更为宽敞的车间，这里便改建成"三色三地"电力垦荒文化展厅。所谓"三色"是指"垦殖拓荒，重塑红色记忆；无私奉献，拥抱蓝色海湾；开拓创新，共享绿色能源"；"三地"则是指"垦荒精神教育基地、智慧能源示范基地、社会责任根植基地"。

展厅外的空地上，放置着一台退役的柴油发电机组。海风的侵蚀，使得机组的一部分已经生锈，但整体结构依然完整。这台大陈发电厂4号柴油发电机组，1998年9月投运，2009年11月退役，共为大陈发电厂服务了11年。现在作为文物搁在它曾经服役的厂房前。

我想，这是它最好的归宿。

类似机组在车间里还有多台，只不过从服役年份来看，这台机组相对要早一些。我在车间里挨个看了一遍，最早一批机组已经找不到了，从电力工业遗产这个角度而言，这自然是非常遗憾的。王海强是所里的老员工，见证了这家发电厂从主力到备用的全过程，他也觉得很可惜，说："当年，我们还是缺少这种概念，旧设备退役了，就没想着这些旧设备都是历史，都是宝贝，没有好好保存下来，现在回想，真是非常可惜。"

展厅里展示了不少实物，也有一些珍贵的老照片。客观讲，正是空地上的那台柴油发电机组，让这个展厅一下子活了起来。

打洞钎给我留下了深刻印象。由于大陈岛土质坚硬，多为白石泥和岩石，电力工人们在立电杆前需要花大力气打杆洞，10米的电杆需要打1.7米深的

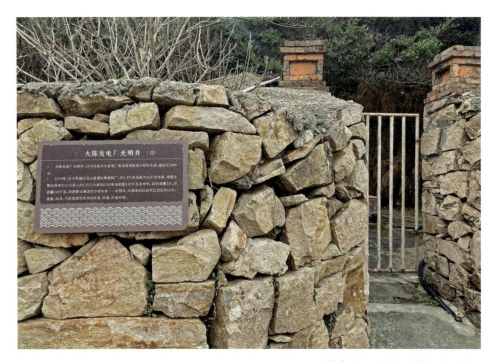

大陈发电厂光明井（陈富强　摄）

大陈发电厂退役的柴油发电机（陈富强　摄）

杆洞。当时的打洞钎是在岛上的打铁店里打的，遇到特别硬的岩石地时，两位电力工人要花一天时间才能勉强将杆洞打好。这部分内容，有很强的年代感，容易让人联想到那个年代工作环境的艰苦与电力工人的坚韧。

展厅内有一些大陈发电厂职工用过的工具，其中不少都是老员工捐赠的，比如一双 20 世纪 80 年代的脚扣，就十分珍贵。20 世纪 80 年代，大陈岛上的线路工，多用自制的登高板爬杆作业，这种登高板对电力工人的臂力要求很高，而使用脚扣上杆则要省力许多。陈列在展厅内的这双脚扣，是当时大陈岛上唯一的一双。工人们用到脚扣的皮带磨损断开了，也舍不得扔，绑上一些铁丝便能继续使用。脚扣的铁制件已锈迹斑驳，皮带补过的痕迹清晰可见。这双脚扣，很容易让人联想到一个画面：工人利用脚扣登上电杆抢修，他们在风雨阳光中的身影，显得特别伟岸。

展厅内还珍藏着一副登高板和一根安全带，注明的时间是 20 世纪 80—90 年代。20 世纪 80 年代，大陈岛物资仍然匮乏，岛上的电力工人需要用自制的登高板爬杆作业。安全带虽然是统一配发的，但当时的安全带是单保险的，工人在电杆上作业，如果身体有所转动，安全带很容易脱落导致安全事故。直到 20 世纪 90 年代中期，大陈岛的电力工人才用上了双保险的安全带。

此外，陈列的一支 20 世纪 70 年代的手电筒也颇为珍贵，是那种可装 5 节电池的手电筒。这支手电筒，是大陈供电所员工夜出抢修的重要照明工具。同处摆放的，还有锄头、大扳手、电工刀、钢锯和周长尺，都是 20 世纪 80 年代的工具。

在所有实物中，一盏 20 世纪 60 年代的老式煤油灯显然是历史最悠久的。这盏煤油灯的上下部分已经有些脱落，金属部分也全部生出铁锈，但玻璃罩仍完好无损。王海强说，这盏灯是当时所里最珍贵的家当之一，发电厂不能保证 24 小时供电，所里职工的用电也一样，一到夜晚，发电机停机了，几位职工就聚集在煤油灯下聊天。我问海强："这盏灯还能用吗？"海强说："给

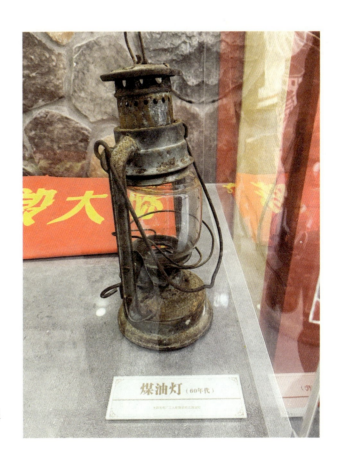

"三色三地"电力垦荒文化展
厅内的煤油灯（陈富强　摄）

它加上油，就能点亮。"后来，我在中央电视台一部专题片《绿电打卡大陈岛》
中，又看到了这盏煤油灯，记者向王海强问了和我所问的同样的问题。王海
强也给出了同样的回答，并当场演示，这盏煤油灯果然被点亮了。

看到这里，我突然有点莫名的感动，这盏灯，不正是那些在岛上坚守一
辈子的老电力人吗？他们即使已经年迈，也依旧保持着职业习惯，只要有需要，
就随时可以化作一盏灯，为海岛提供光亮。

"三色三地"电力垦荒文化展厅内陈列着垦荒老物件、老照片（国网台州市椒江区供电公司　供图）

"红船"泊岸大陈岛

　　大陈供电所二楼的会议室也兼作"红船·光明学堂"。类似的光明学堂在浙江省有6所，通常设在红色资源比较丰富的地方，比如嘉兴南湖供电所，因拥有一个面积比较大的实训基地和一个红色主题陈列馆，便顺理成章地辟出一个空间作为光明学堂；在义乌，陈望道故居有一所光明学堂；温州平阳是全省第一次党代会的召开地，也有一所光明学堂。这些都是顺理成章的。但大陈岛的硬件条件相较岛外一些地区，是明显不足的，最终确定在这里设置一所光明学堂，可见政府、企业和民众的用心。那怎么解决前来培训的学员的生活问题呢？大陈供电所党支部书记曹霞告诉我，大陈供电所和大陈镇进行联动办学，比如住宿可以安排在相关的全电民宿，教室则可借用大陈实验学校。大陈供电所的光明学堂开办后，已成功组织党员集中培训。学员们对岛上的几天培训十分满意，不仅学到了理论知识，还能走走看看大陈岛上的自然资源与红色资源，一举两得，收获满满。

事实上，大陈供电所的光明学堂和包括大陈发电厂在内的电力文化遗产，都是国网浙江电力在学党史过程中策划并实施的"红船·光明"立体式教育载体的一部分。

浙江作为中国革命红船的起航地，拥有丰富的红色资源，"红色根脉"是浙江最鲜明的政治坐标，为党员教育提供了生动的"活教材"。国网浙江电力作为守护之江大地万家灯火的电网企业，拥有在职党员 3 万余名。由于企业党组织规模较大和党员数量较多，党员集中教育培训任务繁重，在一定程度上存在培训阵地不足、教育形式不够丰富、工学矛盾突出等问题。国网浙江电力积极探索加强党员教育培训的有效途径，大力弘扬伟大建党精神和红船精神，充分利用浙江红色资源，创新构建多维度、立体式党员教育载体，带领广大党员走出书本、迈出教室，在沉浸式学习中追寻红色足迹、传承红色基因，鼓起迈进新征程、奋进新时代的精气神。

我手上有一份《红船·光明之路红色教育路线》图册，这份图册用图文详细列出了全省 18 条由红色资源、电力文化遗产与最新科技前沿的能源电力项目组成的教育路线。

比如"重走一大路"，集中了嘉兴地区的红色资源，其中"海宁尖山源网荷储一体化示范区"则是国内首个"源网荷储一体化示范区"、浙江省首个"绿色低碳工业园"。示范区包括绿色低碳工业园观景台、尖山城市会客厅、凤凰换流站等参观点。学员在南湖边的光明学堂完成理论培训后，可到这里参观学习，实地了解新型电力系统建设的典型做法。

再比如"信仰的味道"，围绕陈望道翻译《共产党宣言》的故事展开。而"前途光明"，则回溯至 1939 年春天，周恩来以回乡祭祖的名义回到祖籍地绍兴，宣传抗日的红色往事。1939 年 3 月 30 日晚上，周恩来邀请 5 名绍兴大明电气公司的青年职工进行夜谈，这 5 位职工分别是陆与可、史美钰、周文元、蒋桐生和顾康年。周恩来在与他们座谈后，向每人赠送一幅题词。由于年代久远，只有陆与可珍藏的题词被保留下来，因此显得特别珍贵。这幅题词只有 4 个字——"前途光明"，既蕴含着对中国人民抗战必胜信念的鼓舞，也寄托着对电力职工的殷切希望。陆与可将这幅题词赠送给绍兴鲁迅纪念馆。在绍兴参加培训的党员可去现场一睹题词真容。与之配套的，是绍兴供电公司创办的"光明馆"。

将枯燥的党史学习变得生动，是"红船·光明"寻求的目标。以大陈岛光明学堂为例，有学员感慨："这样学习党史，太深刻、太有意义了！"参加培训的党员，通过聆听一堂党史理论课、重温一次入党誓词、重走一次垦荒路、缅怀一次革命英烈、模拟一次垦荒沙盘、交流一次党性感悟的"六个一"沉浸式学习，在很大程度上加强了党性修养，坚定了理想信念。

这"六个一"是"红船·光明"立体式教育载体的基础框架，换言之，是最低标准。就像大厨拟定一份菜单，看上去似乎是同一道菜，但食材则可根据当地特色进行重新配置。具体做法主要有以下几种。

制定"红船·光明学堂"的建设和管理办法，明确每个学堂需具备"5 + X"要素，"5"即配备一个具有较大影响力的红色教育资源、一个现场党性教育点、一堂现场微型党课、一堂党的理论课程、一个现场实践点；"X"指结合当地和单位实际，融入其他特色化的教学资源。2019 年以来，国网浙江电力先后在嘉兴南湖、金华义乌、温州平阳、台州大陈、余姚四明山、绍兴等红色资源聚集地，建成了 6 个"红船·光明学堂"，将学堂打造成为国网浙江电力党校的校外教学基地，累计组织了近 20 期、1200 余人次的党员集中培训。比如，台州大陈"红船·光明学堂"深度融合大陈岛红色教育特色，打造垦荒记忆体验区、爱国精神体验区、电力文化体验区，创新开发大陈岛垦荒建设模拟、重走垦荒路等体验课程，为党员教育培训提供优质的教学实践平台。

整合浙江 11 个地市的红色资源、优秀文化资源、先进典型资源，以党史、新中国史教育为主要内容，串珠成链、连点成线，推出"重走一大路""信仰的味道"等 18 条"红船·光明之路"红色教育精品路线。从属地单位选聘一批"红船·光明"讲师，围绕当地红色资源，开发 18 门红色研学课程，创新推出实地参观式、沉浸体验式、深度讲解式、故事表现式等多种课程形式。同时，研发线上预约小程序，便于各级党组织"在线点单"。截至 2022 年 8 月，共有 2200 余批次、4.3 万余人次参观学习。比如，"重走一大路"路线串联了南湖红船、南湖革命纪念馆、红船党员服务队示范基地及"红船精神、电力传承"主题馆等点位，组织广大党员重走革命路，与历史对话、向先辈致敬。

在基层党支部建成的 234 个"红船·光明书舟"中，以支部党员为主体，辐射周边职工群众，常态化开展"红船·光明读书会"活动。书舟通过大力开展阅读阵地建设、构建好书推荐分享机制、丰富读书活动等方式，引导广大党员和职工群众多读书、读好书。比如，嘉兴供电公司依托书舟广泛开展以"红船伴我行、书香满嘉电"为主题的读书活动，组织党史知识竞答、"时光慢寄"投递、"漂流书舟"捐赠等特色活动，切实把党支部建设成为开展党员学习教育、弘扬党内政治文化、推动全民阅读的坚强战斗堡垒。

组织优秀青年党员宣讲员以微型党课、微文化课、微情景剧等形式，开展既有理论高度，又有实践深度，更有情感温度的理论宣讲，让新时代党的创新理论真正深入人心，并转化为推动电网发展的强大力量。在党史学习教育期间，3 支宣讲队伍、21 位宣讲员带着精心挑选的党史学习"大礼包"，历时 12 天，辗转 11 个地市，开展了 14 场次党史专题巡回宣讲活动。他们以沾泥土、带露珠、接地气、冒热气的方式，走进工程现场和基层站所，深入广大党员和职工群众，推动党的创新理论和党史学习"飞入寻常百姓家"。"红船·光明宣讲团"因此快速"吸粉出圈"，在党员干部、职工群体中收获了大量"粉丝"。比如，"90 后"青年党员缪乐颖宣讲的"永远绽放的笑容"

党课视频在各大网络平台发布后,点击量超过千万,成为群众性主题宣教的"金牌课",被中央宣传部评为"2021年度优秀理论宣讲微视频"。

红船党员服务队以共产党员为骨干,全心全意服务人民群众用好电,是为群众办实事、解难题的为民服务先锋队。为了让红船党员服务队队员有更好的实践平台学以致用、实干力行、为民服务,帮助农村百姓用电更便捷、更绿色、更优质、更智能,国网浙江电力因地制宜打造106个集聚智能办电、便民惠民、科普教育等功能的"红船·光明驿站",将其建设成为红船党员服务队传承红船精神的示范站、践行电业为民的服务站、密切联系群众的联络站、传递光明温暖的能量站、争当电力铁军的先锋站。驿站的轮值和服务人员以红船党员服务队队员为主,鼓励引导广大党员参与结对帮扶、志愿服务等,为党员搭建实践锻炼的平台。"红船·光明驿站"入选中央企业"我

编号为001的"红船·光明书舟"在嘉兴南湖揭牌(陈富强 摄)

为群众办实事"实践活动百项特色项目。

探索"课堂＋基地"实训模式，组织党员就近就便到红色基地学习，重温入党誓词，过"政治生日"。这既是上级组织部门的要求，也是筑牢基层根基的需要。

我是上述活动的参与者，其中建造"红船·光明书舟"就是我的倡议。实事求是地讲，建造一批规模不小的"红船·光明书舟"是需要大笔资金支持的。在征得领导同意后，我们把这笔购书费用列入年度预算，从党费中列支，并按每个书舟1万元的经费标准进行统一采购、配送。我从多家书店提供的数万册图书目录中，选择一部分作为书舟的固定采购目录。这其中既有中外文史哲经典著作，也有浙江本土作家的作品，如黄亚洲的《红船》、余华的《活着》、王旭烽的"茶人三部曲"、麦家的《风声》等。这一书目也成为

"红船·光明书舟"开阔了孩子们的视野（国网浙江电力　供图）

不少单位职工书屋和图书室采购的重要参考。

3年下来，书舟获得的反馈，几乎都是正面的。有的单位以书舟为先引，再自行采购一部分图书加以充实。在书舟基本建成后，我们又组织"红船·光明读书会"，一时间全省各地书香四溢，职工们普遍反映我们做了一件好事，此举让不少员工摆脱了手机的依赖，每年能读上一两本书，甚至好几本书。我们还将书舟驶向青藏高原，在青海玉树的一所我们对口帮扶的学校，也建成了一个书舟，作为学校图书馆的补充，受到当地师生的热捧。

所以，在大陈岛上，看到这艘特殊的"红船·光明书舟"，我感到特别欣慰和亲切。

以上述主要内容为样本的研究课题，也获得了更高层面组织的认可。"百年电力的'光明'基因传承"课题经中央宣传部审定，被评为全国基层思想政治工作优秀案例。

大陈发电厂人物志

1956年1月31日，21岁的叶荣华随着第一批垦荒队员踏上大陈岛的土地，被岛上凄凉的景象惊呆了：一江山岛战役后，狼狈撤退的国民党军队留下了一座破坏严重、布满地雷的死岛。排雷成为解放军上岛后的重要任务。

我在大陈岛采访时，听岛上的居民说，当时连鸡鸭等家禽也成了排雷的一把好手。这种排雷方式让我感到好奇，王海强说确实是这样，他也听岛上的老人讲过，那些长大的鸡鸭被放到雷区，一旦踩踏到地雷，地雷就会被引爆。

叶荣华是第一批登岛的垦荒队员。他从事的第一份职业是渔业捕捞，他所在的捕捞队是大陈岛第一支渔业捕捞队。从此，不管刮风下雨，在陆地长大的叶荣华开始适应海上生活，并且学会了摇橹、驶船和撒网打鱼。一年多以后，

垦荒青年响应号召上岛垦荒，其中就有大陈发电厂建设者之一——叶荣华（照片中间举锄微笑者）

（大陈镇 供图）

他当上"勇敢"号机帆船的轮机手，开始远海捕捞，先后赴江苏吕泗洋、浙江嵊山渔场作业。他所在船队捕捞的大黄鱼、带鱼等水产品，多达 200 余担。

1958 年 10 月，对于叶荣华来说，是终生难忘的日子，那天他被推选出席第二次全国青年社会主义建设积极分子大会，受到党和国家领导人的接见。其时，他已从垦荒队转到大陈发电厂，参与发电厂的筹建。叶荣华深知，岛上物资的匮乏可以忍一忍，唯独缺电，让一切步履维艰。

1958 年，叶荣华带领部分垦荒队员在岛上勘查后，利用国民党军撤走时未完全摧毁的老房子，用仅有的一台 18 千瓦炭气发电机组建设发电厂。1958 年 5 月 1 日，大陈发电厂正式成立，开始每晚为岛上的垦荒队员和居民供电 3 小时。

在垦荒队员的血汗浇灌下，大陈岛逐渐复苏，对电能的需求也随之扩大。被大陈岛发展"催着跑"的大陈发电厂，供电能力捉襟见肘。1960 年 7 月，垦荒任务完成后，原本可以返回温州的叶荣华，毅然选择举家留在大陈岛。此时，他开始担任大陈发电厂副厂长。

叶荣华在大陈发电厂工作期间，先后经历了 3 次比较大的事件。第一件是在 1963 年，叶荣华带领他的职工为电厂增加 1 台 50 千瓦柴油机组，总装机容量 78.8 千瓦，这是大陈发电厂的第一次扩容。第二件是在 1979 年，叶荣华带领团队在大陈岛元宝山玻璃坑筹建新厂，改 3.3 千伏线路为 10 千伏线路，每日发电时间由 6 小时增至 16 小时。这是一次比较大的飞跃，大陈岛用电需求初步得到满足。第三件事则意义重大，1985 年，浙江省第一批风力发电机组落地大陈岛，与大陈发电厂并网运行，让大陈岛的风电水平位居浙江前列。这些风机，也是中国实施可再生能源发电的早期实践。而叶荣华有幸赶上了。

在叶荣华的记忆里，1985 年 12 月是刻骨铭心的。时任党的总书记来到大陈岛看望老垦荒队员时，特地到访叶荣华家，亲切询问了大陈发电厂的运营情况，鼓励大陈电力人再接再厉，为大陈岛发展做出贡献。

叶荣华在大陈岛待了 38 年，可以说，他把一生中最宝贵的时光都献给了这座海岛。作为大陈发电厂的主要创办人，他从大陈岛垦荒到电力垦荒，一辈子都在和垦荒打交道。他蹚出的大陈电力垦荒路，为后来者立起了一座路标。

王海强对叶荣华有深刻的印象。可以说，叶荣华是促使他进入大陈发电厂的一个重要因素。海强告诉我，在他开始记事后，每到入夜，家里的电灯总是忽明忽暗，甚至突然就熄灭了。后来才知道，是电压不稳定导致家里的电灯泡或者线路被烧坏。爸妈摸着黑出去找人，一会儿就带回来一个电力工作人员，他三下五除二，非常熟练地操作了一番，一会儿工夫，家里的灯就重新亮了。那时候，王海强就在心里感叹，这些师傅的技术也太厉害了吧！

其中，有一位叫叶荣华的师傅给王海强留下的印象最为深刻，不光是海强家，左邻右舍家里，只要谁家电路或者电灯一有问题，他总是随叫随到。海强还留意到，除了晚上经常帮居民解决照明问题外，叶荣华白天还和单位里的另外两名同事一起，抓紧时间给还没通电的村子架线杆、拉电线、挂电灯，忙得团团转。其他时候，几名工作人员就守着发电机组，枕着轰鸣的巨响争分夺秒地补休一下。

海强说，自己小时候贪玩，经常跑到供电所那边玩，发电机组震耳欲聋的噪声让他捂着耳朵唯恐避之不及。和叶荣华熟悉了以后，海强忍不住问他："你们每天忙进忙出，在家家户户跑，不累吗？图啥？"叶师傅拉着海强的手说："服务好岛上的每家每户，确保岛上长期明亮，这就是我们坚守在这里的原因。"

这句话，王海强一直记在心里。可以说，它在王海强心里埋下了一颗种子，在若干年以后开始生根发芽。

王以宽曾任大陈发电厂厂长兼党支部书记。与叶荣华不同的是，王以宽是先在部队服役，后到地方工作，再到电力任职。

1922年5月出生于江苏睢宁的王以宽，家境贫寒，从小就干农活。如果不是1943年2月在江苏宿迁参军，他或许会在老家种地一辈子。参军后，由于表现优秀，王以宽历任副班长、班长、副排长。在抗日战争和解放战争中荣立一、二、三等功各2次。南下台州后，他任黄岩县1中队3排排长，参加过沿海剿匪斗争，后又先后任台州军分区一连、警卫连副连长，抗美援朝新兵营连长。1953年起，他调入地方工作，曾经在中共海门大陈工委等单位任职。1972年，他从地方政府调任大陈发电厂厂长兼党支部书记。1983年4月离休。2005年8月15日，国家电网公司党组向王以宽致慰问信，向这位"为抗战胜利英勇奋斗的老战士"致以崇高的敬意，并向他转送由中共中央、国务院、中央军委联合颁发的中国人民抗日战争胜利60周年纪念章。

在电力垦荒史长廊的一块石碑上，我看到了朱小青的名字。和他的前辈王以宽一样，朱小青也是部队转业军人。

1970年，已任副排长的朱小青依依不舍地离开了舟山军营，背起行囊来

1983 年，朱小青接任大陈发电厂厂长
（国网台州市椒江区供电公司　供图）

到大陈岛，走进位于南田村的大陈发电厂，呈现在他眼前的是 3 间石头房、2 台发电机组，这就是当时电厂的全部家当。那一年，朱小青 26 岁。

接下来的日子，朱小青开始用脚步丈量海岛，海岛居民用电之难在他心里留下了深刻的印记。朱小青刚到厂里时，分配的工作是发电，他白天检查保养机组，晚上上岗发电。好学的他默默地记录下发电成本，想办法降低损耗。我可以肯定，已经在部队穿上 4 个兜军装的朱小青，到大陈发电厂后成为一个普通员工，内心没有一丝起伏是不可能的，但他很快调整好心态，全身心投入工作。

因为业务能力突出，1983 年，朱小青接任大陈发电厂厂长。海岛特有的地理环境，加上他肩上的重任，让他以更宽广的视野审视大陈电力的发展。他把心思集中在了风力发电的探索上。几年以后，他的愿望终于成为现实，风力发电场的建成，大大改善了海岛的用电环境。1988 年，联结上大陈岛和下大陈岛的 10 千伏海底电缆 104 线建成投运，两岛用电实现自发自供、自成一体。

然而，大陈岛远离陆地的特殊性，也让朱小青经历了人生的至暗时刻。

1993 年，朱小青的妻子突患重病，大陈岛的医疗条件根本无法诊疗，而此时大陈岛至椒江的航线恰逢封航，朱小青妻子的病情就这样被无情耽搁。

我两次进出大陈岛，也多次去过其他远离陆地的海岛，几乎所有采访过的人和认识的朋友都会告诉我，在岛上，最担心的就是遇上极端天气，在客货轮停航时，即便面临再重要的事情，也只能望洋兴叹。朱小青的遭遇，我感同身受，我能体会他当时的孤苦无助。海浪滔天，撞击礁石发出的巨响，或许是为朱小青失去亲人发出的悲鸣，但岛上的灯火，却是对他最好的告慰。

金信祥 18 岁就进入大陈发电厂，从事的是外线工的工作，主要负责架线修灯。金信祥老家在黄岩长潭库区，他之前一直生活在陆地，从没见过大海。刚上岛时，海上有风浪，船只一路颠簸，他心里直喊受不了。上岛的最初几天，他几乎整夜失眠，主要原因还是楼下的发电车间几台机器同时启动发电，轰隆隆的声音吵得他头疼欲裂。好不容易浅睡过去，又常常做梦，梦境里都是自己回了老家。

持续半月，金信祥终于习惯了在机器的轰鸣声中入睡，如果哪天发电机停了，他反倒睡不着了。

那时，用麻绳和粗木条绑成的登高板、用牛皮做的保险带就是全套爬杆装备。金信祥苦练本领数月，终于掌握了线路运维、抢修的基本技能。他记得，那时候，电直接从发电机接出，电压 110 伏，线路就架在截面直径只有 10 厘米的木头杆上。他说："那时电压等级低，负荷小，导线也不重，我们就地取材，用木头做成电杆，成本最低。木杆长 7 米，两个人就能抬起来，在山间搬运和架设都方便。"

除了日常抢修外，金信祥还要过海抢修。当时，囿于条件，输电线路用不起全铜线，只能用铜包钢导线代替。这种导线的缺陷是在放线过程中，容易被磨破，露出钢芯。这样就让海风有了可乘之机。海风本身就包含高密度盐分，经年累月地腐蚀钢芯，用不了几年钢芯就酥软了。一旦台风来袭，铜包钢导线就容易断落。

大陈岛的浪通门，据说是产生"世界之最"巨浪的小海峡，海峡的一边是下大陈岛，另一边则是屏风山，中间是 130 米左右的浅水道。20 世纪 60 年代，屏风山上驻扎着部队，台风袭来时，岛上的电线很容易被刮断。然而，军事用电不可耽搁，所以，只要气象预报说台风将至，并且达到 7 级，金信祥就得赶紧坐船赶过去。船经过浪通门时，总会遭遇大浪，在剧烈摇晃中大幅起伏。而金信祥和同伴坐的又是小船，每次上岸，都有一种死里逃生的感觉。

海风的侵蚀，往往超出人的预料。比如一根角铁，不出六七年就会腐烂。在岛上，抢修线路的频率要比陆域地区高，而且，发生事故的概率，晚上要比白天高。没了电，抢修路上一片漆黑，伸手不见五指。金信祥的腰间经常别着一个手电筒，一个人独自走在山间，耳边是海风的嘶叫，说不怕是假的。不过时间久了，金信祥也习惯走夜路了，正所谓"夜路走多了，连鬼都不怕"。岛上人都说，这个金信祥，比我们胆子还大。

但是，还是有一次，把金信祥吓得够呛。一个夏天的晚上，金信祥结束抢修后回所里，走在山脚下，为了省电，就没开手电筒，没想到路中间有一条五步蛇在乘凉，黑灯瞎火的，金信祥一脚踩了上去。只听见"呼"的一声，蛇一跃而起扑向金信祥的裤腿，所幸他穿的工作裤比较厚，才逃过一劫。回到所里，他惊魂未定，跟值班的同事说，今天晚上去鬼门关走了一趟。同事听他一说，也吓了一跳，安慰他，大难不死，必有后福。金信祥想笑一下，终究没有笑出来。

吴根法在我的采访名单里，但他临时有事，我们终归没有见上一面。不过，我在大陈供电所看到了他的一张照片。

曾经担任大陈发电厂发电车间主任的吴根法，在技术上有一手。我是从一张老照片上做出如此判断的。这张照片拍摄于 1983 年，吴根法双手放在身后，他的身后，则是一台风力发电机。照片说明写着：1983 年，吴根法与大陈试验风力发电机合影，该风机由浙江省电力修造厂制造。

这家电力设备制造企业生产的风力发电机出现在大陈岛上，有点出乎我的意料。1983 年，中国的电力工业体制尚未进行重大改革，即使 2002 年国家电力公司被拆分后，这家厂也依旧在国网浙江电力序列。直到 2011 年，国家电网公司实行主辅分离，这家厂才成建制转到中国能源建设集团。

1983 年，吴根法 23 岁，他第一次领到大陈发电厂的工作证，这张工作证也被翻拍成照片，与他和风机的合影放在一起。此外，还有一张被翻拍的奖状照片也被展示在一起。那是 1986 年，吴根法被评为椒江市电力公司先进生产工作者。从这张奖状可以看出，他是一位勤勉的一线工人。

除了上述图文，还有一件事引起了我的注意：吴根法是欧共体大陈风力发电站建设者之一。

和吴根法一样在技术上有一手的是孙旭东。他是大陈发电厂风力发电技工，也是直接参与欧共体援建风电站建设的技术工人。在孙旭东看来，大陈岛风力资源得天独厚，一年当中大约只有一周的风速小于 3 米 / 秒，一般能保持在 7—8 米 / 秒，可保证风电站全年有 80% 左右的负荷。从风力发电技术参数来说，这是一个很理想的数据。

从理论上来说，只有当风速达到一定程度，才能实现风能向电能的转化。根据实践经验，风力发电的风速理想范围在 3—25 米 / 秒。由此，可以得出一个结论，当风速低于 3 米 / 秒时，叶片无法转动并产生足够动力，导致风轮无法转动。当风速高于 25 米 / 秒时，过强的风力反而会对风力发电机组造成不良影响，甚至造成损坏。

所以，大陈岛确实是一块适合风力发电的风水宝地。

孙旭东说，他在大陈岛工作期间，给他留下最深印象的事情是，1989 年，由欧共体援助的 3 台风力发电机组在岛上进行安装，作为风力发电站的年轻员工，他全程参与了安装过程。施工安装期间，丹麦来的工程师、杭州来的省机电院工程师和椒江市电力公司的工作人员一起工作，他深切感受到丹麦工程师的工作态度、省机电院工程师的专业能力。孙旭东也为自己在大陈电力建设中扮演的角色给出评价："我在风力发电系统安装过程中扮演的是学徒工角色，我对这一切都感到新鲜，都想学点。那时，我第一次接触计算机（1台80286型计算机），感觉比较神奇，看工程师们操作计算机，我非常感兴趣，后来一位杭州的工程师给了我一本关于BASIC语言的书，这本书成了我了解电脑世界的领路人，我以极大的热情学完BASIC语言并能编程后，便萌生了进一步学习计算机技术的想法。"

至于这段工作经历对他个人的影响，孙旭东认为："在大陈岛工作的14年，我从一个刚出校园且对一切懵懂的少年，成长为具有丰富电力知识与熟练技能的工作人员。这一段人生经历，是我宝贵的财富，不管过去多久，我都为曾在大陈工作而感到自豪。"

孙旭东特别提到了应再桥。当时，应再桥既是风力发电站的负责人，也是大陈发电厂的副厂长。可以说，他严谨的工作作风安抚了青年孙旭东躁动的心，助力他成长为一名合格的电力员工。

汪崇福已经85岁了，但身子骨看上去还比较硬朗。他比约定的时间早到一会儿。我说他身体还不错。汪老说，就是膝关节不行了。他撩起裤管，给我看他戴着的护膝。我也直来直去，问他："是不是在大陈岛待久了，海风吹得厉害，所以就落下病根了？"汪老直爽，说："不完全是，早年当海军，在舰上，夏天很炎热，冬天又很冷，就得了关节炎。现在全靠吃药、贴止痛贴缓解。"看得出来，汪老对当海军这段经历是十分在意且自豪的，他跟我讲了多次，曾经在舰艇上工作，而且负责的就是舰艇上的柴油机运维，所以他后来到大陈发电厂工作也算是专业对口。

从部队退伍后，汪崇福进入大陈发电厂，从此再没挪过窝。他把户口迁到岛上，老婆也跟随他上岛，彻底在大陈岛安了家。汪崇福就这样在大陈岛

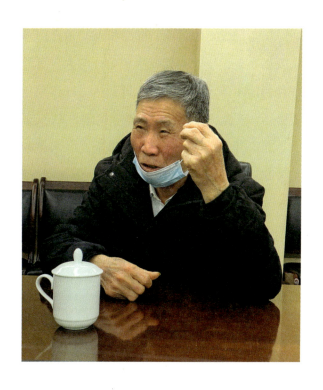

接受采访的汪崇福（曹琼蕾　摄）

干了 30 年，直到退休才回椒江。

　　汪崇福是大陈发电厂的机修技工，这与他在舰艇上干的，基本是同一项工作，所以，他上岗后驾轻就熟。他说："边防派出所所长曾经好几次打电话，让我去那边工作。所长说，到了边防，可穿军装佩手枪。我当过海军，对部队还是有感情的，不过，考虑再三，我还是拒绝了。"我问："为什么呢？"汪老说："实不相瞒，我尽管当过海军，但出海是要晕船的。"我听了不禁笑了起来："海军晕船，不应该呀。那你出海训练怎么办呢？"汪老说："我主要在基地工作，舰艇柴油机有问题了，一般是在基地维修。"汪老很实在，他告诉我："拒绝去边防，除了晕船，还有一个原因，那个时候在发电厂，白天发电，晚上 11 点后不发电，我就可以休息了，工作相对还是比较轻松的。所以，我还是想留在电厂。"

汪老自豪地告诉我，叶荣华就是他介绍入党的。叶荣华是大陈发电厂的主要创办人，汪崇福能成为他的介绍人，可见汪崇福资历确实很深。我查了下他俩的年龄，他们几乎是同龄人，汪崇福比叶荣华大两岁，加上有部队服役经历，入党比叶荣华早完全在情理之中。

无论是在椒江，还是在大陈岛，我采访的对象总是不太愿意多讲，在他们看来，他们所做的一切，都很平凡，都是工作，都不值一提。

这些人员的名单可以排出一个班：徐文成、屈强、吴军华、吴华良、陶静蓉、刘洪斌、吴兴国、曲轶、金乐熙……

第三章

电力垦荒的文化与社会价值

2024 年 3 月 30 日傍晚，我跨过京杭大运河南端起点的地理标志拱宸桥，经过点亮浙江第一盏电灯的地方杭州世经缫丝厂旧址，步行约 1 公里，抵达杭州运河大剧院。此时，天色已暗，大剧院灯光璀璨，观众正陆续进场。今晚将在这里演出的是舞剧《风起大陈》。浙江歌舞剧院的青年演员们将给观众奉献一场难得的艺术盛宴。我的座位在楼上第一排，入场观众人数远超我的意料。

我在获知《风起大陈》的演出消息时，就立刻通过"浙里票务"网购了一张电子门票。事实上，我已经超过 10 年没有进入类似的剧院了，是《风起大陈》让我重返剧院。我很期待，编导们将如何以一位电力工程师的视角来演绎大陈岛垦荒这个听起来颇为严肃而宏大的主题。

我查阅过一些资料，以我的理解，舞剧《风起大陈》的主要剧情似乎是这样的：20 世纪 80 年代，大陈岛电力工程师大山，遭遇人生重创，在一场台风引发的意外中重返 20 世纪 50 年代，误入大陈岛垦荒队员的行列。在"响应党的号召，建设伟大祖国的大陈岛"的垦荒热潮中，大山结识了垦荒队队长。他们同艰苦、共患难，追逐热血理想，点亮青春光明。又是一场台风，垦荒队队长为了大陈岛建设牺牲了自己的生命，时光记忆中的无私奉献、艰苦守候让大山从梦中惊醒，原来，大陈岛的命运早已与岛上的生命个体紧密相连。直至现在，大陈岛精神的传递也从未停止。海风不息，代代相传的精神接力成为大陈岛永恒的光明。

然而，在观看过程中，我发现，电的元素几乎贯穿了整场演出。这不仅仅体现在作品中运用的风、雨、电、光、影艺术手法，或是煤油灯这样富有年代感的道具上，更在整部作品的 10 场单元戏中无处不在。从电力工程师大山，到多场戏的名称都凸显了电的存在，比如舞剧的第一场就是"台风与黑暗"。这个"黑暗"当然不是隐喻，而是 20 世纪 80 年代一场台风的到来让大陈岛因电力故障而陷入了黑暗。舞台上，在男主人公大山的家中，只有守候着的母亲惠风和妻子小鱼，显然，此处剧情暗示的背景，是身为电力工程师的大山在外抢修电力。受台风影响，灯光忽隐忽现，当小鱼踩上木椅去拧紧灯泡接口时，母亲惠风却不知何时消失在风雨之中……

接着，第二场"寻找永恒的光明"继续深耕电力工程师的职业情怀，表现的是大山思考大陈岛如何解决"无休供电"的问题。而第三场"逆境"是大山考虑利用岛上的无尽风源实现"无休供电"的构想未被同事接纳，从而陷入一种人生的迷茫。在接下来的第五场至第九场戏中，舞剧在"穿越"中叙述大陈岛的垦荒。第十场"驶向光明的帆船"寓意十分清楚，这个光明，既是大陈岛垦荒带来的无尽精神财富，也是电力垦荒者们为大陈岛的未来注入的无限活力。

舞剧是一种以舞蹈为主要表达手段的舞台艺术形式，是一种浓缩的艺术。它的基本特点，是用舞姿说话，全剧没有一句台词。观众的理解，自然也因人而异。不过，《风起大陈》却让我一个舞盲也大概能理解演员们在舞台上的表演。他们想要表达的，我基本上接收了，也理解了。我想，这主要得益于大陈岛垦荒精神的深入人心，以及这部舞剧有着丰富的电力垦荒痕迹，使得天下电力人，或多或少能产生发自内心的共鸣。编导们设定了一个在他们看来恰当的角色——一位年轻的电力工程师，这是一个小人物，通过他和伙伴们的肢体语言，让垦荒精神穿越时空。先是一个小人物串起一座岛，最终

舞剧《风起大陈》演出剧照（刘旭东　摄）

一座小岛接起大时代。或许，这就是编导、演员想要通过舞剧《风起大陈》提出的问题：在物质生活已经极其丰富的今天，为何依然要大力呼唤垦荒精神？

正是一代又一代大陈垦荒人，用他们的坚韧与传承，在岛上树起一座垦荒精神的丰碑。它折射的光芒，不仅照耀着大陈岛，也照耀着一个民族的未来。

大陈垦荒的风，吹向了全国

《风起大陈》在杭州运河大剧院的首场公演，开启了全国巡演第一站。

从剧院内不时响起的掌声中，可以感知到这部作品打动了在场观众。作为编导，他们应该是欣慰的，他们想要表达的主题，在观众的现场反应中获得了回应。这部作品根植于时代背景和历史原型，以写实的手法塑造了数个立体的人物形象，又创造性地诗意化"风"的元素，让大陈岛一代代开拓者的身影跃然台上：看他们从在台风中抵御风的袭扰、奋力垦荒，到在海洋渔获中驾驭风的势能、与风共舞，最后在利用风力能源中与风为伴、与风为友，虚实相衬地构建出故事的质感和人物的发展轨迹。舞剧末尾以诗化的升华，触及历史深处的灵魂和感动。

这部作品集中了一批优秀的创作者，加上大陈岛垦荒的独有题材，让编导们有了全国巡演的底气。客观讲，这样一部主旋律作品要想在全国巡演，是需要一点宝藏家底的。据悉，剧组已赴上海等地巡演。

在了解作品的主创团队后，我相信，《风起大陈》的出彩是有原因的。编剧顾问刘春是中国艺术研究院舞蹈研究所副所长，是 2008 年北京奥运会开幕式上半场导演组创意成员。艺术总监孔德辛曾在"桃李杯"舞蹈比赛、中国舞蹈"荷花奖"古典舞评奖中获奖，其舞剧作品荣获"五个一工程"奖。总导演郭海峰曾获中国歌剧舞剧院优秀演员奖，是国家艺术基金艺术创作人才项目的获得者。作曲吕亮是获第十七届文华奖的驰名舞蹈诗剧《只此青绿》的作曲。此外，编剧李竟榕、王战，舞美设计李奥，灯光设计王琦，多媒体设计张松，服装设计杨易，造型设计屠蓓蓓，执行编导王永林、杨思宇、韩水泉等也都是业内顶尖的舞台创作力量。当然，还有舞台上的主角们——浙江歌舞剧院的舞蹈团的首席演员们：吴嘉雯团长、刘赛、冷爽、刘坤。他们的出色表演，完美地诠释了作品的主题。

我又在网上检索了这个主创团队的历史，发现他们曾经分别创作过舞剧《孔子》《昭君出塞》《秀水泱泱》《只此青绿》……

舞台上呈现出的精品，需要主创团队的打磨。他们创作《风起大陈》的过程，其实就是垦荒精神在艺术领域的一种延伸。

《风起大陈》在杭州运河大剧院首演，在我看来，有特别意义。京杭大运河连接北京和杭州，以及途中许多重要城市。尤其是大运河南端的拱宸桥畔，

舞剧《风起大陈》在杭州运河大剧院首演，图为演出前观众经过宣传海报（陈富强　摄）

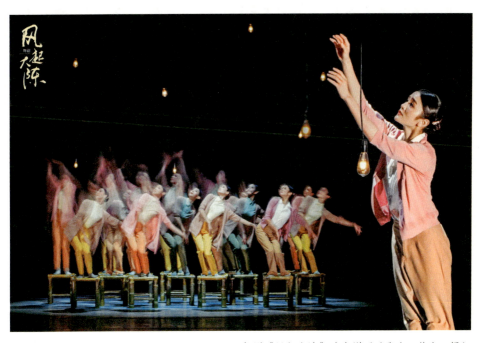

舞剧《风起大陈》演出剧照（张海、徐良　摄）

是浙江电力工业的发源地。这两个重要元素与这部作品的主题，有高度契合之处，它们都包含了能源的要素。而大运河，不仅承载着南来北往的船只，更孕育、滋润着沿岸的运河儿女、运河城市。几百年间，作为真正意义上的南北交通要道，大运河见证了商运繁盛。运河两岸兴起数十座商业城镇，对古代经济的贡献无法估量。

不过，让我好奇的是，主创团队是如何读懂"电"，用舞蹈来表现"电"，并且获得观众广泛认可的。在我所知的文学艺术作品中，特别是舞台艺术作品里，《风起大陈》显然是一部难得的好作品。

在演出结束的第二天，大陈供电所党支部书记曹霞发了一条朋友圈动态，似乎让我找到了答案。

在曹霞的这条朋友圈动态里，出现了《风起大陈》的几个关键人物，其中有总导演郭海峰。而且郭海峰所在的地方，恰好是大陈供电所的两处重要旧址：一处是大陈发电厂，另一处是电力垦荒文化展厅。画面上，王海强正在向郭海峰一行讲解。从神态来看，郭海峰十分专注。

曹霞告诉我，其实，这是主创团队第二次上大陈岛了。在创作之前，他们上岛体验生活，而这次，在开启全国巡演之前，导演又带着主要演员上岛，并且特地去了大陈供电所，是想再实地体验一下当年电力垦荒的氛围。用曹霞的话说，郭导演上岛的那几天，她和王海强都在椒江办事。听说郭导演想去看看大陈发电厂，并且想和王海强面对面交流，她和王海强买了次日下午的船票。等赶到供电所门口时，他们发现郭海峰导演和其他几位主演已经等在所门口了。

这中间，还出现了一个插曲。

2024 年 3 月 25 日，导演组回到了大陈岛，这次是为了在央视三套《文化十分》栏目中给剧组做一个宣传，讲述一下当时创作的经过。原计划中需要王海强作为原型人物，在供电所的电力垦荒文化展厅和发电车间与主演们进

王海强向舞剧《风起大陈》的总导演郭海峰介绍大陈电力发展史（曹霞　摄）

行互动介绍，并拍摄排练场面。为此，曹霞决定跟王海强一起上岛。但是很不巧，25日的早上，海上起大雾导致船班延误了，他俩在码头等了一个小时之后，大雾仍没有消散，航运公司宣布船班正式取消。

第二天，曹霞和王海强再次买票，这一天海上雾散，客运正常，他们顺利上岛。当日阳光明媚，导演组看到他俩就像迎来希望一样，因为第一天他俩未能上岛，导演组原定当天返回的计划也落空了，原因很简单，没有船来就没有船回，而这一周的星期六，他们就要开始在杭州运河大剧院的演出了。主演们还没有进组排练，导演也滞留在岛上，这在他们的歌舞团历史上也是史无前例。曹霞说："好在我们来了，阳光也来了，船也能回了。"王海强在现场向导演组做了一个详细的介绍，拍摄也顺利完成。

曹霞说，王海强还启动了发电车间里的一台发电机，在发电机的轰鸣声中，向郭海峰一行重现了多年以前海岛依靠柴油发电机提供照明和动力的场

舞剧《风起大陈》演出剧照（张海　摄）

景。曹霞说，郭海峰不仅听得很认真，而且不停地向王海强发问。看得出来，他们对《风起大陈》这部作品十分重视。曹霞说，郭海峰觉得与王海强的交流和现场的体验，让他很有收获，也增强了他对全国巡演的信心。《风起大陈》在结束全国巡演后，还在国家大剧院做了汇报演出。对于这部作品的主创人员，这显然是一个圆满的剧终。

　　而在垦荒纪念碑广场和大陈发电厂发电车间里，主演们还情不自禁地跳起了剧中的一段舞蹈，赢得满堂喝彩。能让演员们在现场就跳上一段，可见实景对他们的触动有多深。

　　《风起大陈》有一个精神内核，那就是"用芳华点亮信仰"。两代垦荒人，两代电力垦荒人，在剧中都有恰到好处的演绎。

　　很显然，郭海峰导演在《风起大陈》中对电力垦荒的把握是精准的。他将电力垦荒视作大陈垦荒精神的延伸，极大地丰富了大陈垦荒精神的内涵。我想，这也是编导决定在舞台上将电力元素贯穿全剧的主要原因吧。

电力垦荒的"原动力"

在工业遗产众多宝贵的价值元素中，艺术、文化与社会价值似乎来无影、去无踪，它们所具备的无形价值，往往会被忽略，但是，一旦被发现，就能产生巨大的力量，比如入选首批中央企业工业文化遗产（电力行业）名录的镜泊湖发电厂，就与中华人民共和国的工业文学产生了密切的联系。镜泊湖发电厂，其名称在社会上有多种叫法，有的叫镜泊湖水电厂，也有的叫镜泊湖发电厂。而中央企业工业文化遗产（电力行业）名录，则称其为镜泊湖发电厂。因此，本书以此为规范，统一称其为镜泊湖发电厂。

许多年以前的一个夏天，我参加国家电力公司组织的职工文学创作座谈会，会议安排在镜泊湖发电厂。参会之前，我在网上查阅了一些镜泊湖的资料，只知道它是中国最大、世界第二大高山堰塞湖，也是一个世界地质公园。但说实话，当时我并不清楚，新中国文学史上一部十分重要的工业题材小说《原动力》与它有着密不可分的关系。可以说，没有作家草明到镜泊湖发电厂的深入生活，就没有《原动力》。所以，到达镜泊湖发电厂后，听到草明创作《原动力》的经历，我还是很震撼的。以下记录的，都是我在镜泊湖发电厂期间，断断续续地从各种渠道获知的，悉数是事实。

在新中国文学史上，作家草明毫无争议地是工人题材小说的代表性符号，她因出版中华人民共和国第一部反映工人阶级斗争风貌的经典作品《原动力》，成为中华人民共和国工业小说的拓荒者。而镜泊湖发电厂，正是草明为创作《原动力》而深入体验生活、收集素材的基地。但出乎许多读者意料的是，草明深入镜泊湖发电厂进行创作采风的时间居然是1947年，不过，她完成《原动力》的创作已经是1948年，开国大典的礼炮声即将在一年后响起。从这个角度来说，草明的这部小说，也是献给中华人民共和国成立的文学礼物。

1947年5月的一天，草明第一次进入地处黑龙江省宁安市西南端百余里的崇山峻岭之中。那里，有一座镜泊湖发电厂，草明此行的目的，是要在这里深入生活，与发电厂工人同吃同住，进行创作采风。

时任牡丹江电业局局长何纯渤第一次见到草明时，看见她的介绍信上盖有"东北行政委员会"的红色印章，就知道对方来头不小，便低下头十分认真地看起来。何纯渤看完介绍信，伸手抓住眼前这位身材瘦小的女作家的手，用兴奋且略带责怪的语气道："草明同志，欢迎你来牡丹江工作。东北行政委员会副主席林枫同志在半年前就说过你要到镜泊湖发电厂采风，怎么现在才到？"草明抱歉地说："蔡畅大姐要参加法国召开的世界妇女大会，留下我帮她整理材料，否则，我早就来了。镜泊湖，光听这名字就够让我神往了，哪能不早点来呢？"何局长说："草明，镜泊湖湖光山色真是漂亮，正合你们文人的口味哩。"说完，大家一起笑了起来。

得知草明早期的经历后，何纯渤更是钦佩不已。草明是广东佛山顺德人，她几乎穿越了整个中国，从最南端到了最北端。她是中国左翼作家联盟成员，在延安，聆听过毛泽东同志的《在延安文艺座谈会上的讲话》。

草明到了镜泊湖发电厂后，就马上投入真实而又陌生的工厂生活当中。她向工人请教水电厂的发电原理，深入工人及其家属中访贫问苦、做鼓舞宣传，给工人和护厂战士上文化课……大家很快就喜欢上了这个来自延安的"老八路"，有啥问题都喜欢找她商量。而草明在采风的同时，也利用自己的影响，做了许多在发电厂工人看来非常了不起的事情，比如，草明为了解决厂里职工吃菜吃肉的困难，让司机到牡丹江买回多种菜籽、猪仔分给各家各户；她利用星期天的时间带领工人搭鸡窝、砌猪圈；她还将自己在延安"大生产"中学到的种菜经验，毫无保留地传授给工人及其家属。

草明的勤务员胡焕林在《跟随草明首长去东北》一文中写道：

我们准备在镜泊湖发电厂长期住下去，在房后种菜，菠菜、小白菜、西红柿长得非常好，柿子红得喜人，菠菜有半尺高，吃都吃不完……

镜泊湖发电厂曾经是日本侵略者在中国鼓吹"大东亚共荣圈"与实施"以战养战"政策的历史产物。当牡丹江解放的曙光初现，国民党的驻军官员逃跑前，曾命令工人把发电的机器都破坏掉。工人邹师傅哄骗国民党军官，故意开水闸放水，让厂房结成坚冰从而保护住了机器。牡丹江解放初期，为了发展经济、恢复生产，城市的照明和工厂的开工都急需电力的支持，牡丹江电业局局长何纯渤等人去镜泊湖发电厂探路。他们赶到发电厂时，却发现这里的工人们在宋厂长、邹师傅的带领下，已把厂房、机器修复整理好了。镜泊湖发电厂成为东北地区第一个恢复工作的发电厂，对解放关内地区以及中华人民共和国的初期建设发挥了重要作用。

在与宋厂长的对话中，草明了解到那位老工人邹师傅当时带头跳下污水池捞润滑油、带头清除厂房里坚硬冰块的事迹。

于是，草明找到了老工人邹师傅，可是这位50多岁的老工人邹师傅直截了当地回答："事都是大家一起做的呗。"

"听说是你带头说服大家一起干的？"草明急于了解事实的真相。

"咳，哪里用得着说服，大家干就是了，一干不就把事干完了嘛。"

草明终于明白：不用再问了，再问邹师傅也是不会说的。因为在这位老工人的心里，他并没有觉得自己有什么功劳，他觉得什么事情都是大家一起干的。这也是镜泊湖发电厂给作家草明上的有关中国工人阶级伟大胸怀和高尚品格的第一课。

而想要了解工人，首先必须走进工人的日常生活。当时，很多工人由于家贫没有上过几年学。草明在与工人的接触中发现，他们的文化水平普遍不高。而在草明看来，在新解放区，特别是处在山沟沟里的交通不便的工厂，更应该办个学习班来宣传党的方针政策。于是，她决定亲自来教工人学习文化知识。

草明的建议立刻得到了发电厂李书记和宋厂长的支持，他们马上就找了一间屋子做教室。草明不但讲政治课，而且教工人识字、写信、作文、算术，还给工人讲长征、在延安生活生产的故事，每当讲到这些时，工人都听得全神贯注，教室里鸦雀无声，甚至有工人感动得直擦眼泪。

一次下课后，草明发现邹师傅屈着腿坐在课堂外面的墙根下，赶紧扶他起来："邹师傅，你怎么不到里面坐？"

邹师傅不好意思地说："你还收我这个大把岁数的学生吗？"

"你说到哪里去了？你是先生，我才是学生呀！"从此邹师傅和草明成了无话不谈的好朋友。

在镜泊湖发电厂采风结束后，草明回到哈尔滨，只用了不到3个月的时间，就创作完成了8万多字的中篇小说《原动力》。经过出版部门的多方努力，《原动力》终于在第六次全国劳动大会结束的那一天，送到每位与会代表的手里，刚出印厂的书还带着未散尽的油墨芳香。代表们顿时惊喜交加，他们怎么也没有想到，这么快就有了一本描写中国工人阶级自身生活的作品，而且写的正是他们劳动生产、建设发展的事。这让他们既感到很亲切，又感到很自豪。

《原动力》也引起两位文坛巨匠的关注。当时，刚从香港回来的郭沫若，认真地读完了这部小说。他按捺不住内心的激动，给草明寄来了一封热情洋溢的书信：

> 我们拿笔杆的人，照例是不擅长来写技术部门，尽力回避。你克服了这种弱点，不仅写了，而且写好了。写技术部门的文字，写者固然吃力，读者也一样吃力，但你写得却恰到好处，以你的诗人的素质，女性的纤细和婉，把材料所具有的硬性中和了……我庆祝你的成功，

庆祝这第一部写工人作品的成功。

而另一位以《子夜》等作品成为中国文坛领军人物的茅盾先生，更是兴奋不已，他在做了一番仔细的比较和研究后，在给草明的信中写道：

> 《原动力》拜读过了。写得很好。特别因为现在还很少描写工业及工人生活的作品，所以值得珍视……我想我不应该和您绕圈子说客套。我说：《原动力》是关于这方面的第一部中篇作品……这在今天是一部好作品，一部富有教育意义的作品。《原动力》在政治上把握得正确，那是一眼就看得见的。其次，它写的是典型环境中的典型人物典型事件，那也是毫无疑问的。

1950年11月16日，草明前往波兰首都华沙参加第二届世界保卫和平大会，她的《原动力》和赵树理的《李家庄的变迁》均被译成英文版，成为让世界人民了解刚刚诞生的中华人民共和国真实面貌的最新窗口。这两部中国小说在大会上被各国代表争相购阅的热闹情景，一时间被传为佳话。

《原动力》的问世迅速成为一个重大的文学事件，一时洛阳纸贵。东北书店以及北京、天津、山东、上海、江苏、浙江等地的新华书店纷纷推荐《原动力》。香港学林书店把《原动力》改编为《新文艺连环画》（上、下册）出版。与此同时，《原动力》也走向世界。据不完全统计，从1950年至1953年，苏联、保加利亚、匈牙利、波兰、捷克斯洛伐克、德国、英国、日本、朝鲜等国都将此书翻译成本国文字出版。

草明曾说过：

> 小说《原动力》的名字是书要写完时才定下来的，是根据书中结

尾处几个人物的对话自然而然形成的，意在说明，实践证明中国共
产党领导下的中国工人阶级是社会主义建设的原动力这样一个朴素
而深刻的道理。

草明的出生地广东佛山顺德，视草明为骄傲，多年来组织了多次草明工业文学奖的评选。我将书写中国电力工人平凡而卓越的中篇报告文学《金色蓝领》投给组委会，2024 年 4 月 23 日是世界读书日，这一天第四届草明工业文学奖获奖名单揭晓，《金色蓝领》获二等奖第一名。我之所以要提及这个名次，是因为该奖项的一等奖仅有一个名额。现在回过头看，我投稿参赛的主要原因，多半是对作家草明的敬意。她创作的《原动力》也给了我启发，我的一部电力工业题材专著，书名就叫《源动力》，与草明的《原动力》只相差了一个字。说实话，当时取名《源动力》，真没想过会不会给人以模仿《原动力》的感觉。我在书中想要表达的主题是中国经济社会的发展，需要以能源为代表的动力，这个动力，是煤，是石油，是电，更是无坚不摧的电力工人、能源职工。

2024 年夏天，我前往广东佛山顺德容桂街道参加草明工业文学奖的颁奖典礼。出乎我的意料，我在容桂见到了草明的外孙女田海蓝教授，已经 75 岁高龄的田海蓝身体硬朗，我俩交谈甚欢。她跟我讲了草明去镜泊湖发电厂体验生活的原因，讲了草明的身世，也讲了她的外公——著名作家欧阳山。我问她母亲的近况，田海蓝说，母亲 95 岁了，但身体还不错。后来，我在网上检索了一下，田海蓝的母亲欧阳代娜出生于 1930 年，2024 年时应该是 94 周岁。这些情况，之前我只在网络上略知一二，这次听田海蓝亲口说出，感受自然格外强烈。

到达容桂的当晚，容桂有雨。我冒雨前往第禄巷，这是草明的出生地，也是她的故居所在地。小巷十分狭窄，顶多可供两个人侧身走过，长百来米，

本书作者与草明外孙女田海蓝教授（左）（张思一　摄）

两侧居住着容桂原住民。从第禄巷之名可知，此巷非寻常小巷。草明原名吴绚文，她出生时，家道虽已日渐中落，但草明依旧受到了良好的教育。

　　我在第禄巷走了一个来回，无法确认哪间屋子是草明的故居。不过，我来过，也算是了却了一桩心愿。次日早晨，我遇到佛山市作协副主席吴国霖，他也是顺德人，我问他第禄巷几号是草明的故居。他回答我，以当年吴家的实力，可以说，整条第禄巷都是草明的故居。而第禄巷 12 号，则可算是当年草明生活过的地方。我想起前一晚，我走过第禄巷 12 号，也拍了照片，顿时心情明亮不少。

　　从镜泊湖发电厂，我联想到大陈发电厂。大陈发电厂能入选国家电网公司百年电力文化遗产，也具有非凡的象征意义。在以一江山岛与大陈岛为背

作家草明故居所在地，广东顺德容桂街道第禄巷（陈富强　摄）

景的歌剧《红珊瑚》中，珊妹高举红灯的形象，很容易让人联想到大陈岛的灯塔、大陈岛上的灯光。大陈发电厂始建于 1958 年，而歌剧《红珊瑚》创作于 20 世纪 60 年代，它们在时间上的巧合，或许不同于镜泊湖发电厂和《原动力》，但 1958 年创办的大陈发电厂，的确给大陈岛百姓的生活带来很大便利，为《风起大陈》的主创团队提供了创作灵感，也给大陈岛的发展注入了强劲动力。

从发电厂诞生的《咱们工人有力量》

咱们工人有力量

嘿　咱们工人有力量

每天每日工作忙

嘿　每天每日工作忙

…………

这首诞生于 1947 年的歌曲《咱们工人有力量》，生动地塑造了抗日战争胜利后中国工人阶级顶天立地的英雄形象。歌曲传唱至今，仍让听者斗志昂扬、热血沸腾。这首歌曲的歌词朗朗上口，曲调铿锵有力，歌曲加入了东北秧歌小调元素，带有浓厚的黑土地特色。可以说，这是第一首反映中国产业工人的歌曲，而且传唱之广，无出其右。

然而，很多人并不清楚，包括电力系统的许多从业人员也不一定知道，这首歌曲最初的创作地，是黑龙江的佳木斯发电厂。

多年以前，我在北京参加一次会议，邻座是中国华电集团的一位专家，姓徐。会间休息，在闲聊中，这位徐专家问我："你写了那么多能源行业题材的作品,什么时候去我们的佳木斯发电厂看看?肯定会激发你的创作灵感。"此时的我,对佳木斯发电厂的了解,仅局限于它是一座地处东北黑龙江的发电厂。其他的,则了解不多。我问:"佳木斯发电厂有啥特别的东西可看呢?"徐专家的表情略显惊讶,问我:"你可知道《咱们工人有力量》这首歌?"我说:"当然知道,这么有名的歌曲,有一年,我们单位春节联欢会,最后集体大合唱,唱的就是这首歌。"他说:"这首歌就是在佳木斯发电厂诞生的。"我一听,大吃一惊。原来,中国电力系统,除了为作家草明创作《原动力》提供素材,居然还是《咱们工人有力量》的原生地。

于是,在会后,我向这位华电徐专家请教《咱们工人有力量》创作的来龙去脉,不听不知道,一听,可真是让我大开眼界。当天晚上,我用手机检索发现,中央电视台的《国家记忆》节目也专门介绍过这首歌曲的创作情况。一时间,我为自己的孤陋寡闻汗颜。

1946年,中共中央东北局决定将一批从延安来东北的文艺工作者集中送到佳木斯,开辟文艺新阵地。一时间,延水河畔响亮的歌声在黑土地上空悠扬回荡。这批文艺工作者中间,就有《咱们工人有力量》的词曲作者马可。

次年5月,鲁艺文工团开展业务培训,马可负责讲授作曲课。为了使团员们尽快掌握作曲技巧,马可倡导他们自己写歌。虽然有些团员写了歌颂工人的歌曲,但马可看了,都不太满意。于是,他率领团员们深入佳木斯发电厂、佳木斯铁路机务段、东北银行造币厂等工人密集的企业,与工人们共劳动、同生活。

一天,马可同几位文工团团员一起来到佳木斯的一座大工厂参加工人假日义务劳动。长期在解放区农村战斗的他们,一进入工厂,就被熊熊的炉火、隆隆的机声所吸引,看到一块块火红的钢锭在工人手中变成产品,马可被深深打动了。他不禁自言自语:"如果有一首工人的赞歌该多好啊!"休息的时候,女团员为工人们演唱《翻身五更》,一位老工人问:"你们有没有工人翻身的歌？给咱们唱一个。"	"这个——我们还没有编出来呢！"马可面露窘色地回答。

这时，老工人唱起了他自己编的《工人四季歌》："……秋季里来菊花黄，工人翻身自己把家当。成立了职工会，参加了自卫队，组织起来那么有力量。"老工人唱歌的声音很朴实，嗓子还有点沙哑，可是他的歌声却很有吸引力，马可听了非常感动，决心要为工人编一首歌曲。

几天后的深夜，马可回到团部排练室，脑海中全是工友们大汗淋漓却精神焕发的模样。马可拿起二胡，瞬间沉浸在音乐创作的激情之中，几乎是一气呵成。日出东方时，曲谱和歌词已经写在纸上了。

真可谓群众的智慧无穷大。在马可的初稿中，歌曲名称本来是《我们工人有力量》。他用毛笔将歌谱抄写在报纸上，粘贴在团部食堂的墙壁上，以听取大家的意见。几天后，一位佳木斯发电厂的工人师傅找到马可，笑着说："同志，我觉着'我们'这个词儿没有咱东北的特色，也显得不亲密，你看能不能改成'咱们'？"马可略一思忖，觉得这位师傅的提议很好，立刻做了修改。

我听了徐专家讲述马可创作《咱们工人有力量》的经过，顿时对佳木斯发电厂心生好感，表示以后有机会一定要去看看。徐专家说，佳木斯发电厂仅凭一首《咱们工人有力量》就被列入中央企业工业文化遗产（电力行业）名录。我由衷地表示，这是名副其实的。徐专家再三邀请我一定要去佳木斯发电厂，他告诉我，他们在佳木斯热电厂三号楼的"家·佳"红色文化厂史馆已经正式建成。场馆以马可先生当年在佳木斯发电厂创作的红色经典歌曲《咱们工人有力量》为主旋律，以各历史时期重大事件和重大活动为脉络，展现了几代佳木斯热电工人生产、生活的画面，还藏有马可女儿马海星女士捐赠的马可先生遗物 20 余件，涵盖创作手稿、随身用品以及书籍等。

徐专家说："你若去了，一定会不虚此行。"

　　我相信徐专家说的话。电力工业遗产的文学艺术魅力与社会价值，远远超出我们的预期与想象。镜泊湖发电厂诞生了中华人民共和国第一部工业题材的中篇小说《原动力》，佳木斯发电厂诞生了中华人民共和国第一首歌唱产业工人的歌曲《咱们工人有力量》，大陈岛则诞生了中国第一部反映电力垦荒的舞剧《风起大陈》。

第四章

大陈岛上的电力垦荒人

杭州黄龙路 8 号有一座浙江电力生产调度大楼，6 楼是国网浙江电力文化陈列馆。

说起这个文化陈列馆，我是初建的参与者之一，文化陈列馆的文案主要由我负责。那是 2005 年，大楼启用的前一年，我和另外一位负责文化陈列馆筹建的同事，专程奔赴北京，参观了北京的一些展馆，比如中国银行博物馆（北京）、中国电影博物馆、中国铁道博物馆等。尤其是北京天安门广场东南角的中国铁道博物馆正阳门馆，给我留下了特别深刻的印象。这是一座在具有百余年历史的原京奉铁路正阳门东车站旧址上改建而成的博物馆，以"中国铁路发展史"为核心陈列内容。可以说，这是利用老建筑建设博物馆的一个典范。

后来，我又去了上海南京东路 181 号，那里是上海电气公司旧址。面对中国电力工业的源头，我站在楼前，思绪万千。回来后，我专门写了一篇《我有一个建议：建设中国电力博物馆》。我在文中建议，鉴于中国电力行业的历史、规模及其在经济社会发展过程中的重要性，应该建一座博物馆，利用馆藏文物展现中国电力工业的不凡历程与发展蓝图。我直言，始建于 1929 年、被列为上海优秀历史建筑的南京东路 181 号，是中国电力博物馆的最佳馆址。

这份建议在"国网档案"微信公众号一经发布，便引起很大反响，特别是一些电力行业的前辈，更是深有同感。推文还被送上当月"全国档案"的热

2006年，浙江省原省长葛洪升（前左）参观国网浙江电力文化陈列馆（俞建勤　摄）

2006年，浙江省原省长、国家电力监管委员会主席柴松岳（左二）参观国网浙江电力文化陈列馆
（俞建勤　摄）

文榜首。尽管这份建议没有被采纳，但文中的观点与建议能引起一些人的注意，我觉得目的就达到了。

2006 年夏天，在国网浙江电力文化陈列馆开馆的当天，曾任浙江省省长的葛洪升、柴松岳，以及时任国家电网公司董事长刘振亚等参观了文化陈列馆展厅，对馆内陈列的图文与实物，都表现出浓厚兴趣。我在边上，听到大家的议论，心里自然颇感欣慰。

2021 年，中国共产党成立 100 周年之际，国网浙江电力决定对已开馆运行 15 年的文化陈列馆进行升级改造，我又成为其中的一位参与者。

改造后的文化陈列馆外走廊被利用了起来，化身为宣传国网浙江电力先进模范人物的走廊。一批有代表性的先进典型人物，以图文并茂的形式，出现在走廊的一面墙上。确定哪些人物上墙，是个大事情。走廊面积有限，按照每人 3 张照片配以一段简要文字说明的规格，一面墙只能展示 11 位先进人物。而最近 10 多年，国网浙江电力涌现出一大批获得社会认可、职工对标学习的先进人物，比如"时代先锋"江小金、"时代楷模"钱海军、"大国工匠"黄金娟、"青年榜样"徐川子等。这几位先进人物上墙，不会有异议。剩下的几位，就要看他们所代表的群体，或者他们的独特之处了，但有一个最低标准：必须是全国劳动模范。我提出把王海强作为备选人物时，同事们有一点担心领导不同意，因为相比其他几位，王海强的荣誉不占优势。我以王海强是"点亮大陈岛的电力垦荒者"为由，将其列入上墙人物名单，最终获得省公司领导认可。

接下来，我负责为每位上墙人物的组照拟一个标题，写一句话，无论是标题，还是一句话，都要精准捕捉上墙人物的先进特点，而且要有辨识度。我为江小金起的标题是"一座不倒的铁塔"，配以一句话描述"他是地球上的划线人，他用生命铸就铁塔，照亮人间灯火万家"；为钱海军起的标题是"百姓身边的'点灯人'"，配以一句话描述"他是百姓口中的万能电工，

国网浙江电力文化陈列馆外的先进模范人物长廊上展示的王海强事迹简介（陈富强　摄）

他用心头闪耀的火花，点燃千户万灯"。写王海强时，我还是颇费了一番心思的——既要有海岛的元素，又要体现他的职业特点。经过苦思冥想，我终于写出一句"他是大陈岛之子，他用生命最好的时光，浇灌海岛的日月星光"，而所取标题则是我一开始就想到的"点亮大陈岛的垦荒者"。这批先进人物是文化陈列馆的一个亮点，参观者在展厅参观结束后，必须沿着走廊返回，可以说，这面墙上的各类先进代表，不仅是时代精神的传承，更是企业发展历程中，值得全体员工学习的楷模。而作为大陈岛"垦二代"的王海强，他所代表的大陈岛电力垦荒事迹，在整个人物群像中尤为独特。

守护大陈岛的每一盏灯火

我这次上岛，与王海强是第二次见面。我们坐同一班客轮抵达上大陈岛码头，上岸后，在码头上，我与王海强互打招呼。他身边有一位年轻人，海强介绍，他是现任大陈供电所所长蒋伟坚。小蒋也在我的采访名单中，所以见到他，我也感到很亲切。

陪我上岛的是国网台州市椒江区供电公司党委书记张学鹏。在客轮上，我们的座位紧挨着，一个半小时的航程，我们都在聊天。学鹏是临海人，对台州特别是临海与椒江一带的地理位置与环境了然于胸，他侃侃而谈，可见对家乡以及现在工作的地方，有一种特别的牵挂。

因为张学鹏的身份，我们很自然地就聊到国网台州市椒江区供电公司的党建工作，因为这是他分管的领域，张学鹏说起来更是如数家珍。他说："我们研究了再研究，最后确定以'大陈岛垦荒精神'为工作的主题主线，因为大陈供电所是'全国学雷锋活动示范点'，所以在这方面要特别体现我们的使命担当，不然，'全国文明单位'的精神风貌就很难长期保持下去。确定了方向，工作自然就有的放矢，比如，我们树立'巾帼文明岗'的服务典范，成功打造'电力垦荒'基层党建精品工程、'三色三地'电力垦荒品牌体系，还组织大陈垦荒'碧海红灯'理论教育宣讲团，研发垦荒自有版权沙盘课程。"张学鹏讲的这些工作，有的我了解，有的略知一二，经张学鹏这么一说，我这个局外人也能感受到他们对这份事业的执着与热爱。

说着说着，船靠岸了。这里是上大陈岛码头。

在上大陈岛，我们入住的是拾光民宿。据说投资人是一个在大陈岛养大黄鱼的老板。民宿规模不小，面朝大海，有统一的白墙，在阳光下特别耀眼。学鹏说："中午你会吃到一道独一无二的菜——酸菜大黄鱼。"我喜欢吃酸菜鱼，但这鱼通常是用黑鱼或者草鱼做的，也有用鳜鱼做的比较高档的酸菜鱼。

实事求是讲，我还是比较喜欢吃用黑鱼做的酸菜鱼。学鹏说："你可以先尝尝，大黄鱼酸菜鱼，可是拾光民宿的独家招牌菜。"我知道大陈岛的大黄鱼被上海、杭州等地的菜馆青睐，但终究是一种比较名贵的鱼种，用来做酸菜鱼，似乎有些奢侈了。

　　午餐时，我第一次见识到什么叫大黄鱼宴。除了传说中的酸菜大黄鱼，还有清蒸大黄鱼、抱腌大黄鱼等，我数了一下，至少有 5 个菜是以大黄鱼为主要食材的。味道之鲜美自然不必说，酸菜大黄鱼更是令我大快朵颐。海强说，大黄鱼养殖已经是大陈岛重要的支柱产业了，现在大陈岛的大黄鱼养殖场，部分已用上专线供电，实现了全电养殖，消除了养殖业对电力供应的后顾之忧。海强说的是实情。第二天，我去看了下大陈岛上一家规模巨大的大黄鱼养殖场，亲眼验证了海强所讲。这是后话，我在后面的章节中会专门写到。

　　我和王海强的对话持续了多个小时。我们坐在拾光民宿的阳台上，背后是一个小山头。山上，恰好有一台风力发电机，风机叶片在风中缓缓转动，

本书作者与王海强（右）在上大陈岛（曹霞　摄）

不快，也不慢。这天的天气很好，有夕阳，当夕阳沉落下去时，刚好在海强的背面，我说："让曹霞给我们拍一张照片吧，这个背景可是太难得了。"曹霞替我们拍了一张合照，这是我与王海强第一次单独同框的合影。

我们的聊天，从他父亲王进苏开始。

海强说："我家在大陈岛老垦荒队员驻地。第一批上岛的是温州的年轻人，他们自愿来到大陈岛垦荒。第二批上岛的应该来自温州永嘉那边的一个农场，二十来人全上了岛。我父亲这批，来自苍南那边的一个农村合作社。他们的年纪要稍微大一点，有劳作经验。父亲上岛那一年已经二十七八岁了，成了家。那时候，我大姐应该有四五岁了。我有3个哥哥，2个姐姐，我是老幺。除了大姐，其他的哥哥姐姐都在岛上出生。"

大陈岛垦荒队里有好几个大队，有畜牧业大队、农业大队、渔业大队，还有养殖业大队。海强说："我父亲上岛以后刚开始是做农业，后来又搞渔业去了。垦荒结束以后，渔业垦荒队组成了一个大队，叫南田村大队。这是由老垦荒队员组成的集体，成员来自永嘉，还有我们苍南，老垦荒队员基本上都在这个大队。南田村现在还在，当时是垦荒队员的驻地，盖了3个套房，是给老垦荒队员住的。"

海强说："渔业有远洋、近海，我父亲他们做的是近海，渔业大队一共有五六十个人。"在大陈岛青少年宫展厅里，有一张党的总书记当年视察大陈岛时与老垦荒队员们的合影，其中就有王海强的父亲王进苏。另一张照片上，总书记正在和垦荒队员们说话，海强说："这个侧面的中年妇女，就是我母亲。我母亲是没有加入垦荒队的，刚开始的时候我父亲来到大陈岛，后来我母亲、我姐过来了，我母亲养猪，带小孩。我有记忆的时候，他们天天起早摸黑，凌晨3点多起来干活，真的很辛苦。我长大以后想让他们享福的时候，他们已经不在了。"

在海强眼里，父亲性格比较内向。海强告诉我，上次垦荒队老队长王宗榧上岛，谈起他父亲，说他父亲真的很忠厚老实。

儿子对父亲的爱，通常不会挂在嘴上，王海强也是如此。他说父亲一直在大陈岛。2008年，就是南方抗冰灾那年，海强父亲刚去世，家里正在处理父亲的后事，单位领导给海强打电话，说眼下冰灾严重，需要抽调一批人去受灾严重的县里支援，问他能否前往。海强犹豫了一下，便答应了。海强说："尽管当时心里悲伤，但大灾当前，我又怎么可能退缩？"其实，海强在父亲生命的最后一点时间将年迈多病的父亲接回陆地，主要还是因为父亲的自理能力变差了，客观上，海岛的医疗条件也要差一些，他把父亲接到陆地，可以尽一些孝道。

"把青春献给大陈岛"，不仅是第一代垦荒队员的座右铭，也是第二代垦荒队员上岛时写在旗帜上的誓言。王海强说，这句话听上去像口号，但实际上是大陈岛垦荒精神的具体体现，是他从小在父亲的言传身教中，潜移默化地刻在心里的。海强告诉我："2008年，我父亲去世，他最后的心愿是把骨灰带回大陈岛。"我问他："你完成父亲的心愿了吗？"他说："完成了。"

父亲的这份情怀深深地感染了王海强。他说："只要大陈岛需要，我会像父辈一样，全力守护它！"

海强在叙述这段悲伤的往事时，无论是面容，还是内心，都是平静的。当他把父亲的骨灰带回大陈岛，他不仅完成了父亲的遗愿，让父亲回了家，也让自己在海岛的坚守有了一个无可辩驳的理由。

王海强在大陈岛出生，从小学到高中都在岛上读书。在王海强的记忆中，出岛很难得。我问他还记不记得第一次出岛，海强笑着说，当然记得，永远也不会忘记。

海强回忆："我记得我第一次出岛的时候，看到什么都新鲜。第一次出岛是我母亲带着我，我只有六七岁，母亲带我去温州省亲，在那儿待了一个月。这一个月里，我母亲到处跑，在这里住两天，在那里住两天，住了一个多月，

王海强父亲王进苏（王海强　供图）

好像还住不够一样。我想，母亲一定是对老家充满了不舍。

"第一次看到水稻时，我说这是青草，还嘀咕这个青草怎么那么多啊。因为岛上没有水稻，我想，要是在这里养羊多好啊，有吃不完的青草。亲戚们听了都笑了。现在回头想，这也是一段很珍贵的记忆。一个孩子，第一次离开海岛到陆地，见了世面。这仿佛是在我面前打开了一扇窗子，让我看见外面的世界。

"不过，在亲戚们眼里，我也有很厉害的一面。六七岁时，我在岛上游泳就很厉害，到亲戚家那边的海岸，我一下能扎到水底，又很快地游回来，他们都很佩服我。"

王海强说自己第二次离开海岛，是跟着姐夫。海强姐夫是捕鱼的，而且是捕鱼能手，他的渔船，在船队10条渔船中，产量是最高的。海强记得，姐夫那次要到宁波去买木材，于是便带他一起前往。那次在椒江待了一天，后来到宁波买木材大概待了一个星期。这一次让王海强新奇的是，在宁波第一次见到了火车，也看到了停泊在镇海港的船队。海强说，这些经历，对自己的成长必不可少，让他看到外面的世界和岛上不一样，在一定程度上拓宽了自己的视野。

然后，我们聊到王海强参加工作的事情。他说自己是高中毕业以后直接参加工作的，他于1986年毕业。当时，台州发电厂在椒江招工，他报名了，也参加考试了，但分数差了3分，落榜了，与台州发电厂擦肩而过。我说："这是一次完美的错过，要不然，就没有我们在大陈岛的两次相遇了。你虽然没有去台州发电厂，但后来进了大陈发电厂，命中注定你要在电力系统生根、发芽、成长。"王海强同意我的说法，他说："我对电力有感情，对大陈岛有感情，相比去台州发电厂，我更愿意留在岛上，守护好每一盏灯，服务岛上的老百姓。"

王海强在落选台州发电厂与入职大陈发电厂之间的这段时间里，还曾在一家玻璃厂工作，主要是做玻璃杯子。海强说："我吹玻璃很厉害的，吹得很好的，几个学徒里面我最厉害了。"这个玻璃厂就是台州海门玻璃厂，这里走出了著名的玻雕大师吴子熊。王海强和吴子熊也算师出同门，从年龄上来讲，吴子熊是王海强的师叔辈，甚至说师爷辈也不过分。

王海强进入海门玻璃厂时，吴子熊已成大器。在吴子熊的手中，一件普普通通的玻璃制品，经每分钟500多转的砂轮精雕细琢，便成了精妙绝伦的玻雕艺术品。这是一门艺术绝技，一诞生就引起了世人的兴趣。1972年，在欢迎基辛格博士的酒会上，周恩来总理手中的刻花玻璃酒杯就是吴子熊制作的。他的玻雕艺术也逐渐走向了世界，他曾受邀到美国、日本、英国、法国、德国、意大利、澳大利亚、新加坡等30多个国家考察、访问、献艺展览，所到之处，备受欢迎，当地媒体无不惊叹：中国人太神了。澳大利亚当地报纸曾报道：吴子熊先生的作品没有流水却似流水般清新，没有宝石却像宝石般闪光。

吴子熊的玻雕艺术品已成为中国工艺美术之林中的一朵奇葩，电视系列片《中国一绝》曾全方位、多视角地对吴子熊的传奇一生及神奇的艺术特色做了全面的介绍。属马的吴子熊，非常推崇马的精神，他说，马奔跑了一生，死时都是保持站立姿势的，他要像马一样，在透明的玻璃世界里，不畏艰难、奔跑不止。

我觉得吴子熊与王海强的性格有颇多相似之处。他们都在自己的从业道路上有着不畏艰难、奔跑不止的坚韧与倔强。如果王海强没有离开玻璃厂，或许能成为第二个吴子熊。

王海强说："其实我还是喜欢玻璃厂的，但有一天，大概是我在厂里待了还不到一年的时候，母亲来看我，回家后与家人一商量，说做这个太热了，毕竟做玻璃制品是需要高温的。家里就决定不让我干这个了。于是，我就回大陈岛了。这也是我第一次在陆地参加工作的经历。

"回到大陈岛后，姐夫就让我跟他一起去抓鱼，那时候捕鱼挺好的，渔民收入不错，在岛上算是大家都羡慕的职业。但是，有些事情，真的是天定，我们的船开出去以后，到虞山那边时螺旋桨坏了，被渔网钩住了。就这样，我又从船上回到了岸上。当时，刚好电厂要招工。我是高中毕业生，符合电厂招工的条件。当时，一共要招 15 个人。从大陈发电厂的规模来说，一下招这么多人，是有些超出常规的。原来，为了欧共体援助的风力发电项目，上、下大陈要联网，不论是网架，还是发电容量都要扩大，需要扩建人员。所以说，我也是赶上了好时候。"

我问海强："你没有受过专业训练，开始是怎么干活的呢？"海强说："还是得学。刚进单位的时候，爬电杆都是边看边学，认真看老师傅们上杆的每个动作，仔细琢磨每个动作要领。其实，年轻人只要肯学，有悟性，学本领还是蛮快的。等觉得自己可以上杆了，我就自告奋勇要上杆，老师傅们说，王海强这个年轻人可以。

"进厂第二年，我们便开始放海底电缆、架架空线路，从我们发电厂架到岸边。当时，上大陈的架空线全部靠我们自己摸索。没学过专业知识，我们就自学。我参与了 10 千伏海底电缆的敷设。对我来说，这是第一次。我就一边干活一边学起来，看着老师傅们怎么做，有疑问的话，就问他们。要不耻下问，自己不懂的，一定要问、要学，千万不可不懂装懂。实践真的出真知。我一个没有学过电力专业的高中生，后来能处理岛上的各种电力问题，靠的还是自己的好问好学。"

夕阳缓缓沉落入海，这是我在上大陈看到的最美的夕阳。当夕阳入海后，风机的转动就显得有点孤单。我遥指风机问海强："你会不会觉得自己像这台风机一样，在岛上孤独地转动？"海强说："年轻的时候有时会有，说实话，海岛上啥都不方便，年轻人好动，喜欢热闹，而岛上，一到夜晚，除了海风，就没什么了。"

我想起一部以大陈岛两代电力垦荒者事迹为主题的微电影，片中所长的角色显然是以王海强为原型的。微电影中，有一段青年电力员工与医院护士的恋爱情节。我问这个情节是否虚构。

边上的曹霞说："是根据真实故事改编的。里面那个青年是王海强，护士后来成了他的妻子。"

说起这段往事，海强用手挠了挠脑袋，有点不好意思。那个护士叫陈丽萍，当时，为了追求她，他有事没事总去医院，而且只找她挂针。

我问："你去了干吗呢？又不能老是装病。"

海强说："我就告诉医生，自己身体虚，要挂营养针，挂的是氨基酸，这种针挂了也没问题。"

当时，大陈岛上有名的"十大光棍"，王海强是其中一个。而岛上的男青年找对象普遍比较困难，主要原因是，出海捕鱼的收入要高于在工厂做工的薪资，岛上姑娘宁可嫁捕鱼的，也不愿嫁给电厂职工。大陈岛姑娘中还流传着"要嫁打鱼人，不嫁电力工人"的说法。

20世纪80年代初,大陈渔场带鱼丰收时节（大陈镇　供图）

陈丽萍毕业于台州卫生学校,因学校包分配工作,就到了大陈岛卫生院。陈丽萍的到来,一下子照亮了青年王海强的生活。她当然知道经常来医院挂针的这个青年人动的是什么念头,在她眼里,这个看上去略显憨厚又不失机敏的电力工人或许就是自己的终身依靠。天长日久,两人之间就只剩一张窗户纸没被捅破了。后来,有情人终成眷属,王海强终于娶到心仪的护士。那时候,王海强的身上似乎有使不完的劲。很显然,陈护士给予他的,不仅有青春、爱情,更有无尽的工作动力。

说到当时大陈岛打鱼人与打工人的收入差距,王海强跟我讲了一件事。

20世纪90年代,渔业生产正值黄金时期,大陈岛上渔民的收入让很多人眼红,有的渔民每年甚至有两三万元的进账,这让很多陆地上的青年羡慕不已,更不要说在海岛长大的王海强了。那时,他的工资每月才几百元。王海强说,曾经有个与他在岛上一同长大的哥们儿，自己造了一条船，主动找上门想让王海强辞掉工作，以干股的形式加入，从事远洋捕捞，然而，王海强婉言谢绝了。王海强说："我过去是一名线路工，现在是，将来还是。工资收入虽然不高，但我已经心满意足了。最重要的是，我热爱这个工作，坚信内心的选择，从不后悔！"

爱情的到来，让王海强更加坚定了自己的选择。出海捕鱼看起来收入高，但往往一出海，就会在海上漂泊好久，而在电厂工作，几乎可以每天看见自己心爱的姑娘。对工作的热爱，加上爱情带来的力量，让王海强明白：鱼与熊掌不可兼得，但要鱼，还是熊掌，却是自己可以把握的。

陈丽萍最终决定嫁给王海强，跟一场台风有关。

台州，有"台风之州"的说法，在台州地区过境或登陆的台风多于浙江其他沿海地区。特别是大陈岛，台风就像春天的雨来得那么频繁，岛上居民也习惯了。但对王海强来说，每年台风季，他看得最多的就是天气预报，一听台风要来，他就紧张。海岛电网与陆地上的大城市不同，大城市的电缆埋在地下，不用担心风吹雨打，而大陈岛几乎全靠架空线输电。

有一年，当时王海强和陈丽萍还在谈恋爱，一场大台风席卷而来。王海强告诉我，他在岛上生活这么多年，从没遇到过这么可怕的台风。大陈岛浪通门有一座大坝，一百来米长，被这场台风弄塌了，还平移了二十来米。海强说的这个浪通门，我去过。镇政府还在那里建了个巨浪碑。当时岛上很多电杆都被台风刮断了或刮歪了，更要命的是卫生院停电了。而这时恰好有个阿婆正在做急救手术，急得不得了。海强知道这个情况以后，直接就冲了出去。海强说："台风我是不怕的，我见多了，但这次台风，大到人一出门就被吹得站都站不住，眼前全是雨水，眼睛睁都睁不开，但想着救人如救火就管不了那么多了！现在想想真的是后怕。抢修完卫生院的应急电源后，我们就等台风过境了才回所里。"陈丽萍当时在卫生院工作，她是亲眼看见王海强抢修电源的。后来，她告诉海强，本来没觉得他有多好，还在犹豫要不要谈下去，但经历了这场台风，她觉得他胆子大，人可靠，这才决定嫁给他。

爱情的结晶降临后，陈丽萍调回了椒江的医院。而他们的儿子，也子承父业，成为电力系统的一员。

说到儿子，海强跟我说了一句实话："我和他爷爷都是苦人家出身，我不求他有多富贵，如果能上个学电力专业的大学，学成回来进电力系统工作，我就满足了。"但儿大不由爹，海强说他儿子起先一门心思想学生物专业，但最后还是被爷爷和爸爸对职业的忠诚打动，报考了南京工程学院，踏上了与爸爸相同的职业道路。

王海强说，儿子现在在基层供电所上班，和自己一样，也是从最基层干起，从事为百姓服务的工作。王海强很满意，他说："儿子虽然不在岛上，但干着和我一样的活儿，也算是电力垦荒人。他和伙伴们要守护的，说简单点，就是百姓家里的一盏灯。"

"海鲫板"其实是大陈岛海域的一种鱼类

王海强有个很响亮的外号叫"海鲫板"。按照我的粗浅理解，这个外号肯定与大海有关。这次终于有机会当面询问清楚。海强说："你猜得没错，'海鲫板'其实是大陈岛海域的一种鱼类。在大陈岛附近的海里，有一种急流勇进的鱼，我们土话管它叫'海鲫板'。我水性最好，敢迎着浪游，于是就得了'海鲫板'这个外号，一直被大伙儿叫到现在。"

我在网上搜了下，"海鲫板"就是海鲫鱼，体型不大，其特点是不喜群聚，多在人工渔礁场、海带养殖架一带觅食生活。我觉得"海鲫板"这个外号特别符合王海强的形象，也可以说，是他性格的一种写照。

　　王海强主要在大陈岛工作，但其实中间有 10 年，他曾回陆地工作，先后在椒江东山、海门、葭沚供电所担任线路班长。那次回陆地工作，有很多内外因素，想要照顾家里，肯定是其中一个重要原因。海强儿子一两岁的时候，有一次生病，让王海强急得不行。当时，他妻子在椒江，儿子则经常在外婆家生活。有时候，海强也会跟同事说起，他们一家是三地分居。领导权衡再三之后，决定把他调回陆地，一方面，是让他有时间照顾家里，另一方面，也是想给他换个工作环境，多些工作经历，为以后承担更重要的岗位做些准备。

　　在王海强看来，在椒江工作的这 10 年，他学习了很多。相比大陈电网，椒江线路要复杂得多。那个时候电网改造还没有完成，用王海强的话说，台风一到，断线是家常便饭。有时候晚上抢修十几次，经常凌晨一两点钟还坚守在抢修现场。雷雨天气，根本睡不着觉，刚躺下，抢修电话就响了。不过，正是这段时间的磨炼，铸就了王海强处理复杂故障的强大能力。

　　在陆地工作 10 年后，王海强又调回了大陈岛。这让许多人大跌眼镜。相比陆地，大陈岛无论是生活环境还是工作环境，终究相差太多。但王海强的情感天平还是不可阻挡地倾向大陈岛。我问是什么原因让他重返大陈岛。海强说："我生在大陈，长在大陈，这座海岛上有我的青春，有我的初恋，也有我熟悉的父老乡亲。可以说，我申请调回大陈岛，感情是一个很大的因素，我在陆地工作期间，经常听闻大陈岛电压不稳定，连电风扇都转不起来，只要听到这些声音，心里就不是滋味。我也想过家里的实际困难，但回到岛上，把大陈电网建好，等电网健康了，我再回陆地就是了。"

　　但是，连王海强自己也没想到，这一返岛，就再也没回陆地。

　　我在上大陈岛采访时，我们去了帽羽沙砾滩。车子沿着盘山公路行驶时，海强说："现在的公路已经好走许多了，以前我们过来时，有的地方根本没有路，即使有石子路，也是坑坑洼洼的。当时，大陈电网已经通过海底电缆与陆地上的电网连起来了，但配电侧电网的健康程度不是太好。大概是 1988 年，我们开始在上大陈建设电网，原先都是没有路的，那时雨一下，脚都踩不下去。我们上岛架线，得先把水泥杆放在船上，开到沙滩边，等到涨潮的时候，船开到沙滩上，把水泥杆卸下来，再把船开回去，等潮水退了以后，我们把水泥杆扛上去。那时候，可真是起早摸黑地爬杆架线，大家心里都只有一个念头，就是早点把线架好。"上大陈岛电网的脆弱，王海强深有体会，他打了一个比方："电网像纸一样。电网没改造之前，一有台风，我们在所里只听到噼里啪啦的响声，再等一下，整个岛就停电了。"

当然，现在不一样了，经过改造，电网的强度提升数倍。海强说："现在刮十四五级台风，我都不担心了，只有像'利奇马'这样的超强台风过境，我会有点担心，当时上大陈有个测风点，测得台风风速是 73 米 / 秒。'利奇马'对台州影响是很大的，但对我们大陈电网的影响倒不是很大。大陈岛的马尾松能长很高，'利奇马'台风过境时，风像一把巨大的剃刀，把树梢全部齐崭崭剃掉了，我们出去巡线，一看，电线居然没受到啥影响。"

在得知"利奇马"台风过境大陈海域时，王海强正在椒江。那时，客轮已停航，他不停地给客运公司打电话，但得到的回答都令他失望。于是，他联系了一艘渔船，等风势稍小一点，就上岛了。

供电所的后山上有一台风力发电机，历经 40 余年风雨都安然无恙，但那一次，它的叶片被刮跑了一半，要知道，那可是 6 吨重的设备啊！所以，"利奇马"台风来的那天晚上，正在所里值班的管林峰实在放心不下，凌晨 3 点，他组织了 9 人准备一起出门巡线，可一打开门，脚刚迈出两步，他们其中一个 180 多斤重的小伙子就被风吹倒在地，他几乎是紧贴着地面爬回来的。怎么办？管林峰灵机一动，说："大家听我口令，我喊一二三，喊到三，所有人都往前冲。"就这样，他们一起冲上了车，靠人的重量把车子压住了。出门前，管林峰心里一直在打鼓，不知道这么大的风会把电网伤成什么样子，但是一路巡线一路看，他惊讶地发现，整个岛上居然没有一根电线杆倒下。

管林峰看到的和王海强跟我复述的一致。也就是说，大陈电网经受住了"利奇马"台风的考验，可以说，基本上没有其他台风能够摧毁它了。

当"利奇马"台风袭击大陈岛时，管林峰8岁的儿子也在岛上。儿子放暑假，管林峰带他上岛，一方面是家里没人带，另一方面也是满足儿子的愿望，他一直说要去大陈岛看看爸爸工作的地方。但没想到，上岛没多久，台风就来了。管林峰是一所之长，首要任务自然是抗台，但儿子年幼，让他一个人坐船回椒江不放心，放在宿舍无人照看也不合适。管林峰左思右想，决定把儿子托付给岛上的一户人家，好在管林峰在岛上认识的人多，朋友也不少，儿子也很高兴能体验几天渔家生活。然而，"利奇马"台风的破坏力实在是太大了，管林峰没想到，儿子临时寄宿的渔家房子对面的一间房子竟被狂风刮倒了。但当时管林峰忙着带队抢修，岛上的通信信号又断了，他并不知道儿子寄宿人家的情况。3天后，抢修结束，管林峰才见到儿子。见到爸爸那一刻，儿子一脸淡定地告诉爸爸对面的房子塌了，管林峰的脸一下子煞白，但看到儿子若无其事的样子，又很欣慰。他突然发现，经历了这场台风，儿子好像一下子长大了。

我们简要复盘一下"利奇马"台风。

2019年8月10日凌晨1时45分许，"利奇马"台风在浙江省温岭市城南镇沿海登陆，登陆时中心附近最大风力有16级（52米/秒）。这使其成为自1949年以来登陆我国大陆地区强度第五位的超强台风，也是自1949年以来登陆浙江的第三强台风。

据应急管理部统计，"利奇马"台风共造成1402.4万人受灾，66人死亡，4人失踪，209.7万人紧急转移安置，直接经济损失高达515.3亿元人民币。由于"利奇马"台风给中国带来了严重的人员伤亡和经济损失，在2020年举行的台风委员会第52届会议上，中国提出将"利奇马"除名并获得通过，次年，"竹节草"被选定为替代"利奇马"的新台风名。

受"利奇马"台风影响，2019年8月8日起，台州椒江至大陈岛航线全线停航。台风登陆前，游客全部撤离大陈岛。

在如此强大的台风面前，大陈电网居然安然无恙，确实令人惊叹。

事实上，经过多年的升级和改造，大陈已经建成一个"四不怕电网"。所谓"四不怕"，是指不怕台风、不怕藤蔓、不怕锈蚀、不怕盐雾。

在许多外行人看来，确保正常供电是电力部门的责任，却很少会有人留意：在海岛实现正常供电，其实要比陆地付出一倍甚至数倍的努力。比如在电网网架相对脆弱时，线路随时都有可能受损停电，如何才能抵抗台风的侵袭？经过不断摸索，王海强带领他的团队，给岛上的每一根电线杆都做了防风拉线，并把10千伏等级的绝缘子升级为20千伏等级，从而有效抵御了台风和海雾的侵袭。

海岛上植物茂盛，缠绕的藤蔓常常导致线路接地和跳闸，如何保证线路的安全？王海强和同事们利用岛上的风力资源反复试验，设计出"风驱式防藤蔓装置"，有效地解决了这一问题。这套装置不仅获得了2015年度浙江省QC成果一等奖，还获得了国家发明专利。

中央电视台《走遍中国》栏目播出的《绿电打卡大陈岛》专题报道，专门介绍了王海强的这个小发明。专题报道长达25分钟，我仔细看完全片，有两个感受：一个是央视记者很敬业，另一个是大陈电网很坚固。

说到"风驱式防藤蔓装置"，王海强告诉记者，大陈岛是一个海岛，植被很茂盛，随着电线拉设规模的扩大，藤蔓经常沿着拉线往上攀爬，特别是一到夏天，它们疯长上去后，会爬到电线杆上，如果搭到导线上，便会引发接地或短路，造成停电。

事实上，这与大陈岛典型的亚热带季风气候有关。这里冬暖夏凉，林木葱郁，森林覆盖率达50%—60%，岛上风力资源丰富，年6级以上大风日数

大陈供电所设计应用"风驱式防藤蔓装置"破解藤蔓绕线难题（大陈供电所 供图）

超过 181 天。

由于气候环境的因素，大陈岛上的藤蔓生长速度特别快，用于电杆防风的拉线无一例外都引自地面，藤蔓一旦攀上拉线就疯狂生长。但这对电力工人来说堪称"天然杀手"，拉线一旦被藤蔓缠绕并延伸至高压线路，就很容易造成电路接地跳闸，严重时会直接烧断电缆，造成大面积停电。

如何排除藤蔓对电网的危害，一直困扰着电力团队，王海强也为此很是苦恼。

有一天，王海强突然想起小时候玩风车的经历。如果给拉线安装一个类似风车的装置，是不是就能防止藤蔓的攀爬？经过多次实验，王海强发明了一个"风驱式防藤蔓装置"，并将其安装在拉线上面。等风吹过来的时候，这个装置就会自动转起来，藤蔓爬上去就会被装置自动切割，无法继续向上生长。准确地说，其实这个装置更像是一个绞肉机里的刀头，风一吹，它动起来，就能切割藤蔓。

央视记者在岛上采访的时候，海风不小，王海强在现场给记者演示了防藤蔓装置的工作原理。他告诉记者："底下有一个螺丝，把它固定在钢绞线上。你看，现在风吹起来的时候，装置就越转越快了。因此，在这样的刀头下，藤蔓是不可能爬上我们的电线杆的。这样，我们的电网线路就安全了。"后来，王海强又改进了设计，将"风驱式防藤蔓装置"中的关键部分改用球形风叶，彻底地解决了藤蔓对线路的干扰问题。王海强说："这个装置就像风车，只要海风一吹，它就会不停地旋转，海岛风风力大、持续时间长，藤蔓再顽强，也经不起如此折腾，自然失去了攀爬生长的空间，电网的潜在威胁也就自然解除了。"

维护海岛线路的另一个难题是如何消除海雾影响。岛上雾大，持续时间久，使得空气潮湿并带有盐分，很容易侵蚀电线。加上放电距离不够，原先 10 千伏的线路经常因此接地跳闸，让电力维修人员很是烦恼。

"不管是夏天还是冬天，经常会听到电线上发出'啪啪啪'的声响，岛上群众看了慌兮兮的，经过旁边也很不安全。"王海强描述说。为解决这一问题，他和他的同事们真是绞尽脑汁。"一时要更换整条线路，那不现实啊。"

2015 年，王海强在一次学习交流时注意到，采用 20 千伏的针式瓷瓶（绝缘子）可以有效地解决这一问题。

通过小范围的试验，这个方法确实能够解决接地跳闸问题，且不用大张旗鼓地更换整条线路，节省了不少开销，王海强心中感到无比喜悦。说干就干！试验成功的第二天，他就开始了他的"换瓶"行动——将绝缘子由 10 千伏等级全部换成 20 千伏等级，彻底根除了这一问题。

王海强回到大陈供电所后，先是出任副所长，不久又担任所长。王海强告诉我，在陆地的 10 年工作经历，给了他许多经验，比如，最重要的安全问题，在管理制度的执行上，大陈岛要比陆地随意一些。他跟我讲到开工作票的事。

回大陈岛以后，他看到大家干活时都不开工作票。以前可能没有这方面的意识，但现在肯定不行。他说："我刚提出硬性要求时，他们连工作票都不会开。在陆地，我去温州抢修支援的电子票都自己开。我回到岛上，第一件事情就是教他们一定要把工作票开出来。在所里开会时，我不厌其烦地跟大家说，之所以要求大家干活必须开工作票，是因为安全不单单是一个人的事，更是一个家庭的事，万一出什么大事的话，对家人都没法交代。"在王海强的坚持下，大陈供电所的安全规范，终于能向陆地看齐了。

大伙儿安全防范意识的加强，让王海强安心不少。他说："在大陈岛工作还有一个特殊的地方，那就是大陈供电所管辖上、下大陈岛两个区域，我们有时候在上大陈岛干完活，回下大陈岛的时候，是要带材料回去的。晚上如果没有月亮，码头和岛上一片漆黑，加上码头上很滑，好在这么多年我们都没出过事。我现在想想都有点后怕。那么滑的码头，每次五六个员工踩在青苔上，我们带的又有不少大件的东西。没出事，既是幸运，也是因为大家有安全意识。"

海岛上对员工的管理，与陆地多少会有一些区别。这是王海强在两地工作得出的体会。为此，他在所里实行轮班制。有不少员工的家在椒江，王海强就把全年的法定假期统一起来，在工作上进行统筹安排，比如把双休攒起来让员工一个月里集中休假一次。春节大家都想回去，但肯定得有人守在岛上，怎么办？自然是所长带头值班，好在所里还有一些大陈岛本地的员工，这个似乎很令人头疼的问题，也迎刃而解。

毫不夸张地说，王海强是大陈岛电力发展的见证人。

2016 年，国网台州市椒江区供电公司完成全岛所有高压线路、农网线路和 13 个配电房的改造工程，在提升供电可靠性的同时达到美观的效果。同年11 月 20 日，总投入 1100 万元的 10 千伏上大陈至下大陈海底电缆改造工程顺利竣工。

2017 年，在原有 25 台专变总装机容量 2000 千伏安的基础上，大陈供电所重点对 15 台专变进行增容，将总装机容量提升 1500 千伏安，既满足了景区用电，又为民宿经济发展提供了充足电能。

王海强说："讲起来可能让人惊奇，1990 年前后，上大陈和下大陈两座岛的变压器数量加在一起才 5 台，加上岛上的专变也不到 10 台，2018 年上半年至今，新增的变压器就已经超过 10 台了。近 3 年，我们在海岛电力设施方面的投入超过了 2000 万元。这些新的投入，没有一处不在说明海岛经济的崛起。"

王海强给我算了一笔账："以往柴油发电的时候，投入发电的实际成本远远超过了电费收入所能带来的盈利。现在大网通电，岛上每年的成本回收是 200 万—300 万元，而每年投入则超过 600 万元。如果仅仅按照电力部门的投入产出来算这笔账，显然是亏本的，但考虑到诸多社会效益之后，我们会发现，我们的'亏'给社会带来的'盈'是巨大的。"

王海强对我说，每天看到岛上的灯光亮起的那一刻，他就会觉得这种"亏"、这种付出是值得的。

在和王海强的交流过程中，他不止一次谈到自己身上的荣誉，他说自己十分不安，"因为我就是做了一些应该做的事，如果说大陈岛的电力垦荒有一点成绩，得到大家的肯定，也是大陈供电所全体人员的功劳，算到我一个人头上，让我于心不安。组织上给了我这么多的荣誉，我总觉得受之有愧"。

我没有回应王海强，但我知道，我必须要给他一个回答。

上大陈岛的帽羽沙砾滩，我们在海滩上散步。这两片沙滩是由两座山中间的一条堤，把两边的海域分隔后形成的。沙滩上有很多鹅卵石，我弯腰在沙滩上边走边寻觅，想找一块好看的石头作为这次上岛的纪念品。海强说："这里的一部分鹅卵石不是纯天然的。"我问："怎么讲？"海强说："这些鹅卵石不是全部从海底冲上来的，有一部分是从其他地方运来的。这些石头，要不了多少年，经海浪日复一日、年复一年地冲刷，就会变得很圆润，不过，你们可能看不出来是否是纯天然的，但纯天然的与非天然的，骗不过我的眼睛。"

这时，我看到一枚石子，很小，一寸余，却让我惊喜不已。这是一枚黄色的石子，但肯定不是普通的石子，是玉石无疑。我对着太阳细细打量，石上的纹路清晰可辨，还透着一种近乎透明的质感。海强用不容置疑的口气说："这是纯天然的，在海底被冲刷了几万年，然后又被海浪冲到了沙滩上，但一直没被人发现。"

我笑着对王海强说："你就是这枚石子，纯天然的。然后，终于被人发现了。"

大陈电网活电图

上、下大陈岛之间的交通，基本依靠小型客轮，航程差不多也就一刻钟。

我们从上大陈码头坐船去下大陈。客舱里，有一位老人，目测七十开外。王海强认识他，问他是不是要去下大陈办事。他说，要去缴电费。他们的对话引起我的注意。海强说："你都不用特意过去，上大陈就可以缴，另外，你的手机如果是智能的，下载一个 App，直接在手机上就可以缴。"同船还有认识老者的人，说老者主要是想去下大陈玩，才找个理由说去缴电费。大家听后，都笑了起来。老人也笑了。

的确，相比之下，下大陈要比上大陈热闹多了。岛上的居民，如果不去椒江，坐船十来分钟去趟下大陈，也是不错的选择。我猜测老人会去下大陈的鱼师庙。鱼师庙位于大陈岛五虎山麓的梅花湾村，从下大陈码头上岸，即可望见。鱼师庙原来临海而建，崖下涛声砰訇，庙内危楼寂静，"危庙涛声"成为大陈十景之一。

我第一次上岛，曾专门去鱼师庙，据鱼师庙的墙书介绍，在上古时代，大陈海域有一种叫"鱼"的神奇生物，风平浪静时常常在海面遨游，不过它们很有自我保护意识，一旦风吹浪打，便立即飞身逃跑，渔民很难捕获，只能望"鱼"兴叹。一日，岛上来了一位自称"摇郎大"的神仙，手持一把大斧，跟随渔民出海捕鱼。那些鱼仍然在海面上欢跳，一见渔民撒网，顿时溜得无影无踪。渔民懊恼不已，却无计可施。摇郎大微微一笑，走到船头用大斧头在船帮上敲了三下，同时向着东海大声喊道："鱼鱼，我是摇郎大，摇郎大在此，此时不现身更待何时？"话音刚落，海面上便立即翻涌出黑压压的鱼，渔民赶紧收网，满载而归。

为了感念摇郎大赐予丰收并保佑平安，渔民就在当初摇郎大飞升上天的地方修建了一座鱼师庙，把摇郎大尊推为鱼大师，祈求他护佑渔民平平安安。

那位同舱的老人从上大陈渡海去下大陈，进鱼师庙拜拜，再顺便去缴个电费，似乎也在情理之中。

大陈岛也曾经"路不平、灯不明、电话不灵、小船开开停停"，后来境况好转，但这里终究离岸最近距离约24海里，且上大陈、下大陈双岛孤悬海上，淡季常住居民不到1000人，其中1/5是独居老人和留守儿童。以前，岛民办理用电业务十分不便，坐船离岛至少需要3个半小时。

让岛上居民办电更便利，自然是大陈电力人要做的事。

在王海强和他的伙伴们的努力下，电力自助营业厅在岛上设立，老人学会了在自助营业厅缴纳电费，年轻人则更青睐线上电力App。海岛居民也能体验到"最多跑一次"带来的便捷。事实上，大陈供电所推出的"线上＋线下"联动服务新模式，让用户一次都不用跑。

立春时节，恰逢在外的海岛居民回家过年尚未离岛，人员相对集中，大陈供电所制作服务卡和重要用户分布图，使得服务更加快捷、到位。谷雨时节，大陈供电所开展夏季安全用电大检查，进村入户开展安全用电宣传教育活动。立夏时节，恰逢旅游旺季来临的时候，大陈供电所对岛上的"渔家乐"、宾馆进行线路检查，确保游客的用电安全。处暑时节，大陈供电所则针对东海开渔这个重大节日，开展渔民海上安全用电集中教育活动，让渔民在安全用电中喜获丰收……二十四节气"爱心"服务表装载着电力人的细腻，让服务更加贴心、周到。

王海强在大陈岛有"大陈电网活电图"之誉。一方面，是因为大陈电网规模不大；另一方面，是因为王海强在岛上工作时间久了，岛上有几根电杆，有几条线路，他心里一清二楚。尽管如此，为了让海岛居民能足不出户享受便捷、高效的供电服务，供电所为岛上1500名居民建立了"一户一档"，推行"台区经理制"，打造了一座独特的"海上移动营业厅"。工作人员坐船往返于上、下大陈之间，上门受理相关业务，让"业务受理＋电力安装"一步到位。

其实，早在1999年，大陈供电所就成立了志愿服务队，并先后更名为萤火虫志愿者服务队、春晖志愿者服务队。2013年，王海强担任队长后，确定队名为国家电网浙江电力（椒江大陈）红船共产党员服务队。

春季，岛上阴雨绵绵，服务队的队员们总会想到留守老人，帮他们检查线路安全，更换节能灯，为他们解决生活问题。多年来，服务队已累计慰问服务300多人次，自发筹集爱心慰问品价值超2万元。

开学季、儿童节，队员们总会想起给岛上的留守儿童送去课外读物，为孩子们开展安全用电主题班会。12年来，他们为孩子们开展主题班会课50多次，播放电影100多部，赠送书籍上千本。他们为"小候鸟"们助建的阳光书屋，成为大陈中心小学的孩子们最喜欢去的乐园之一。跟随来台州务工父母来到大陈岛的小学生聂夏萱就是其中一位。聂夏萱是个活泼开朗的小朋友，喜欢画画，喜欢看书。每当上阅读课，她总会迫不及待地跑进这间书屋，

大陈供电所早在1999年便组建了大陈岛第一支共产党员服务队
（国网台州市椒江区供电公司　供图）

王海强给小学生科普海岛电力发展特色和清洁能源探索应用（国网台州市椒江区供电公司　供图）

徜徉在知识的海洋里，看到喜欢的书籍还可以借回家。

为驻岛雷达部队开展用电检查和电力知识培训，保障东海军事前线电力稳定运行；为大陈渔业、旅游业用户提供电力优化指导与电路安全定期检查；组织电力设施保护志愿者夜巡；举办青年联欢会……大陈供电所不仅实现了20年安全生产无事故，还连续14年零投诉，用户满意度达100%。

更重要的是，大陈岛的居民对王海强和他的伙伴们给予了高度的认可。

"除非客观条件限制，碰到断电，一般都会及时恢复，只要强哥（王海强）在。"下大陈一位年轻村干部这样评价。岛上每次发生断电情况，居民们很少抱怨。因为他们了解海岛自然环境的特殊性，更因为他们充分相信王海强和他带领的电力团队。

大陈镇上有位70多岁的王奶奶，每次说起王海强，总是一脸感激。原来，

王海强带领共产党员服务队的队员们为海岛老人进行义务用电检查，并向老人讲解冬季用电注意事项（国网台州市椒江区供电公司　供图）

在一个寒潮起风的冬日，一个人留守海岛的王奶奶家里的电线被大风刮断了。王奶奶年纪大了，孩子又不在身边，自己根本没办法。正在着急时，她想起了经常在街上做志愿服务的王海强。当天上午，王奶奶一人拄着拐杖，忐忑不安地来到大陈供电所门口，焦急地向所里反映了一下情况。王海强得知情况后，笑着对王奶奶说："老人家，你放心，这是我们义不容辞的责任。"说完立马带上工具去了王奶奶家，对她家的线路进行了彻底的排查，很快就找到了断电的原因，并对发现的其他几处安全隐患进行了整改。为了万无一失，王海强还特意为她更换了新的插座和开关。王奶奶在一旁看着，感动得不知说什么好，只是最后拉着王海强的手连声说谢谢。

在与王海强的聊天中，我发现他对岛上的老人，或者说，对曾经在岛上参与垦荒的老人有一种特殊的感情。海强告诉我："有一年，我们听说住在温州的垦荒老人周寿志一直想回大陈看看。我陪他一起坐船上岛，远远看到一江山岛，周老就开始流泪了。周老夫妻俩都是垦荒队的，在岛上待了20多年，对大陈岛有很特别的感情。后来，我邀请周老到供电所坐坐，带他参观了老电厂。我们所门口有一面表现电力垦荒的浮雕墙，周老看到了，眼睛又红起来，他认真地对我说：'你们做得真不错，我很放心。'周老的这句话触动了我，也让我下决心要把大陈岛的电网搞得更好一点。"

王海强从椒江重返大陈岛后，岛上的人高兴地说："'海鲫板'又游回来了！"王海强说："现在孩子长大了，可以松口气了，我还是对大陈岛有感情的，希望能回来，把这么多年在外面学到的本事用在大陈电网建设上。"

除了进出大陈的主干线路，其余的每一条线路，无论是公用的、专用的，还是备用的，乃至连线路上近40台变压器的具体位置，以及线路周边的环境，都像数据图一样，存在王海强的脑子里。"沿路上，周围树木的高低、它们和每根电杆的距离，我基本上都能记住。"王海强说。一旦哪条线路出了故障，或安排计划检修，王海强都能提供详尽的情况，所里的同事打心眼里佩服他，都称他为最管用的"活电图"，有的干脆叫他"导航仪"。

海岛不大，王海强几乎认识岛上的每一位居民，知道他们的用电和生活情况，他对他们的感情十分深厚。他把这些乡亲看作自己的家人。海强曾告诉我，经常会有上级部门和兄弟单位的同事上岛来所里，有时候，刚要开饭，恰好有一条渔船回港，他总会说要去买点海鲜过来。渔民都和他相熟，他问多少钱，渔民会说讲什么钱，这点东西拿过去就行了。海强笑着对渔民说，话是这么说，钱还是要付的。我问海强："都是好兄弟，钱真的付了？"海强说："必须得付啊，渔民出海打鱼不容易，再说，关系好是一回事，付不付钱又是一回事。吃了人家的鱼不付钱，这事可大可小，但马虎不得。"

在上大陈岛，王海强陪我去 6 号防空洞。洞里没有开灯，黑得很。我们得打开手机电筒才能前行。但走到一半，洞里的电灯亮了，就在这柔和的光线下，在一个破旧的玻璃柜子里，我居然看到了一本 1957 年 6 月 25 日出刊的《诗刊》，杂志很旧且蒙上了一些灰尘，边上还有两支钢笔。我无法确认这本《诗刊》是否是 1957 年驻军战士翻阅的原物，但它还是给了我一些心灵的触动：无论多么艰难的日子，也要有光，有诗歌。

走出防空洞，一位中年大姐跟了上来，她对海强说："我看到你们进洞了，就把电灯打开了。"原来，灯是她打开的。海强认识她，并且知道她的身世。此时，我们要沿着石阶下行，去观音洞。大姐说："对面的铁门锁上了，我去给你拿钥匙。"海强说："不用，我们翻过去就行。"大姐执意要去取钥匙，让我们等着。一会儿，大姐取了钥匙一路小跑回来，海强接过钥匙。我们沿着峭壁上开出的一条通道经过观音洞，这条路一大半悬空，是人工所建。走出观音洞时，果然有一道铁门挡道，我看了一下，门的一侧是绝壁，另一侧是悬崖，如果按之前海强说的翻过去，就得从悬崖一侧翻越，我的腿直打哆嗦，反正我是绝对做不到的。海强要演示给我们看，我们阻止了他。海强看着铁门，笑着说："我在电杆上爬上爬下，这点障碍，挡不住我。"我们劝说他，

上大陈岛 6 号防空洞内的《诗刊》杂志（陈富强　摄）

坑道值班员跑向王海强（背影者）（陈富强　摄）

让他用钥匙把门打开，待我们穿过再锁上。回到6号洞门口，送钥匙的大姐在等我们，她一看见海强，就笑着跑过来。从她的笑脸上，我看得出来，她与海强熟悉，仿佛兄弟姐妹一般。

"暴风暴雨害心惊，断路断电不见明，有了电力守护神，家家户户都放心。"这是海岛文化站组织春节文化礼堂会演时，一位岛上艺人写的一段快板词。

大陈镇党委委员李丽丽对王海强和电力垦荒者们也赞赏有加。采访时，她给我讲了两个细节。

她说："我负责联系居委会，因为岛上老年人比较多，可能会遇到这样那样的问题，这些老人通常会选择跟这里的干部或者居委会的支委委员、党员反映情况。我印象比较深的是，有一次，我们有个支委委员叫廖永春，他

国家电网浙江电力（椒江大陈）红船共产党员服务队的队员们在大陈岛巡查排除夜排档用电隐患（国网台州市椒江区供电公司　供图）

跟我讲有人向他反映，老人家家里用电可能出问题了，想找人查一下电线。我当时不在岛上。廖永春就说：'没关系，我打电话给王书记，我们关系很好，他也支持我们工作，我一打电话，他就派人过来了。'"

李丽丽说："我也知道电力每年都会开展这种志愿服务，定期检查村里用电情况。通过这件事情，我就感觉，电力的服务是很周到的，不管通过什么途径，只要有需要，电力肯定第一时间做好保障。其实，王书记不管是在村干部的心里，还是在我们村民的心里，都是一个非常实诚的、值得信任的人。大家对他的印象，也能体现出大家对电力工作的一种认可，而且我觉得王书记是个百事通，对岛上的情况非常了解，大家也比较信任他，大家都会说，有他在就很放心。"

李丽丽回首自己在岛上这几年，心中充满了庆幸。这两年没有大的台风，但是岛上的日子毕竟不同于陆地，海风还是有的，也会出现电线被吹断的情况。不过，电力恢复非常快，往往才觉察到"哎呀，停电了"，转眼间便恢复如初。"我2021年上岛，当时对岛上的情况不熟悉，碰到要来台风，脑海里就会想，万一停电、停水了该怎么办。之后，到了2022年、2023年，我就不会担心电力的问题了，因为我也是逐步了解的，就是心里产生了信任感，我会觉得，没关系，电力会全力保障我们工作，所以，我就安心了。"

还有一件事，李丽丽也颇有感触。她说："我记得还有一次，是2022年的时候，我们椒江区的政协主席新上任，她第一站就来到大陈，我们带她参观了大陈供电所的'三色三地'电力垦荒文化展厅。政协主席叫王跃军，她就跟我讲，看看能不能把展厅里的资料调过来。她说这个展厅非常好，既有整个电力的发展史，也有贯穿其中的电力人垦荒故事。当时，从供电所走出来，我们在等车的时候，王跃军主席握着王海强的手说，电力工人很不容易，我们看了很感动。她后来还特别交代，说等我把展厅资料要来之后，他们也要组织内部学习一下。"

电力"跑小青"，仿佛一道彩虹

大陈岛上的共产党员服务队与椒江的电力"跑小青"可以说是一面旗帜下的两支队伍。

"跑小青"是浙江"最多跑一次"的延伸，也是浙江青年工作的一个品牌。所谓跑，当然指的是"最多跑一次"；小，指的是小事；青，是青年。简而言之，"跑小青"是青年文明号助推"最多跑一次"改革的一项行动。

我在椒江城区的供电营业厅，实地看到了"跑小青电力工作室"。两个电力"跑小青"卡通人物形象既憨态可掬，又充满活力。卡通人物边上都有口号，分别是"爱在银线间""如花竞芳华""电靓新府城"。在工作室墙上，一张椒江地形图引起我的注意，我凑近一看，左下角还有一句口号"青跑 E 时代，办电零跑次"。营业厅主管张优的介绍，更让我对这个营业厅与电力"跑小青"刮目相看。以这个营业厅为代表的椒江电力客户服务中心，集 3 个国字号荣誉——工人先锋号、青年文明号、巾帼文明岗于一身，在同类型电力客户服务中心中实属罕见。它也是全省唯一一家由共青团浙江省委挂牌、服务于"最多跑一次"改革的电力行业"跑小青"工作室。

电力"跑小青"的服务模式，有其行业特色。张优如数家珍，告诉我电力"跑小青"的与众不同。"跑"，指的是提供业扩报装、事故应急处理、智能电网监控、社会联动、新能源增值等服务，始终保持主动跑、抢先跑、全程跑的态度；"小"，指的是聚焦服务人民美好生活的各类"小事"；"青"，指的是由营配调各专业线 124 名青年骨干组成的集约式服务团队。后来，"跑小青"扩展到全市，参与人员数倍增加，可以说，"人人都是跑小青"在台州电力系统已蔚然成风。

建造聚星科创园是椒江区"十大老旧园区提升"项目之一，由星星集团投资 14.6 亿元打造，总建筑面积达 42 万平方米。园区共引进 150 余家优势成长型中小微企业，主要产业为缝制装备及相关零部件制造等，预计年产值2000万元以上的企业将达到30家，科技含量较高的企业将达到20家，这里将是椒江建筑体量最大的中小企业创业园。为满足其用电需求，国网台州市椒江区供电公司在园区内建设开关站2座，设置高压分支箱29台，总用电负荷预计18000千伏安。

生产线就是企业的生命线。为了尽早让专变用户用上电，国网台州市椒江区供电公司"跑小青"团队与专变用户密切联系，帮助协调专变安装事宜，紧扣时间节点，倒逼工程进度，以最快速度完成54家企业的专变安装工程。随后，"跑小青"团队入驻园区，集中检查企业竣工报验资料的完整性和准确性，同步对开关站、高压分支箱进行检查，并开展客户工程预验收。

国网台州市椒江区供电公司客户经理王鸿皓说："我们争分夺秒，将正常情况下至少需要15个工作日完成的竣工报验到送电流程，压缩到了5个工作日。"

在长鹰信质集团驱动电机定子总成车间内，20多条生产线正满负荷运转。车间负责人告诉我，作为新能源汽车三大核心部件（电池、电机、电控）之一，电机是新能源汽车动力的直接来源，对汽车的动力性能有着决定性的影响，这里平均每45秒下线一套定子总成产品，一天产能达1400—1600套。

俗话说，海水不可斗量。这家看上去不那么起眼的企业，却是全球最大的汽车发电机定子铁芯供应商。长鹰信质集团从事各类电机及其核心零部件的研发、生产和销售，连接比亚迪、联电、吉利、上海电驱动、东风电驱动等企业客户，其汽车发电机定子销量占全球市场的45%以上，电动自行车定子及总成占全国市场份额的75%，为新能源业务的持续发展提供了坚实的配件保障。

电力作为重要生产要素，其保障自然必不可少。椒江区电力"跑小青"团队结合长鹰信质集团生产车间用电负荷，定时对室内线路、空气开关以及

电力"跑小青"团队来到长鹰信质集团生产车间，了解企业生产情况和用电需求，为企业优化用能方案（曹琼蕾　摄）

用电设备进行全面检查，仔细查看线路接头老化、磨损、发热和接地情况，对发现的问题及时记录，并依托"一企一策"供电能效诊断，从电量数据、变压器运行情况、基本电费、力率电费等多方面进行分析，为客户提出绿色科学的用电建议。更让企业欣喜的是，电力"跑小青"还帮助做好企业园区内光伏系统与储能单元设备的跟踪服务，认真检查屋顶光伏组件、逆变器、线路、电能计量装置等设备的运行情况，动态了解企业用电需求，为企业降本增效注入"电动力"，助推企业经济发展实现"开门红"。"跑小青"程浩翔告诉集团负责人："目前贵公司光伏系统装机容量为 11400 千瓦，年发电量约 1518 万千瓦时，去年一年节约电费 900 多万元。"集团负责人听后再也抑制不住发自内心的笑容，"跑小青"们也跟着一起笑了起来。

企业自备光伏发电站的安全运行是"跑小青"团队关注的重点。长鹰信质集团厂房屋顶连片铺开的 12 万平方米光伏板，为 10 个车间的生产线提供源源不断的动力保障，更带来了可观的经济效益。长鹰信质集团在厂房屋顶建设光伏电站，还是国网台州供电公司提供的点子。集团采纳了供电公司定制的"光伏＋储能"用能优化方案。通过安装屋顶光伏，增设储能设备，企业生产用电有了充足保障：在未满负荷生产时，可自发自用，余量上网；当企业积极响应电网号召，主动压降负荷让电于民时，还能获得相应补贴。

长鹰信质集团行政副总监巩海楠告诉我："在电力'跑小青'的指导下，我们还结合了储能设备，储存夜间及白天的低谷电量，在尖峰高峰时刻用于生产。通过储能错峰用电，原本白天 1 块多一度的电费降到了目前的 3 毛钱，大大降低了电费成本。'光伏＋储能'方式，不仅助力企业实现了降本增效的目标，而且光伏发电项目每年发出的电量，可为国家节约燃烧标准煤 0.52万吨，减排二氧化碳约 1.31 万吨，相当于种植约 15.45 万棵等效绿植，有效地推动了企业绿色发展。"

在采访过程中，对椒江与大陈岛供电服务的比较让我看到，电力"跑小青"仿佛一道彩虹，把陆地与海岛连在一起，一头在椒江，一头在大陈。这道彩虹的出现，不仅体现了国家电网公司作为全球最大公用事业单位对每个员工的严格要求，更是国网台州供电公司实践"人民电业为人民"这一企业宗旨的必然结果。

第五章

一代人，又一代人

鲁迅在《为了忘却的记念》中提到柔石，称：

> 他的家乡，是台州的宁海，这只要一看他那台州式的硬气就知道，而且颇有点迂，有时会令我忽而想到方孝孺，觉得好像也有些这模样的。

历史上，宁海隶属于台州地区，直到 1952 年才划归宁波。所以，鲁迅写于 1933 年早春的《为了忘却的记念》才会提到台州的宁海。

柔石与方孝孺皆为宁海人，且两人均惨遭当权者杀害。鲁迅对柔石非常欣赏，为 1929 年 11 月上海春潮书局出版的柔石的中篇小说《二月》作序，并为其专门作《柔石小传》。一般情况下，鲁迅对理学家很难产生好感，而对方孝孺却冠以"台州式的硬气"的褒奖，可以说是非常高的赞誉了。这也证明，在中国历史上，方孝孺是一位有气节、有学问的真性情文人。他出生于元末，成长于明初，矢志不渝地坚守着儒士心中的理想，是明代著名的文臣和学者。斯人虽已去，风范却长存。现在南京雨花台东北的山麓中还有汤显祖为方孝孺所建的墓，墓前大碑书"明方正学先生之墓"，后屡经修缮，已被列入南京市文物保护单位。

鲁迅所"发现"的方孝孺及其"台州式的硬气"是中华民族的重要精神

资源。中国"士"的心迹演变史发展到明代,方孝孺无疑是其中浓墨重彩的一笔。方孝孺对民族精神的一个重大贡献便是鲁迅所说的"台州式的硬气"。《明史·方孝孺》记载,大儒方孝孺性格刚直、满腹经纶。世人称其为"明之学祖"和"天下读书种子"。他因不肯为燕王朱棣草拟登基诏书,被"诛十族"。"台州式的硬气"在方孝孺身上体现得悲壮而崇高。

事实上,台州历史上具有硬气的典型人物不胜枚举。清代王棻编撰的《台学统》中就汇总了高节之士、忠节之士、清节之士数十人,他们共同形成了台州人持义守道、舍生取义的人文群像。

抗日战争时期,天台籍进步作家陆蠡入狱后被日本侵略者拷问:"你爱不爱国?"陆蠡坦然回答:"爱国。"日本侵略者又问:"你赞不赞成南京政府(汪伪政府)?"他毅然回答:"不赞成!"再问:"依你看,日本人能不能征服中国?"他梗着脖子,断然答道:"绝对不能征服!"一字一句铿锵有力,最终屈死狱中。

其实"台州式的硬气"还可以追溯得更早。

在临海东湖之畔有 2 座祠堂——骆临海祠与樵云阁。骆临海祠是为纪念骆宾王而建,被称为千古檄文的《为徐敬业讨武曌檄》是其人生壮丽的休止符。樵云阁纪念的是一位樵夫,据说他在靖难之役后,毅然投湖而死。一个是名满天下的才子,一个是默默无名的樵夫,均因"硬气"二字为台州人所敬重。

时光飞逝,到了1894年,一个男婴出生在台州温岭太平镇。多年以后,这位名叫张襄巨的男人,或独自创办或与人合伙办了海门轮船公司、太平南货行等。不过,让张襄巨在温岭获得老百姓更多交口称赞的原因,则是他创办了温岭电灯公司。从电力史的角度来认识张襄巨,他显然是温岭电力工业的先驱,是台州第一代电力垦荒人。

深受孙中山"实业救国"思想影响的地方乡绅张襄巨,作为温岭太平电气公司的创办者,为温岭的电力事业立下了汗马功劳,奉献了毕生精力。在风雨飘摇的时代，为了维持电厂的运营，他变卖自家店铺、水田、妻子的嫁妆，苦心经营。他这一辈子没有不良嗜好，为人正派，全身心地维护温岭发电厂的正常运转，使得张家花门坊 8 号屹立不倒。然而在时代的激流中，他也未能幸免于难。只是张襄巨绝不委曲求全，而是不惜以命抗争，不屈不挠，显露出了台州人的血性。

温岭乃至台州的电力先驱张襄巨，以他的硬气为台州电力人点起了一盏不灭的灯，照亮了隔海相望的大陈岛。大陈岛上的电力人，高擎这盏灯，高振一代人又一代人的手臂发出誓言：人在，灯就在。灯在，大陈岛就是一座永不熄灭的灯塔。

温岭，一根曲曲弯弯的钨丝

1936 年，温岭县太平电气股份有限公司成立，董事会由 7 人组成，温岭县县长熊亨灵兼任董事长，商人张襄巨先生任经理。对企业运作稍有常识的人都知道，这家电气公司的实际主事人就是张襄巨。

在国难当头、山河破碎的年代，张襄巨先生以满腔的爱国热情和令人敬佩的勇气，挑起了在东海之滨的偏僻县城创办民族工业的重任。张襄巨负责公司筹建，同年 8 月，他亲自选址太平镇学前头，即现在的太平南路 54 号，置地 1 亩，建成厂房 236 平方米，分为机房、仓库、办公室、职工宿舍，聘用 1 名技师、1 名会计、6 名电工，安装 30 匹马力的柴油发电机 1 台。同年 11 月发电营业。至此，太平镇上的主要商店和县政府各部门都用上了电灯。

从择址基建、购置设备、安装机器、招聘人员到发电，仅用了 3 个多月的时间。这个速度，即使放到现在，也是令人惊讶的。可见当年张襄巨的组织协调能力有多高。

从时间上来看，温岭县城所在地太平镇并非温岭最早有电的地方。温岭市档案馆官网"百年温岭大事记（1902—1949 年）"载，1923 年 6 月，温岭县首家机械碾米厂——泽国三万米厂开业。次年附设电灯厂，系温岭最早的电灯厂。不过，与温岭县太平电气股份有限公司供电模式不同，泽国三万米厂的电灯厂安装了 1 台 14 千瓦柴油发电机组，白天提供动力用电，夜间则提供厂区和附近地区的照明用电。可见，这家企业附属的电灯厂，并非专门的供电企业，其性质与张襄巨的电气公司有比较大的差别。此外，在温岭历史上的影响，也远不及后者。

话说 1937 年 4 月，随着温岭县县长熊亨灵的调离，电气公司的工作悉数落到张襄巨先生一人肩上。7 月，"七七事变"爆发，日军大举进犯，上海、杭州相继沦陷。兵荒马乱中，柴油进不来了，张襄巨想尽办法到海门、路桥等地获取走私柴油。同年 9 月，日军骚扰海门、黄岩一带，连走私柴油也断了来路。张襄巨与职工们商量，决定用"柴爿炉""木炭炉"来代替柴油发电机。烧木炭炉、烧柴爿炉要用手摇，是苦活、累活，但是，张襄巨以普通劳动者的身份，深入职工之中，鼓励大家。他与职工们一起克服困难。张襄巨的言与行，让职工们从心眼里钦佩，所以不管工作怎么辛苦，大家也都毫无怨言。

到 1938 年初，电气公司亏本了。为了保证电力供应，张襄巨不惜卖掉河头店铺，用来救济公司，给职工们发薪水。虽惨淡经营，但公司得以勉强维持了下来。1941 年 4 月 15 日，太平镇遭敌机轰炸，电厂不得不关闭。直到 1945 年 8 月，抗日战争胜利，电气公司才迎来重生。张襄巨重招旧部，修复机器。1946 年初，发电机组重新发电。这段时间，在公司资金陷入困境时，除职工们的工资由少数股东出资外，大多都是靠张襄巨变卖家产来解决的。

1946 年，张襄巨染上"肺痨"，实在难以坚持工作，公司陷入经营混乱的困境，于 1947 年底倒闭。

　　然而，张襄巨颇有远见，他知道自己力不从心，便抓紧时间处理了"后事"。第一，清理财务，建立了移交档案。第二，他嘱托职工们保护好设备。第三，挑选职工陈乐生为自己的接班人。张襄巨之所以信任陈乐生，是因为他为人诚实、吃苦耐劳，且办事认真，技术又好，因此，张襄巨才放心地把公司的一切移交给他。1949 年初，陈乐生在弟妹（中共地下党员）的鼓励与支持下，为迎接解放，重招职工，修复机器和厂房，增添设备，将公司改名为温岭电灯工厂。中华人民共和国成立这天，电厂发电，温岭城又亮了起来。张襄巨看到自己开创的事业后继有人，自然欣喜不已。

　　张襄巨被誉为温岭的点灯人，是朋友眼中的"天枢星"，但他更是一位爱国实业家。

　　张襄巨胸怀家国、心系天下，预先取了"中、华、民、国、一、统、山、河"这 8 个字作为以后子女的名字。从给孩子起名，我们就能看出一个人的境界，更能看到名字背后所承载的时代变迁。在山河破碎、倭寇列强欺压的民国初年，张襄巨即能胸怀家国天下，希冀河山一统，实在难能可贵。尽管张襄巨最终只生了 6 个孩子，且只有"中、国、一、统"留有后代，但令张襄巨九泉之下欣慰的是，当代著名作家、诗人黄亚洲是张襄巨四女儿张定国的儿子。这位台州外甥，以台州为背景创作了一批文学影视作品，比如《花门坊八号》，让世人重新认识了一个作家笔下的台州，以及台州重镇温岭和张襄巨的壮丽人生。

　　1950 年 8 月，中国人民解放军第 21 军 61 师进驻温岭剿匪，师部机关就驻扎在张襄巨家。黄亚洲外公家成了当年的剿匪指挥部，这也是中共温岭历史上的一处重要旧址，在中共温岭党史上书写了光辉的一页。师长胡炜引导黄亚洲的小姨妈张定统参军，她成为朝鲜战场上的一名英勇战士。

　　张定统曾撰写《老首长，六十年的牵挂——记与老首长胡炜的重逢》一文，记录了她第一次见胡炜的情景：

台州温岭电力工业先驱张襄巨先生
（陈富强翻拍自黄亚洲《花门坊八号》）

　　20世纪50年代，我在浙江省温岭县师范毕业后分配在江厦教学，距县城十几公里，平时不太回家，那年暑假回家时，看到我家大门口有两位解放军在站岗，我感觉很奇怪，我父亲虽然开有几家公司，但用不着解放军站岗呀，当我准备进门时站岗的挡住我不让我进，幸亏家里人出来看见我后向站岗的解释，说我是家里最小的女儿在外地教书才允许我进来，我走到中厅时，看到一位军人从里屋出来，我父亲给我介绍说："这位是胡师长！"后来，我才知道胡炜师长带领着部队刚解放完舟山，现来温岭指挥作战的，因我家房子大，院子外还有铁门比较安全，所以将我家设为临时指挥部了。

　　黄亚洲为记述他外公张襄巨为温岭电力事业做出的贡献，写过一首题为《四十年代，温岭电灯公司》的诗歌：

　　他用一些纸质股票搓成电线，在

这个海滨小城，布置了一张网络

这个小城的晚霞是钨丝织成的，这已经
不成疑问
温岭就此婉谢了黑暗，委托他
站起来，向众人抱拳

我母亲说他脾气好大
说一不二，拍桌子
母亲十八岁那年的私奔也是他逼的
这也不成疑问

但是他一咳嗽，能把
一颗太阳咳出来，我指的，当然
不是血

一个城市没有了黑暗
渔民用钨丝捕捞太阳，而每一次都是他
领头喊的号子
他是我外公，说一不二
我母亲私奔到杭州之后一直心有余悸

我说妈妈，你才是真正的光明
你私奔的路线，是一根
曲曲弯弯的钨丝

在黄亚洲眼里,历史是诗,现实是诗。所以,有记者评黄亚洲:在他笔下,万物皆诗。不过,在我看来,亚洲的诗,写在纸上,写在大地上,也写在中国电力工业的历史河流中。

关于这一点,我深有体会。

许多年以前,我和黄亚洲有过一次写作上的合作。我们和湖州作家柯平合作采写了长篇报告文学《中国亮了》。这是中国文学史上第一部全面反映电力工业沧桑巨变的长篇报告文学作品。在前期的大纲讨论和采访过程中,我听亚洲讲过他的外公张襄巨,也知道张襄巨是温岭电力工业的拓荒者。在读了《花门坊八号》之后,我从亚洲的叙述中更全面地了解到这位了不起的电力前辈。他和椒江葭沚的黄楚卿一样,都是台州第一代电力垦荒人,他们留下的精神遗产,被无数后来的台州电力人继承传播,终成台州电力大业。

军人的血脉里跃动着勇敢的电力细胞

在历任大陈发电厂厂长当中,江梅青的资料相对齐全,这要得益于国网浙江电力的"口述历史"档案项目。国网浙江电力与中国传媒大学崔永元口述历史研究中心合作,采访了数十位健在的浙江电力老人,运用录音、视频等多种形式,留下了一批珍贵的影像与图文史料。这个项目具有抢救性质,如果再不启动,就晚了。因为随着许多老人的离去,那些史料也会烟消云散。有些老人虽然健在,但记忆已严重衰退,已无法回忆起自己从业生涯中早年发生的事和遇见的人。所幸被采访的老人,通过口述,保存下一批鲜为人知的浙江电力重大事件史料,相关内容还结集出版成"记忆浙电"系列。

江梅青是温岭人,是张襄巨的同乡。江梅青后来从事电力行业,自然与张襄巨没有关系,但时空,就这样巧妙地将这两个温岭人联结在一起,时隔

江梅青接受采访（国网台州市椒江区供电公司　供图）

数十年之后，在发电机的轰鸣声中，隔海相望、殊途同归。

在查阅江梅青的相关史料时，我发现了一个很有意思的故事，发生在他部队服役期间。

1950年，江梅青20岁，参加了部队。江梅青所在部队的番号是"独立营"，而这个"独立营"的真实番号是1044师野战部。那为什么一个野战部队要以"独立营"番号出现呢？江梅青回忆，那时候部队频繁打仗，1044师人员骤减，到最后就没剩下几个人了。这个师后来辗转至温岭等地，力图招一个师的兵员。对于江梅青，他年轻的时候就一心想当兵。同村的伙伴曾经问江梅青要不要和他们一起去大陈镇，江梅青拒绝了，他说，他想参军。在这里，江梅青提到的大陈镇其实就是大陈岛，至于他为什么会提到大陈镇，口述记录里没有说明，不过，这就好比一个伏笔，江梅青在时隔多年以后，登上了大陈岛。

部队招齐兵后，时至春节前夕。按照台州的风俗，初四前是不能出门的。正月初六的时候，部队才开拔到温岭松门石塘。江梅青所在部队在松门石塘驻扎 5 个月之后，招来的兵差不多能听从指挥了。这时，部队就开拔，全部拉到三门县。他们的营部设在三门县健跳镇，此后就一直使用 1044 师的番号。在三门县健跳镇的 2 年时间里，江梅青所在部队的主要任务是沿海剿匪，那时，从温岭松门石塘到三门县健跳镇，土匪十分猖獗，且数量众多。

江梅青随部队驻扎的三门健跳，自古为海防重地，明代时更为抗倭前沿。健跳之名最早出现在明代，那时候，健跳属宁海县管辖，洪武二十年（1387）建千户所。至今，戚继光抗倭所筑的城墙遗址依然残留着。1916 年，中国资产阶级民主革命先行者孙中山，偕胡汉民、邓孟硕、朱卓文等视察三门湾，称三门湾为"实业之要港"。在孙中山写的《建国方略》中，定三门湾为东方第九渔业港。而在 17 年前，意大利趁甲午战争后列强瓜分中国之机，于光绪二十五年（1899）二月向清政府提出租借浙江三门湾作为海军基地的无理要求。但这一要求遭到了清政府的强硬拒绝。健跳港为浙江四大深水良港之一，后来也成为重要的核电基地。从这个角度来看，江梅青一生都与电有联系，似乎也是早就安排好的。

事实上，江梅青的电力职业生涯从部队就开始了。这要从他所在的 1044 师成建制转业说起。

1953 年后，江梅青的部队以学习文化的名义开拔到杭州萧山。他们从花桥步行 12 天到达杭州萧山。半年后，部队开始收缴武器，大家一听，放声大哭，连长也哭。为了安抚官兵情绪，上面给出了理由：前方沿海民兵缺乏武器对抗猖獗的土匪，我们现在在后方，把武器借给他们，由他们来保护我们。

那时候部队提出"安心学习，提高文化，到青岛学习文化"的口号，实际上是学习文化后再到上海学习技术。在萧山的文化学习结束后，江梅青随部队到了上海江湾，这时才知道部队要转业了。1044 师从国防部转到了建筑工程部。江梅青所在的一连、二连士兵全部学电，事已至此，大家的情绪也慢慢地稳定下来，他们知道，部队番号已经改了，现在需要投身国家建设了。

于是，他们打出了"战斗是英雄，建设是模范"的横幅。

江梅青所在的部队 1044 师，里面都是年轻人，尽管学历低，但只要给机会培训，学得也快。这时，江梅青被抽调去上海江湾华东技术培训班学习电力专业。他在那边学了一个学期的电，随后的一个学期，学了继电保护，并开始专注学二次接线，把变压器拆了又装，装了又拆，捣鼓来捣鼓去，慢慢地就熟悉了变压器的构造。但不久，他得了眼疾，不能继续在部队工作了，只能复员。

后来，江梅青到了西安电器设备安装公司。他在那边的电力工程队工作了 2 年。因为有上海培训学习的经历，到了西安，江梅青算是技术兵，开始担任辅导员。

江梅青还讲到一个很有趣的事情。他说，刚开始学电的时候，教他们技术的老师是一个由上海资本家派来的 40 多岁的老师，叫孙国友。老师在教授技术时有所保留，三成能教两成就算是好的了，有时候只教一半。连长就让江梅青想办法把他的技术学到手。连长说："你跟孙国友老师蛮好的，要尽量团结他。"

连长之所以这么讲，有个原因，那时在部队，住的是厂棚，厂棚上面盖瓦，条件很简陋，尤其是地面上潮湿不堪，毫不夸张地说，水都能淹没地面，说来没人信，床底下的螃蟹都能爬上床来。走路要用砖垫着走。大家睡的床都是毛竹床，上下层的那种。天冷，又没有其他可以御寒的东西，那时候一个人平均下来只有八两重的棉被。夜里很冷，孙国友老师就叫江梅青跟他睡一头。江梅青会把棉衣脱下来，盖在老师的被子上。然而，出乎江梅青意料的是，自己都做到这个分儿上了，孙国友老师还是老方一帖，没法信任自己。

指导员也急了，他说："江梅青，你要想尽一切办法，把他的知识给我套出来。"江梅青回忆，当时每月只有 6 元的工资。他知道孙老师爱吸烟，所以他就从有限的工资里抽出一些，买来香烟和饼干，到了晚上再偷偷地塞

江梅青的复员军人证明书（1954 年）（国网台州市椒江区供电公司　供图）

给孙老师。

　　江梅青这一招果然灵验。有一天，孙国友老师突然跟江梅青说："这星期你到我家来做客吧。"

　　江梅青把这个事情汇报给了连长，连长想了想，决定让江梅青过去。连长还特地叮嘱江梅青："买好礼物带去，但到他家不能进入他的内室，也不能乱看他家的物品。"江梅青一一照做了，到了孙国友老师家之后，他就端端正正地坐在那里。

　　从此，孙国友老师越来越信任江梅青。有一天上完课，孙国友要江梅青把笔记本给他，原来，他要把余下的内容写在江梅青的笔记本上，但要求江梅青保密。江梅青怎么可能保密，他转身就把本子交给了指导员。江梅青说，这事弄得就像做特务工作一样。

在 1954 年技术评级时，江梅青评上了四级工。这在当时属于最高级别了。这个四级技工，也为江梅青后来到大陈发电厂，并且很快上手，打下扎实基础。

此后，江梅青一直从事跟电有关的工作，技术也越来越精湛，因此，他在 1957 年回到台州进入高级社工作时，就游刃有余了。

江梅青回忆，高级社是海门电厂与浙江水泵厂共同组织的电工培训班。由于江梅青已达到了四级电工的水平，加上那时有经验的电工紧缺，所以他就去了高级社培训电工。在电工培训班当了差不多 1 年的辅导员。

那么，江梅青为什么会调到大陈发电厂工作呢？其中缘由，也十分有趣。江梅青回忆，大概是在 1979 年，当时黄岩县委召开第二届党代会，县委提出要建设大陈岛"东方明珠""尽快改变大陈岛供电现状"，大陈镇代表就反驳说是"东方黑珠"。县委领导不了解大陈岛的具体用电情况，便询问缘由，大陈镇代表也敢说："解放了这么久，你们有没有听过点煤油灯、点蜡烛的东方明珠？"

这中间的过程有点曲折。大陈发电厂的小机组，像个皮球，被踢了好几个来回。大陈岛原来的小机组发电属大陈镇管理，大陈镇管理了一段时间之后，不愿管了，就推给了海门。而海门又不愿意要，就推给了黄岩，但黄岩也不想要。那时候黄岩电力公司已经成立，所以，推来推去，最后小机组就被推给了黄岩电力公司。既然是电力公司，再推就说不过去了。于是，黄岩电力公司不得不接受大陈岛的这个小机组。

提出建设大陈岛"东方明珠"的设想后，县委要求工交局想办法解决好这个问题。事实上，工交局职能部门有待完善，具体要谁办呢？只有找电力公司。于是，工交局又来找黄岩电力公司，黄岩电力公司也没办法，最后找到江梅青，要他过去。

黄岩电力公司领导问江梅青，能不能在 3 个月内把机组修好发电？江梅青也不客气，说："人都没有，怎么弄得好？"后来公司同意给江梅青两个人，其中一个还是他的儿子，作为临时工过去帮忙，另外一个是电厂的学徒刘洪，给江梅青做助手。江梅青在部队待过，脑子比较活络，他找到黄岩电力公司一位姓董的书记，提出了自己的条件：第一，经济条件必须满足，有水才能行船；第二，物资必须满足，大陈发电厂要什么就给什么，不能短缺；第三，人力必须满足，他一个人当电线杆，也就只能抵一根杆。董书记听完江梅青的3个条件，没有犹豫，就说这些条件都可以满足，让江梅青放心。江梅青说："满足这3个条件，我才同意去。"

看到这段史料，我觉得当时的领导着实开明。

话说江梅青去了大陈岛之后，发现岛上什么都没有，于是先在招待所住下，这一住就是两年。

江梅青到大陈岛做的第一件事情就是摸底调查，他要搞清楚大陈岛有多少户头、多少人口，都分布在什么地方，以及地形情况等。最重要的是，他要找房子用作发电厂厂房。

结果跑来跑去一看，靠近码头一带，东边是石油厂、海洋站、气象站。这3个单位虽大，但用电量一般。附近鱼粉厂很多，鱼虾被捕捞上岸后，需要用电打粉。这才是大陈岛用电的大头。

面对这种情况，怎么办呢？江梅青组织大家开会讨论，讨论来讨论去，也没想出办法来。

一天，江梅青在附近转悠的时候，发现马路边有一幢房子，虽然没有门窗，但是房顶的水泥浇得很好。于是，江梅青跑到镇上，到处询问房子是谁的。有人告诉江梅青，可能是部队的。

当时，江梅青的想法是，把这个房子借来当厂房。他的设想是，如果调2台发电机过来，放在这里临时发电，可供大家日常的电灯照明，先解决街区周围店面、住宿的用电，其他地方的可迟一点解决。

江梅青把这个想法上报之后，镇上很快就同意了。

接下来就需要解决设备的问题，也就是需要 2 台发电机。当时，这 2 台发电机分别属于 2 个厂，如何拿过来呢？江梅青想，这个事情是工交局委托的，他们自然要为这个事情负责。所以，江梅青只需要提供信息，告诉他们这 2 台发电机在哪里，剩下的就交由工交局，由他们去与电力公司交涉。

那时候，黄岩电力公司刚好运进 1 台 135 千伏的发电机作为备用，连包装箱都还没拆。海门电厂也有 1 台 135 千伏的发电机，也是备用的。虽然已安装好，但并未发电。工交局进行协调，很快就有了结果。这样，2 台发电机就被运到了大陈岛。

大陈岛由每天发电 6 小时改为全日供电，是在江梅青担任大陈发电厂厂长期间，那是 1984 年 3 月。在大陈岛电力工业发展史上，这是个里程碑。大陈岛居民看到全日供电的告示，开心极了，纷纷奔走相告。

有电之后，江梅青还组织职工安装了路灯，不管是镇上还是其他地方，只要有路的地段，都装上了灯。岛上居民高兴地说："路灯亮了，不怕摔倒了！"

居民说这话是有原因的。没电的时候，码头有船靠岸，人们得提着灯笼、打着手电筒照明。现在码头有路灯了，船过来的时候，路灯很亮，靠岸就很方便，装卸货物也变得很快。

经此一事，江梅青在岛上的威信一下子就立起来了。江梅青说："我每次到码头，不管遇到哪条船，大家都会亲切地和我打招呼，渔民喊我'老江''江厂长'。"还有人会问："菜有吗？我这有鱼虾，反正是要打鱼粉的，你要就拿去吧。"有时候，他们往江梅青手上塞一把虾，他两天也吃不完。

说到大陈岛的电价，还有一段往事，也值得一记。

那是 1983 年 1 月 1 日，除大陈岛独立计价外，椒江全市实施华东电网统一电价。这段往事，江梅青很清楚。他说，大陈岛上主要是鱼粉机用电量比较大，其他用电其实很少。因为海岛捕鱼是季节性的，鱼虾捕来之后不能搁那里，必须马上卖给鱼粉厂加工成鱼粉。而鱼虾没捕来的时候，工人只能坐在那里等待，鱼粉机停着，当然也不需要用电。但电厂并不是用电的时候才发电，哪怕一个人用电，也必须持续运转。这就等于开空车，需要消耗很多燃油。如果算电价，就要按柴油的成本来算，所以大陈的电价与陆地是不能比的，肯定要贵很多。这个情况直到大陈电网并入华东电网后，才开始改变，实现同网同价。简而言之，大陈岛在并入华东电网前，电价要比椒江的电价高2—3倍，因为岛上用电少，发电需要柴油机配套使用。尽管如此，大陈发电厂还是年年亏损得很厉害。

其实，这个情况，王海强也跟我讲过。在江梅青这里，我再次得到了证实。类似情况，不光大陈岛有，其他沿海岛屿也有。要算经济账，谁都知道电力公司做的是亏本的买卖，但无论是江梅青，还是王海强，心里都清楚，他们从事的这个工作，不能只算经济账。

王海强跟我感叹，要说现在大陈供电所的工作与生活条件，比起江梅青工作的那个时候，简直就是天上地下。江梅青也讲过，当时的生活条件确实艰苦。刚到大陈岛时，岛上什么都没有，只有一片荒山。要干活，先得有个落脚的地方，没有办公室，至少要有个地方坐。说实话，在荒山上搞建设的成本比较低，而且当时要盖房子也不用上面审批。江梅青就自行与建筑部门联系，决定造怎样的房子。很快，图纸画出来了，也不需要多头审批，江梅青签字同意之后，便开工了。

江梅青回忆，1979年到大陈岛时，看到发电厂只有3间老房子，楼下用来发电，楼上用来住人，发电机的轰鸣声吵得人根本无法入睡。于是，解决员工住宿问题又成了江梅青要做的一件大事。在他手上，大陈发电厂先后建起了9间职工宿舍、6间办公室，还扩建了厂房，买了店面房。江梅青的想法是，先安顿好职工，所以要先建宿舍，办公室可以缓一缓，或暂时不建。不过，一开工，就都有了。

江梅青刚到大陈岛时，发电厂总共就 3 名职工，到他离开时，厂里的职工已经增加到 16 人，可以说是兵强马壮了。江梅青讲了一件蛮有意思的事情。当时，厂里计划招收新员工，于是向社会公开招工，结果，6 个名额只招到了 4 个。这件事情，王海强也清楚，那时候，大陈岛上最吃香的是出海捕鱼的渔民，他们的收入要远远高于发电厂职工，所以，无论招工，还是找对象，渔民都占优势。我跟海强说："这是好事，渔业是第一产业，你这个发电厂算是第二产业，第一产业就应该比第二产业有优势嘛。"

江梅青刚到大陈发电厂时，厂长是王以宽。他俩都是从部队转业过来的，只不过，江梅青在部队学过电工知识，到厂就能上岗。共同的从军经历，让他们有很多共同语言，在工作上的配合也很顺手。江梅青要建职工宿舍、办公室和厂房，在当时算大手笔，王以宽听了也是心惊肉跳，说他们没有那么多钱来搞这些。江梅青就劝他："你不用担心，钱会有的。"江梅青相信上级会支持他的做法，所以就胆大。王以宽虽然担心，却也不阻止。因为他们的血管里，流淌着军人的血，更跳动着电力人的拼搏基因。他们相互信任，互相支持，或许具体的做法有差异，但最终的目标是一致的，就是让大陈发电厂有充足的能力输出源源不断的电能，照亮大陈岛。

奔跑的大黄鱼

如果晚生 4 个月，蒋伟坚就是"90 后"。我说他是约"90 后"。

我第一次见到蒋伟坚是在上大陈岛码头。我们坐同一艘船从椒江到上大陈岛，只不过舱位分散，在船上没有相遇。蒋伟坚与王海强并肩走，我从后面赶上来，王海强把我介绍给蒋伟坚，接着说："蒋伟坚现在是大陈供电所所长。"我与蒋伟坚握了握手。白净而略显腼腆，书卷气未脱，这是蒋伟坚给我的第一印象。这与我想象中的供电所所长还是有一些差别的。通常，我见过的供电所所长要显得沧桑一点，也要老成一些。可能是蒋伟坚实在太年轻了，让我略感意外。另外，他和王海强并肩的背影，给我留下深刻的印象，这是大陈岛两代电力垦荒人的背影，他们的身影，可以让人产生许多联想，自从蒋伟坚上岛出任所长后，王海强就是专职党支部书记了，从电力垦荒这个角度来看，蒋伟坚接过了王海强手上的那把锄头，努力扛在似乎还稍稍有些稚嫩的肩上。

不过，上岛后，蒋伟坚就是"主人"，他的安排滴水不漏，颇为周到，一点儿也看不出是个约"90后"。

我们上岛的第一站是氢能站，这是全国首个海岛氢能综合利用示范工程。氢能站面朝大海，位于一块长方形的土地上，站内布局井然有序。那些设备，以及设备外壳上的物理名词、化学名词，看得我云里雾里。小蒋说："你不用看懂这些符号，它们只是一些符号而已。"

从上岛那一刻开始，我便称呼蒋伟坚为小蒋。

小蒋可以说是赶上了大陈岛电力发展的最好时机。他刚上岛，就参与了2个国内乃至国际一流的电力项目——它们代表的是电力科技的前沿，作为一个约"90后"，能经历这个过程，终身受用。

这2个项目，一个是氢能站，另外一个是世界首个柔性低频输电示范工程。我在第九章里会对这2个项目做一个比较详细的介绍。

在氢能站外，有一块巨大的石头，目测足有五六吨重。同去的张学鹏动起这块石头的脑筋，说要把它竖起来，刻上四五个字，作为氢能站的标志。这显然是个好主意，学鹏问我，刻什么字好呢？我一时想不好，便说："在这里，刻什么字都好。"这么一块巨石，应当是配得起这座先进的氢能站的。小蒋说，这块石头是在平整场地时挖出来的，就放在边上了。我看了下，石头的位置恰好是一处相对高处，站在石头上，可远眺大海，岛上的风力发电机更是近在眼前。

从氢能站出来，我们去的第二站是 35 千伏海岛柔性低频输电项目。这个项目创造了世界第一。一进门，左侧 2 个巨大的货柜形设备就吸引了我的目光，它的旁边是控制机房和相应的出线。小蒋告诉我，这个项目于 2022 年投运，为大陈岛新增了 35 千伏低频海缆陈盐 3748 线，彻底结束了大陈岛单电源供电、柴油应急发电的历史。

相比常规海缆，35 千伏陈盐 3748 线选型时就采用了额定频率 20Hz/50Hz 复用设计理念，能实现海缆工低频切换运行。通俗地讲，风电接入电网，海底电缆的输送是关键一步。自 2009 年陆岛联网以来，大陈岛的清洁风电一直通过 35 千伏工频海缆大陈 3633 线输送到陆地。由于单电源供电的局限性，在遭遇强台风、雷暴雨等恶劣天气，或进行综合检修、故障抢修的时候，大陈变电站就无法正常供电，连带着风电场也要中断发电。以前只能依靠总装

利用集装箱制作的大陈氢能站控制室（陈富强　摄）

机容量 3000 千瓦的柴油发电机组勉强支撑海岛重要区域用电，在大陈岛发展日新月异的今天，这样的模式终究不可持续。

　　小蒋说的这些，更多是从技术角度进行的分析。事实上，我离岛不久，国网台州市椒江区供电公司就对 35 千伏大陈变电站进行了综合检修，在为期 4 天的综合检修期间，他们应用低频海缆转工频运行，实现了海岛供电方式的灵活调节，岛上居民完全感受不到电路变化。而且始终与风力发电机保持联网，增加风电消纳 33.784 万千瓦时。

　　我觉得与小蒋同龄的电力人，都会羡慕小蒋。一个人一生中有很多事情是可遇不可求的。而小蒋不仅在他最好的年华，遇上 2 个国内国外均属先进的电力项目，更以亲历者的身份深度参与，这对于他的职业生涯来说，是何等幸运之事。

　　小蒋与大陈岛的渊源，不仅在于他担任大陈供电所所长，更源于他的童年记忆。"我的爷爷奶奶曾是大陈岛常住居民，爷爷是宁波象山人，奶奶是

35 千伏海岛柔性低频输电项目设备（陈富强　摄）

台州温岭人，他们上岛的时候，恰好是大陈岛垦荒年代。我小时候来过几次大陈岛，这里相当于我的第二故乡，"小蒋说，"小时候上岛交通特别不便，夏天坐船闷得满头大汗，刚靠岸就能闻到海鲜的腥味，椒江商铺里卖的零食岛上都没处买，那个时候就幻想，要是岛上能和椒江一样，就好了。"

小蒋说，他的爷爷奶奶有 5 个孩子，且都是在大陈岛上出生的。如果个人履历表上要填细到乡镇的籍贯，自己填的就是大陈岛。

小蒋的父亲、姑姑、伯伯在岛上生活了好多年，前后加起来，住了几十年。他们的小学、初中和高中都是在岛上读的。那个时候岛上人多，教育资源的配备也很充足，小学、初中、高中都有，能满足岛上孩子的求学需求。

小蒋的爷爷奶奶最早分到的房子在工人之家，就是垦荒老人高阿莲住的那一片。小蒋说，他的爷爷奶奶跟高阿莲是邻居，都熟悉。我想起来，去高阿莲家采访时，小蒋与高阿莲打招呼的语气与神态，确实是老熟人的样子。

说到城区和海岛用电客户群体的差异，小蒋说起他刚上岛时，起初与海岛群众打交道，曾经发生过一些让人尴尬的事情。因为小蒋以前在椒西供电所工作，辖区汇聚了政府、医院、商场、小区等各类用户，户数众多，跟这些形形色色的用户接触，小蒋很多时候可以用电话联络，也可以骑电动车上门，客户们也不会过分关注他。而来到大陈岛，这里常住人口大约只有 1200 人，可以说，在岛上多溜达几圈，就能认识个七七八八了。岛上居民得知大陈供电所来了一位年轻所长，纷纷投来关注的目光。长相清秀的小蒋走在梅花湾，就会有不少岛民盯着他打量，有的还会很热络地上前找他聊天，弄得他都有些不好意思。

不过，这让小蒋意识到："大陈岛就像个大家庭，跟岛民们抬头不见低头见，大家都特别朴实、热情，岛上有独居老人，有老师学生，有部队官兵，有养殖基地，还有很多民宿和渔家乐……经过几个月的接触和了解，我们彼此都熟识了，也慢慢了解了。凡是与用电有关的，或者无关的，能搭把手的

2009 年陆岛联网工程投运，大陈岛告别柴油发电历史（国网台州市椒江区供电公司　供图）

地方，我就尽力搭把手。"

　　小蒋跟我聊起来，也讲到他刚上岛时，确实有一点儿不太习惯。他终究是在城市里长大的，在海岛生活与工作会有很多不适应的地方。比如，由于工作需要经常往返于陆地和海岛之间，风浪大的时候，晕船晕得厉害；岛上蚊虫很多，黄蜂、蜘蛛、蜈蚣个个都比陆地上大；海鲜丰富多样，蔬果却少之又少；分布在山间的电线杆，只有靠柴刀一边割草一边蹚出路来，才能接近。不过，小蒋说："想想老垦荒队员们，他们那个年代才是真的艰难。我既然来了岛上，就得好好干，只要想到那些老垦荒队员，我觉得任何困难都可以克服。"

　　我说："你一上岛，就参与 2 个先进项目的建设，同龄人肯定会十分羡慕。"小蒋表示赞同："之前对 2 个项目只是有所耳闻。确定要来岛上后，

每年春节前，蒋伟坚就会和大陈供电所员工到老垦荒队员家贴对联、窗花，挂中国结，为老人过年添喜气（曹琼蕾　摄）

我就提前搜集了 2 个项目的基本情况，知道项目涉及省、市、县公司的多个单位部门，大陈供电所作为项目的属地供电所，在其中扮演'配角'，我的主要任务是做好上传下达的工作。"

接到任务后，小蒋积极跟进 2 个项目的施工计划和进度安排，掌握设备物资及工程车辆调配情况，了解施工团队在岛上的生产生活情况，定期拍摄现场照片汇报工程动态情况，并对接专业部门、施工团队、拍摄团队等做好上岛人员核酸检测和疫情防控工作，及时调派供电所员工和工程车辆配合物资、人员的运送和采访拍摄等事宜。当然，小蒋坦言："工作中也会遇到这样那样的问题，但有海强书记的指导和供电所员工的支持，我们经过一次次的磨合、一次次的调整，终于圆满完成了各项配合任务。"他说："因为大家都付出了很多努力，当 2 个项目顺利在岛上投运，大家心里都有一种成就感，特别自豪。"

我问小蒋，上岛工作已经 2 年多了，有没有让他特别难忘的事情。小蒋说，要说难忘的事情可就太多了，不过，2023 年 8 月 17 日晚上，因为雷击发生的一次事故抢修，给他留下的印象特别深刻。

在海岛上，雷击是家常便饭，经常会影响到电力设备的正常运行，但那次情况似乎要严重一些。小蒋说，他清楚地记得那天晚上 9 点 15 分左右，雷击导致金清变大陈 3633 线开关跳闸，35 千伏大陈变失电，大陈全岛停电。这显然是一个大事故，无论是政府工作人员还是居民，一时都有些惊慌，纷纷打电话到供电所询问。

等小蒋确认是全岛停电，并且赶到发电车间时，大约是在停电 10 分钟以后。这时，他发现所里在岛人员都已赶到了发电车间。更令人意外的是，上大陈变电所轮休的值班人员也不约而同地赶到。大家在一起对发电机进行并网发电前的预热、检查等工作。

当晚 10 点左右，35 千伏大陈 3633 线试送成功，10 千伏大陈开关站下大 389 进线开关由冷备用转运行，10 点 10 分全岛恢复供电。也就是说，虽然应急发电机最后并没有派上用场，但是职工们展现出的工作责任心让小蒋大为感动。他知道，有的职工在岛上有自己的事情要做，但只要一停电，二话不说，骑车就往所里赶，大家从岛上四面八方聚拢到一个地方。

我能从小蒋的叙述中感受到他对员工们的感激之情。那时，他带领的，不仅是一支电力队伍，也是一支纪律部队，那种一瞬间迸发出来的使命感与责任心，沁入他们的骨子里，会让他记一辈子。

中央电视台《绿电打卡大陈岛》中，有一些画面记录了小蒋和伙伴们的工作场景。从画面以及同期声中，我了解到小蒋他们以前巡视高空线路只能靠双脚，靠望远镜，靠经验，但自从有了无人机后，巡线变得更精准，也更可靠。画面显示，在巡线过程中，小蒋发现为海洋监测站提供服务的设备出

蒋伟坚（前排右二）成为大陈供电所一员（国网台州市椒江区供电公司　供图）

现了损坏，便和同事徒步前往抢修。

从电视画面中晃动的镜头可以看出，那天的海风很大。跟随采访的记者说，她得抱紧柱子，才不至于被海风吹跑。

小蒋告诉记者，监控器的底座坏了，是因为浪通门的海风中夹带着浓重的盐雾，底座被盐腐蚀得非常厉害，导致本来安装在基座上面的监控器被风吹了下来，就连表箱门也不见了。记者问门去哪里了。小蒋说，这个门也被风刮掉了。这时，记者惊叹这个风真的是太大了！当强风吹过来的时候，她需要抱紧柱子，才能勉强站稳。

小蒋说，确实是这样，所以他们平时的工作，总要面临特别多的自然挑战。

人的一生，都会面临许多挑战。对于年轻的蒋伟坚来说，自然也不例外。

不过，从电视画面上，我看到这位年轻的供电所所长似乎已经习惯了这些挑战。

对了，小蒋是大陈供电所全体员工中，年龄最小的一个。

小蒋永远记得他上任的第一天，踏进大陈供电所的那一刻，天空蓝得像被海水洗过一样。风照例很大，他一进门，就看到墙上"全国学雷锋活动示范点"的奖牌在阳光下闪着金光。大陈供电所的员工从窗口探出脑袋，冲他憨笑。

大陈供电所党支部书记王海强笑眯眯地拍拍他的肩，说："大伙儿就等你来了！"那一刻，他有一种回家的感觉。

小蒋跟我说，他来大陈岛之前，国网台州市椒江区供电公司的一把手张振东找他进行例行任前谈话。张振东说："什么时候你在大陈岛有个像王海强一样的外号了，你就算站稳了、扎根了。"

冯际辉在接任张学鹏成为国网台州市椒江区供电公司党委书记之前，有相当长的一段时间分管营销，跟蒋伟坚的接触相对要多一些。在冯际辉眼中，蒋伟坚的性格里有一种不轻易退却的执着。为了证明他的观点，他跟我讲起一件事。

那是 2022 年末，大陈岛的旅游业突然迎来了爆发式的增长，旅游人数、用电量一下子增加不少。承担大陈梅花湾街区的 2 个公变，也就是石油公变和营部公变的负荷都出现了重载甚至超载的情况。2 个公变的 1 条低压主电缆因为用电负荷太高逐渐老化，最终不幸发生了爆炸。虽然大陈供电所迅速出动抢修人员恢复了送电，但这显然不是长久之计。

为了彻底解决梅花湾街区用电难题，国网台州市椒江区供电公司出动"跑小青"团队，上岛踏勘梅花湾街区电力设施运行情况，摸排周边商户、民宿、渔家乐等用电增长需求，计划在原来的营部公变和石油公变旁边新设 2 台公变，以分流 2 台老的公变的压力。

然而，配网工程申报的时间已经过了，按正常流程申报的话，新建公变

大陈岛电网建设（大陈供电所　供图）

可能要到 2024 年才能投运。毫无疑问，这个时间点太晚了。所以，大陈供电所当时考虑通过业扩包的方式筹集公变的部分建设资金，但业扩包的总资金盘也比较少，而 2 台公变估算总金额高达上百万元，占国网台州市椒江区供电公司总资产比例近 20%，无疑是一笔巨大的开支。当时，蒋伟坚一趟一趟地跑营销部、运检部协商争取，两个部门也被蒋伟坚磨得没了脾气，干脆把球踢给了分管营销的副经理冯际辉。冯际辉权衡再三，拍板同意了这笔出资。

2023 年 5 月，大陈岛进入旅游旺季，传统意义上的电力迎峰度夏工作也刚刚开始，新建公变赶在用电高峰前投运，从运行效果来看，梅花湾一带的用电还是非常平稳的。

在增设 2 台公变的过程中，冯际辉坦承，电力"跑小青"团队虽然从中穿针引线，但蒋伟坚的角色更重要，他对大陈岛上的用电情况了如指掌，如

如今的大陈供电所全貌（国网台州市椒江区供电公司　供图）

果不是蒋伟坚提供的准确信息与后续的坚持，这 2 台公变很可能要按正常流程进行申报审批。那样的话，不知道还要等到何时才能投运。

如果追溯小蒋的家族与大陈岛的渊源，小蒋算是一个"垦三代"。在这一点上，他和王海强有相似的地方，所以，小蒋对自己拥有一个被大陈居民认可并喊得响亮的外号，是有信心的。

离开大陈岛几天之后，在蒋伟坚的微信朋友圈，我看到他在岛上跑步的身影。他的昵称为"奔跑的大黄鱼"。

大黄鱼是大陈岛的特产。我想，大概率会有一天，蒋伟坚也会像"海鲫板"王海强一样，被大陈岛人喊作"大黄鱼"蒋伟坚。

第六章

他们是一群会发光的鱼

各种各样的海洋生物里，鱼类是同人们生活关系最密切的一种，它们也是海洋里的主要居民之一，在蔚蓝的大海里自由自在地畅游着，给大海带来无限生机。辽阔的海洋里，生活着超过一万种鱼类，它们是一类用鳃呼吸，用鳍游泳，大多数身体表面长着鳞片的海洋脊椎动物。

学界一般认为，对海洋鱼类的研究，是从公元前 4 世纪希腊学者亚里士多德开始的。他在《动物志》一书中，记录了 115 种爱琴海的鱼类，并对鱼类的结构、繁殖、洄游等方面做了较为系统的记述。近代海洋鱼类的研究，由法国学者 G. 居维叶和 A. 瓦朗谢讷于 1828 年出版《鱼类自然史》第一卷开始，之后各国对海洋鱼类的洄游、繁殖、生长及其资源的分布和开发进行了大量调查和研究。

中国是世界上开发利用海洋鱼类资源最早的国家之一。1975 年在山东胶州湾畔发掘的古墓，证实了中国早在新石器时代，即能捕捞鳓鱼、梭鱼、黑鲷、蓝点马鲛等多种海洋鱼类。古本《竹书纪年》记载：夏朝时已"东狩于海，获大鱼"。秦汉以后，对鱼类资源有了一些保护措施，如"鱼不长尺不得取"。明代屠本畯的《闽中海错疏》，对福建沿海 129 种鱼类的习性、渔期做了较为详细的记述。

然而，在上万种鱼类当中，有许多种鱼，是会发光的。

事实上，在海洋黑暗层，至少有 44% 的鱼类具备自身发光的本领，以便在长夜里看见其他物体，方便捕食和寻找同伴。

鱼类发光是由一种特殊酶的催化作用而引起的生化反应。荧光素受到荧光素酶的催化作用吸收能量，变成氧化荧光素，释放出光子，从而发光。这是化学发光的特殊例子，即只发光不发热。有的鱼能发射白光和蓝光，有的鱼能发射红光、黄光、绿光和鬼火般的微光，还有些鱼能同时发出几种不同颜色的光，例如，深海的一种鱼具有大的发光颊器官，能发出蓝光和淡红光，而遍布全身的其他微小发光点则发出黄光。

在海洋里，无论是广袤无际的海面，还是万丈深渊的海底都生活着形形色色、光怪陆离的发光生物，它们使得整个海洋世界宛如一座奇妙的"海洋龙宫"，整夜鱼灯虾火通明。正是它们给没有阳光的深海和黑夜笼罩的海面带来了光明。

有一段时间，我对鱼类产生了浓厚兴趣，我发现，在自然水域，温度比较低的时候，各种鱼类都喜欢在温暖的水域活动觅食。因为鱼类是变温动物，温度应是鱼类生存的首选指标，鱼类对水温高低变化，甚至是微小变化的感应是最敏感的。在初春和晚秋的时候，背风向阳的浅水区，白天天气好的时候，在太阳的照射下比较温暖，鱼都喜欢在这样的水域觅食，但是，早晚温差比较大，浅水区水温下降得也比较快，所以，太阳落山以后鱼儿会游到水体相对温暖的深水区栖息。酷热难耐的夏天，中午烈日当头，鱼类一般都会躲藏在水体的深处或者阴凉处栖息。初夏和秋天水温大体上在25℃，是一年之中鱼儿最舒服、最肯长的时段。

此外，我还发现，除了个别凶猛的食肉鱼外，大多数鱼类喜欢群居，鱼的集群习性与鱼类的属性、种类、个体的发育阶段和生理情况有关，此外，也和鱼类的栖息环境有关系。

喜欢安静也是鱼类明显的特征之一，尤其是个体较大的鱼类。鱼在繁殖时对异常声响很敏感，警惕性也很高。在平时，当有异常的声响或动静出现时，鱼会在水里蹿动以避不测。当然，鱼类避声喜静仅是就一般情况而言，它们对某些自然声响如瀑布声、风浪声、流水声、昆虫落水声等，非但不惧怕，反而很喜欢。

我在椒江和大陈岛采访时，有不少采访对象是工作、生活在大海边、海岛上的年轻人，我总是会产生一种错觉，我面对的这些年轻人，仿佛一群鱼，游啊游，就游到了大陈岛。

经过一一对照，我发现在大陈供电所工作，或者曾经在大陈供电所工作的年轻人，似乎都有上述鱼类的特性。他们自带阳光，喜欢以团队的形象出现在大陈岛公众面前，同时，他们也喜欢温暖、安静，而大陈岛的环境，基本能满足他们的习惯。他们在岛上游刃有余，即使疲倦，也会不停地游动，仿佛一群会发光的鱼，照亮大陈岛每一条道路、每一朵浪花。

百里之外，海上有山

1998年，20岁的曹霞入职国网台州市椒江区供电公司，第一次登上大陈岛。她是以新员工的身份来大陈供电所上班的，这也是她第一次成为王海强的同事。不过，曹霞把王海强看作她的师傅，当时，王海强是线路班班长，而她入职时的岗位就是线路班的班员。

一年后，曹霞离开大陈岛回陆地，在电力调度、市场营销等岗位都留下过痕迹，直到担任团委书记和党建部主任。但曹霞没有想到，时隔二十多年，自己会以大陈供电所党支部书记的身份，重返大陈岛。对于曹霞来说，这有点突然，但要说没有一点征兆，似乎也不是。王海强到龄退二线，需要一个接班的，见到曹霞，就总是念叨自己要退二线了，要不你来吧。曹霞把王海强这句话当作开玩笑。当组织上真的决定把她放到岛上，她才想起来，尽管自己在党建部工作，但好像一直在兼任大陈供电所的工作小秘书、资源配置员、党建指导员、工作联络员等。加上她参加工作后的第一年就在这里，所以总感觉大陈岛好像是她的出生地一样。

曹霞的女儿在杭州读中学，她现在的生活模式，有点类似于当年的王海强，一家居三地。王海强在岛上时，他妻子在椒江，儿子在外公家。曹霞似乎复制了王海强的生活与工作模式。

在椒江与大陈岛采访期间，我与曹霞有比较多的时间在一起，我发现，她是一个既有主见，又有雅兴、韧劲的人。在一定程度上，曹霞颠覆了我对基层供电所领导的认知。在认识曹霞之前，因为工作关系，我与不少供电所所长有联系，但基本上都是男性。这很好理解，基层供电所是庞大电力系统的末端，员工以男性居多，民间所说的"上面千条线，底下一根针"，在电网系统，这根针指的就是供电所。如果没有坚强的体格与心理素质，的确难以胜任这个岗位。而曹霞，一个看上去似乎略显娇弱的女子，担此重任，确乎有点令我意外。不过，这个意外，在岛上的时候，很快得到了解答。

我在上大陈岛的次日清晨，早起的曹霞去了海滩。她看到了日出，捡到了贝壳。而我则在民宿周边走了一圈，站在平台上，远眺了大海。在下大陈岛"有家"客栈，曹霞依旧早起，并且又去了海滩。由此，我得出一个结论，在海边长大的曹霞，喜欢海滩上的贝壳，也喜欢辽阔的大海。

在随后的对话中，曹霞跟我讲了入职后第一次上大陈岛的经历。

曹霞就读的南京电力专科学校，在业内不算耀眼。所以，刚刚毕业的她，曾想象过许多入职后的可能性，甚至做好了去偏远变电站、供电所工作的心理准备。于是，她早早就报考了夜大，准备一边工作一边学习提升。但是，令她意想不到的是，还有一种偏远是漂洋过海，她被安排去大陈岛。虽然是椒江人，但说实话，那是曹霞第一次听说大陈岛的存在。我跟曹霞说，这似乎有点不应该，但似乎又在情理之中，说明大陈岛在当年的确是一座默默无闻的岛屿。

那时，椒江与大陈岛之间的航线上，还没有速度相对快捷的客轮，每次坐船过渡，需要在海上航行 4 个多小时。曹霞清楚记得第一次坐船上岛的客轮舷号是 404。曹霞从登上 404 号客轮那一刻起，就开始了她往返陆岛的日子。由于一年当中绝大部分时间在岛上，她计划中的夜大面授自然就泡汤了。

提升计划泡汤的懊恼只是一方面，对于一个女孩子来说，更大的挑战是岛上的环境也很难适应。每次出工，要用柴刀开路，在野树丛中穿梭喂蚊虫，用完一瓶风油精，归来还是满身包。每每出工都要站在拖拉机后斗，爬坡过坎心惊肉跳，心里充满差点被颠出车外的惊恐。更别说每到风雨交加时，上下班路上必经的那个差点吹走她的大风口。而无论上班还是下班，轰隆作响的柴油发电机噪声萦绕耳畔，回到陆地时，还会时常产生幻听。孤身面对宿舍里老鼠成窝、狂风破窗的无助，还有在唯一一个洗手间里见识到的各种没见过的神奇小动物……

那段时间，曹霞心里有落差，有时也会落寞。不过，在最初的低落过去以后，她找到了参照物，那就是她的班长王海强。她想，我才来几个月就这么低落，而王海强他们可是在这里坚持了几十年。

慢慢找准自己的定位后，曹霞试着找到在岛上工作的意义和乐趣。20 世纪 90 年代的海岛上，电力是紧缺的能源，电力工人只要做哪怕一点点工作都会换来岛民衷心的感谢。她依稀记得，第一次为老奶奶家安装电表的志忑和事成后的成就感。也记得老师傅在抢修回来的路上，帮她爬上岩壁采来的野百合的芬芳。她甚至还记得，有一次正在检修，听到鼓乐喧天，震耳欲聋，原来是帆船帆板队的小将获得了全国冠军。

曹霞说的那位小将，就是我在第十章中讲到的魏梦喜。

曹霞偶然间发现，那个曾令她感到恐怖的室外小厕所的门外，有一棵硕大的木芙蓉，一日三变的芬芳点缀了那段日子。她仿佛醍醐灌顶，生活中的美好，是需要寻找的，只要有好的心情，放眼海岛，其实苦中也有乐。

有一次，曹霞父亲来岛上看望女儿，曹霞很高兴，让爸爸住进岛上最高端的招待所——青少年宫宾馆。大陈青少年宫，可是一幢能写进历史的建筑。但曹霞父亲只住了一晚就走了。这里没有空调，装了空调也开不起来，原因也很简单，一怕用电量大跳闸，二怕电压不稳开不起来。

因为交通不便，曹霞周末经常不能回家。于是，一到周末，曹霞就在岛上吹海风、爬岩壁，让海风慢慢浸润她的心。记得有一次，曹霞和师傅们一起去上大陈抢修，他们坐上渔船，走到一半船抛锚了，他们就像一叶浮萍等着海浪把船送回岸边。在海上摇晃的船，让曹霞想吐又吐不出来，她当时的感觉，简直比死了还难受。与曹霞有同样的感受的，还有王海强的另外一个徒弟丁春燕。丁春燕后来也回忆，那次他们大概在海上漂了四五个小时，天黑才回下大陈岛，回到所里，依然心有余悸。然而，王海强他们却轻描淡写地说，这是常有的事儿。

在曹霞的记忆里，王海强这位大陈供电所线路班班长的脾性，有典型的海岛风格，说起话来劈里啪啦，大笑起来哈哈哈，干起活儿啪啪啪。曹霞记得他们乘坐渔船往返上下大陈岛检修线路时，下船时没有跳板，需要直接从船上跳到岸上，而中间又隔了一段距离，船还有些摇晃，这时，王海强就伸手来拉。这一拉，让曹霞觉得，这根本不是拉自己，而是在拉电缆，因为她觉得自己的手腕快被捏碎了。曹霞想，这一定是长期抓扳手、抬电杆练出来的金刚手。还有一次，台风来临前，一根电杆在风中有些摇晃，曹霞想，这总不能上杆了吧，哪想到王海强二话不说，三两下爬上了杆，扎线一绑就下来了，一边说了句：没那么多闲工夫，台风过后要抢修的地方多了。

一年后，曹霞回到椒江。因为调度中心缺人，曹霞从海岛上一跃到公司大楼最顶层的调度台工作。在调度工作期间，她时常会站在楼顶，向大海的方向眺望，虽然看不见大陈岛，但她知道，百里之外，海上有山，名为大陈岛。

出任国网台州市椒江区供电公司党建部主任，对于曹霞来说，又是一个新的挑战。她在和我交流的过程中，讲到让她印象最深刻的几件事情，我听后百感交集，深感基层党务工作者不易，也钦佩她在面对困难时的那股韧劲。

王海强作为"垦二代"，在大陈岛坚守的故事，渐渐流传开来，于是，各界邀请他去宣讲与访谈的活动也多了起来。平心而论，传播垦荒精神、进行电力传承，再也没有比王海强更合适的人选了。但是，王海强一听到要他上台演讲，就打退堂鼓。他说："我从小没上过讲台，只会拿拿老虎钳，叫我讲课还不如杀了我！"所以，刚接到宣讲任务时，王海强头摇得像拨浪鼓。他是一线电工，从没上过讲台，更抗拒这种在人前讲话的场面。他自述，一上台就双脚打颤，大脑一片空白，一句话都说不顺溜。

曹霞记得，2019 年 3 月初，台州学院举办台州市学雷锋主题活动，邀请

曹霞（右二）到大陈镇实验学校开展"阅读滋养心灵，绿电守护地球"世界读书日主题活动

（国网台州市椒江区供电公司　供图）

王海强去台上向社会各界宣讲。当时定的内容只是一个访谈，而且已经有了既定的题目，党建部为王海强准备了两句话答案。为了给他打气，公司党委书记和总经理亲自带队，组成了一个方阵，去现场为他壮胆。但是那个时候的王海强，上台经验不足。当时在台上，还有"平安水鬼"郭文标等其他学雷锋志愿代表，可以明显看出，王海强很紧张，回答问题的语序也有些颠倒。下台之后，王海强连连摇头。他说自己已经背好了，可是上了台之后脑袋里面一片空白，不知道要说什么东西。他觉得自己真是不适合这种场面。

当然，随着越来越多的锻炼，现在王海强上台，即使不给他准备讲稿，他也能说出个一二三。特别是他担任台州市志愿联合会会长以后，他说尽管自己上了台依然会紧张到发抖，但他就是要向更多人传播垦荒精神，讲述电力传承的故事。这么一想，想说的话，就能说得完整，想表达的意思，也能表达得清楚了。曹霞说，看到王海强在台上演讲流畅自如，比自己登台演讲成功还要开心。

王海强的经历，也在一定程度上促进了国网台州市椒江区供电公司"碧海红灯"宣讲品牌的诞生。

这要从 2022 年说起。当时，曹霞和她的同事在筹备参加音乐微党课时，找到了一首歌曲《珊瑚颂》，歌词中的珊瑚、红花与火焰，都代表着光明、希望与赤诚，与电力行业一样，为千家万户带来光明与希望。碧海则标明了定位、海岛、碧海蓝天、绿色发展，与大陈电力打造"三色三地"垦荒主题的内涵完美融合。他们打造了大陈垦荒自有版权的沙盘课程，在光明学堂中授课，开展垦荒四讲，为孩子提供研学、讲学机会，得到了较高评价，获得了浙江省青年志愿服务项目大赛银奖。

工作上喜报连连，但 2019 年夏天对于曹霞来说，是痛苦而刻骨铭心的。

当时，王海强入选"最美国网人"宣讲团，准备讲稿自然是大事，而这事，恰好由曹霞负责。类似稿子的一遍遍审查，没有经历过的人，是无法想象其中的煎熬的。而外人不知道的是，当时，曹霞的父亲因为肺癌晚期情况恶化，已经放弃治疗，从重症监护室出来，回到了家里。曹霞知道，父亲离开她是早晚的事情。

2019 年 6 月 5 日，曹霞正在杭州，她接到家里电话，父亲身体情况危急，让她马上回去。曹霞头皮一麻，赶紧坐上动车回家。晚上到家时，老父亲已在弥留之际，其他亲人都在，但他总用目光在找人，似乎在等待小女儿的到来。那天晚上，曹霞陪父亲聊了一阵。次日凌晨，他就去世了。曹霞回想，感到万分后怕，如果自己来不及赶回，就会留下一生的遗憾。所以，她也特别感恩父亲，在生命的最后时刻，给了她机会，不让她留下一辈子的愧疚。

2024 年 3 月 25 日，中央电视台中文国际频道"走遍中国"栏目播出一期超过 25 分钟的深度专题片《绿电打卡大陈岛》，得到了国内外观众广泛关注和好评。

其实，这期专题播放在 3 月，而曹霞告诉我，这个计划他们已经整整准备了 4 个月。在 2023 年底，他们就到北京和剧组进行了一次探讨，把他们的一些线索提供给他们，央视定档次年 3 月播出。这样时间就很紧张了。导演在正月里就来到台州进行前期踩点和策划。

而曹霞则陪编导一起在岛上过了一个没有元宵的元宵节。

众所周知，作为海岛，大陈岛最美的季节肯定不是在正月。冬季本来就是旅游淡季，春节期间则更显冷清，街上店铺大多没开，一来因为岛上没有游客，二来没有过正月十五，在当地都还算没过完年。所以，当曹霞陪着编导一起上岛的时候，心情还是有点忐忑的。那几天，岛上有连绵的雨，也有很大的风，又寒冷又萧瑟，晚上景观灯都没有亮，看到的就是大陈岛最本色的样子。很显然，对导演来说，他的感受并不佳。

于是，曹霞只能在现场搜肠刮肚去寻找自己觉得比较有特色的内容。而导演根据前期掌握的资料，要曹霞他们充分展示给他看，越丰富越生动越好。

结果去现场调研后发现，要不季节不对展示不了，要不现场人员不够。正在一筹莫展的时候，曹霞把去年开展绿电打卡的活动资料拿了出来，给导演现场介绍了一番。导演眼前一亮，说给他提供了一个新的角度，本来主题是绿电赋能零碳大陈，后来就改成了《绿电打卡大陈岛》。

那个春节，让曹霞难忘的，还有编导正月十五在岛上过元宵节，他们找不到吃晚餐的地方，因为供电所食堂阿姨回家团圆去了。他们就到街上唯一开着的一家烧烤店里吃了一份烧烤，从老板娘那里分了一杯没有汤圆的山粉糊。对着看不到月亮的海岛夜空吃没有元宵的山粉糊，有一瞬间，曹霞有流泪的冲动。

曹霞说，这样的经历对大陈岛和她来说都是非常奇妙的，可以说，他们在最冷清的季节，制作了一期最火热的专题节目。

在央视播出《绿电打卡大陈岛》后不久，一份值班报告摆上国家电网公司新任董事长张智刚案头。报告是由浙江省电力公司上报的，标题是《央视〈走遍中国〉全集专题报道浙江公司以绿电服务大陈岛绿色低碳发展》。张智刚被报告所撰写的内容吸引，看完报告，他在报告上圈阅批示。而在此前，国家电网公司党组副书记庞骁刚已圈阅。两个月后，庞骁刚被党中央任命为国家电网公司总经理。

做个像大海一样的男人

陈灵君上岛比曹霞晚几年。他被安排到大陈供电所当副所长时，发现一个让他有点惊讶的现象，长住岛上的，年轻人少，五十岁上下的人算是年轻的，"80后"一只手都能数过来。当然，这种现象后来有所改变。在陈灵君看来，大陈岛需要更多像蒋伟坚、曹霞这样的年轻人，年轻人越多，大陈岛就越有生气。

不过，陈灵君也承认，要让年轻人上岛，不是一件容易的事情。所里曾经招过一些人，有的坚持不住，很快就回陆上了。他特别看好蒋伟坚这样经过大学专业教育，又有基层历练经验的年轻人，在陈灵君看来，他们在大陈岛上的每一天，都在为自己的职业生涯绘画，画的主题只有两个字，那就是"明天"。

以陈灵君自己为例，他虽然很想在专业上有所作为，但真的去生产一线，还是会有一番思想斗争的。大陈岛终究是海岛，往返的航班就那么几趟，还经常碰到台风、寒潮、冷空气风力大的时候，一年大概有三分之一时间会停航，虽然随着科技手段的提升，适航时间比原来要增加许多，但家里面如果有老人和小孩，出现突发情况，就照顾不了。要想家庭与工作两头兼顾，肯定不像在陆地上那么方便。因此，他对于在岛上工作，而家又在椒江的同事，就特别钦佩。

陈灵君在大学读的是电气专业，在和我聊天时，他坦言，理工科出来的，还是想有机会去搞专业工作。他之所以这么说，是因为去大陈岛之前，他在办公室当秘书。其实，类似陈灵君这样的情况在电力系统十分常见，电力企业在校招时，中文与新闻等文科类专业基本不在招收范围，而企业又很需要能写公文与对外宣传的人，于是，只好在理工科学生中选拔。陈灵君写得一手好文章，不仅是公文，还有通讯报道，他从生产一线调到办公室就是一个例证。尽管如此，他的内心其实还是有些想法的，所以一有机会，就想重回大学所学的专业。陈灵君很清楚，如果一直在办公室当秘书，按正常路径发展，可能这一辈子都没有机会从事本专业工作了。那时候，对于年轻的陈灵君来说，这是一个很让他头疼的事情。

当组织上找陈灵君谈话的时候，他觉得自己想要的机会来了。当时，他做了一件事，就是与谈了几个月恋爱的女朋友去民政局领了结婚证。陈灵君说，两人谈得比较投缘，想着早晚都要领证，证一领，两边的家长放心，自己和女朋友也放心。

把陈灵君放到大陈供电所任副所长的位置上，组织上的意图其实很明显。王海强专业水平没话说，是电网建设专家，但他不善于宣传，觉得自己干的都是寻常事，不值得对外宣传。王海强给陈灵君的感觉，就是话不多，很喜欢钻研。他经常会跟陈灵君讨论问题，说电网配网里面最常见的故障是什么，有哪几种类型。而这些陈灵君之前都不知道。陈灵君上岛，作为王海强的助手，可以近距离观察和了解王海强的工作与生活，写出来的材料与新闻稿也会更接地气，更鲜活。

陈灵君记得，2013 年的一场台风，让大陈岛的电网损坏很严重，特别是倒杆、断杆严重，当时帮助抢修电杆的，有不少是岛上的阿婆，都是五十多岁的人，一起抬电杆、竖电杆。我在网上查了一下，2013 年，过境浙江造成比较大损失的台风有好几个，其中像"菲特""天兔""苏力"都是名声在外。特别是"苏力"对大陈岛有很大影响，陈灵君讲的台风，应该就是"苏力"。遭"苏力"袭击后的大陈电网，一片狼藉。经过这场台风，王海强就下决心改进电网，他花了三年时间把所有的电线杆全部立了一遍，给所有的杆都做了防风拉线。这个就是传说中的大陈岛电网"四不怕"之一。

当时有个事情，陈灵君他们都当笑话来讲。那天晚上，台风很大，供电所就问气象站，台风是多少风速，回复是二十几米每秒。一个多小时后，他们感觉风更大了，又问气象站现在风速是多少，结果回复还是二十几米每秒。王海强说不会啊，现在这个风比刚刚大多了，怎么可能风速没有变化呢。再一问，原来，因为风太大，气象站的测风仪被大风吹走了。后来得知，大陈岛那个码头上有一块写着岛名的石碑，"大陈岛"三个字也被大风吹走了。

加固后的大陈电网，后来无论出现多大的台风，再也没有断过杆，顶多断几条线。断线跟断杆的概念完全不一样，断线抢修跟断杆抢修所需要的人力、物力也完全不一样。

大陈供电所员工安装风驱式自动除藤蔓装置以加固电杆（大陈供电所　供图）

王海强是典型的"垦二代"，大陈电网有今天，离不开王海强。这是陈灵君发自内心的感叹。王海强说："我是在大陈岛出生的人，心里就一个想法，把大陈岛的电网建好，无论遇上多大的台风，都能让乡邻乡亲用电不愁。"

2016 年以后，因为党的最高领导人给大陈岛垦荒老队员们的后代回信，需要像王海强这样的"垦二代"出来，对着媒体的镜头讲讲他们的故事。但王海强又不擅长这些，我在上一节已经讲到，几乎是被多重因素逼着，王海强才慢慢适应在聚光灯下作为一个公众人物讲述故事。

陈灵君跟我讲了一件事，从一个侧面印证了王海强作为一个实干家的性格。

我跟陈灵君讲，我和王海强聊天，聊到他身上的荣誉时，他经常会产生惶恐感。陈灵君有同感，他告诉我，王海强不喜欢多说话，第一次拍宣传片，摄像头对着他,他就紧张,导演要求的台词,他也在拍摄前背过,结果对着摄像头,就全忘了。来回拍了几遍,都过不了,导演实在没办法了,对王海强说,我们都撤了,你一个人在房间里面对着摄像机讲。陈灵君说,你别看他现在对着镜头,或者在台上说话,能够蛮流畅地讲出来,这都是关在屋子里练出来的。我们都觉得这样有点难为王海强了。陈灵君笑着说,为了宣传大陈岛,海强算是豁出去了。

在岛上的日子,有苦闷,但也有开心,即使遇上台风,也能苦中作乐。陈灵君说有一次,有一个养鱼场的网被台风刮破了,网里养的大黄鱼都逃了出去。养殖的大黄鱼有个习性,逃出去以后,都会聚集在一个地方,渔民知道大黄鱼聚集地,一捕一个准。那段时间,菜场卖的全是大黄鱼,10块钱一条,很便宜。供电所厨师天天去买大黄鱼,供电所职工们吃大黄鱼吃了一个月。

和陈灵君聊天,能获取不少信息。我事后整理了一下,发现他大部分时间都是在说王海强。一个副所长,能这样毫无芥蒂地用赞美的语气讲他的所长,并不多见,可见他是从心眼里佩服这位大陈岛之子。

陈灵君说,自己第一次接触王海强,是2008年的冰灾支援,那时他刚入职电力行业不久,也是第一次见到如此艰苦的作业现场,盘曲的山路,鹅毛般的大雪。那时的王海强在陈灵君眼里,就像冰雕石刻般,纵使北风一阵一阵猛刮,他依旧岿然不动。但他除了刚强之外又有淳朴的一面,刚刚40岁的王海强给陈灵君的印象是黝黑而精壮,话不多,有点腼腆。

王海强带队支援抗冰灾是在仙居的深山里,天空飘扬着大雪,他拿着对讲机指挥着众人,从早到晚,他的目光始终不离开他的工作现场,并身先士卒地冲进冰雪覆盖的铁塔堆里,用镰刀砍出一条条崎岖小道供众人前行。拆线、运送电杆、搬运线圈,安排吊起变压器,架设新线路……在陈灵君眼里,王海强工作时极度专注和认真,仿佛一个指挥家指挥着一个交响乐团,节奏分明有序。工作的敲击声、发令声、用力声不时回荡在山谷里。那些电杆上的冰凌挡不住他攀爬的步伐，他穿上脚扣，轻轻松松就登上了杆顶。

在仙居的深山里，王海强每天天不亮就出门，到日落才归来。白天已经要做如此繁重的体力活了，然而陈灵君发现，王海强身上的力气似乎永远会在下一秒恢复。匆忙吃过晚饭，他还要和几个班长讨论明天的工作计划内容。工作计划安排好后，他还要回到电脑里一栏一栏填写工作票，一直到深夜。抓好安全，就是对工友们负责，他说："不管多忙，安全不能忘。"

铁人般的精神支撑着王海强，他带领的抗冰灾抢修队伍也在紧张有序中顺利结束了抢修工作。

几年后，陈灵君才知道当时王海强的父亲才去世三天，头七都没结束他就跑到山里头带队抢修。那时，陈灵君心中对这个铁血汉子多了几分敬佩。

多年以后，陈灵君也上了大陈岛，在所里，他俩聊起这事，王海强流露出不好意思的表情："其实也没什么，当时家里人说既然单位需要你，你就去吧！家里有人张罗，我也就放心去了。"随着了解的不断深入，陈灵君越来越明白，王海强会这么做其实是个必然。不怕苦，不怕累，冲锋在前，在王海强看来就是自己的使命。

在从小在陆地上长大的陈灵君眼里，大陈岛是个世外海岛，位于茫茫东海之中，一望无垠的大海，波涛汹涌的海浪，岛上的人大多在海上"讨生活"，也在"拼生活"。他们驾驶小船与风浪搏击，与恶劣的天气周旋。这艰难的环境锻炼了岛上渔民勇敢、顽强、不屈、乐观的精神。而王海强这个土生土长的大陈人，则把这些特点展现得淋漓尽致。可以这么说，假如他不是一名电力工人，也一定会是一位冲锋陷阵的战士、赴汤蹈火的消防员、维护正义的警察、救死扶伤的白衣天使，他天生就有一种铁肩担道义的使命感，那种不畏艰难、冲锋在前的精神在他身上得到了最大限度的体现。王海强经常说："既然我选择了电力行业，那么我就永远都是一名线路工，永远会攀爬电杆，担负起送电的责任。"

陈灵君（持书者）为岛上小学生宣讲安全用电知识（大陈供电所　供图）

除了日常繁重的工作，空闲下来，王海强的作息非常有规律，他通常每天早上五点半起床，然后沿着大陈岛的环岛路走一圈，每天雷打不动。别人可能会以为这只是一般的早锻炼，但陈灵君不这样认为，因为他留意了王海强在早锻炼的过程中，还背负着一项重要使命：他会记住岛上每天细小的变化，看看有没有工程或者外力破坏影响到电力设备，看看树木生长会不会碰到主线。线路上的问题，他总是第一时间发现，电网的改造方案，他也总是设想得最全面。他脑子里都是电网的工作，平时话不多，但一讲起电力生产，他就刹不住了：这个绑丝应该怎么绑才会牢？这个线路怎么架才会顶得住台风？这个时候，所里的同事们都不说话，专心地听着王海强滔滔不绝，就像听一个高手把毕生所学倾囊相授，而他们像一群求知若渴的学生吸收着宝贵的经验。

这几年，大陈供电所的生产水平大踏步提升，这自然与王海强的努力分不开。王海强很好学，50 岁了还研究 GIS 系统怎么开工作票、画图、维护线路设备等问题，依然是所里最精通各项技术的人。有一段时间，陈灵君看到他一直在研究一个像风车一样的小玩意。做了第一代，又做了第二代，原来是在鼓捣一个专利发明。因为海岛上的电网被绿藤缠绕，常常会导致线路跳闸。这个小玩意就是为解决上述问题而设计的。陈灵君看到王海强鼓捣的那个小玩意，其实是解决海岛易长藤蔓损坏导线的发明"风驱式自动除藤蔓装置"。

陈灵君经过观察，发现除了把握大陈岛电力发展的大方向，王海强的心还非常细。他把关心体贴的一面献给了供电区的老百姓。孤寡老人、留守儿童、小商小贩，岛上每一个人的用电情况都清清楚楚地装在他心里。岛上的常住居民都认识他，他的手机号码就是岛上的电力热线。这家的灯不亮了，那家需要搬迁线路了，哪里的路灯需要修理了，甚至最近有什么用电上的烦心事都爱找他。他呢，总是耐心倾听，第一时间予以解决。不管在不在自己工作职责范围之内，能帮助解决的，他坚决不推脱。

在陈灵君心里，王海强是一个像海一样的男人，他有大海一样的胸怀，大海一样的风格。陈灵君在和我聊天时，由衷赞叹，一个能把大海装进心里的人，是值得拥有赞美和掌声的。

这些年，王海强获得了不少荣誉，但他最在乎的，是大陈岛居民对他的认可。其实对于这一点，我也深有体会。我在大陈岛采访期间，王海强伴随我左右，无论走到哪里，只要在路上见到他的人，都会主动和他打招呼，有老人，也有年轻人。他们视王海强为自己的兄弟朋友。

陈灵君说，在大陈岛，能做到这一点的人不多。

有了光，再长的黑夜都不害怕了

2019 年 12 月 20 日，三集广播剧《大陈岛上点灯人》在中央人民广播电台文艺之声《午夜书场》节目中首次播出。

广播剧制作完成后，我拿到了录音成品，保存在一个精致的 U 盘里。我在电脑上听完了全剧。客观讲，我已经记不得有多少年没听广播剧了，记得还是年少时，那时文化生活极端匮乏，家里没有电视机，一台收音机成为业余生活最大的点缀，有无数个夜晚，我躺在被窝里听广播剧，惬意之极。有时候，人睡着了，收音机还在刺啦刺啦地响。许多年过去，我依旧记得收听那些广播剧的感觉，仿佛我乏味的生活中开出了花。我第一次接触到路遥的名作《人生》，就是通过广播剧，第一次听到的科幻作品是《珊瑚岛上的死光》，还有不少根据国外作品改编的广播剧，比如《西西里柠檬》《一块牛排》《法尼娜·法尼尼》《居里夫人》《希腊棺材之谜》《紫罗兰》等。

后来，文化生活越来越丰富，广播剧渐渐淡出了我的生活。

听《大陈岛上点灯人》，让我有一种重返青年时代，且身临其境之感。创作者精湛的艺术水准，把大陈岛上的三代电力垦荒人的人生经历讲述得活灵活现。这部广播剧也获得了一些重要奖项，包括第二十届中国广播剧研究会专家评析入围作品目录（连续剧）一等，并且入选全国"百年百集"广播剧精品展。

小帅是《大陈岛上点灯人》中的主要人物，也是第一主角海强的徒弟。小帅在剧中有一段台词："第二天一早，说是老大要上岛了，阿风拉着我们往码头赶。抢修队员们口里的老大，叫海强，是我师傅。他父亲是老垦荒队员，他呢，生在大陈，长在大陈，是名副其实的'垦二代'，总念叨要我们继承垦荒精神。从线路班班长到生产所所长，从抢修队队长到供电所所长，再到供电所党支部书记，兼任我师傅，他是电力系统有名的钢铁硬汉。当他徒弟，

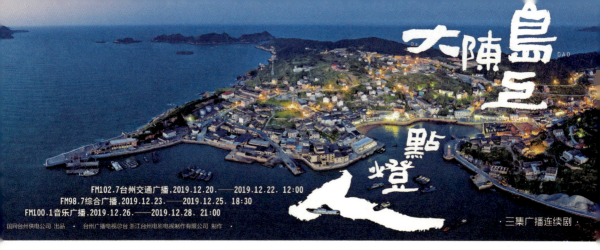

FM102.7台州交通广播.2019.12.20.——2019.12.22. 12:00
FM98.7综合广播.2019.12.23.——2019.12.25. 18:30
FM100.1音乐广播.2019.12.26.——2019.12.28. 21:00
国网台州供电公司 出品 · 台州广播电视总台 浙江台州电影电视制作有限公司 制作 ·

广播剧《大陈岛上点灯人》海报（国网台州供电公司 供图）

我脸上的肌肉线条都硬朗了很多，唉，淬炼得苦哦！"

剧中的海强自然是王海强，而小帅的原型，则是王海强的徒弟郭一均。我见到郭一均的时候，跟他说起这部广播剧，他说，其实，剧中讲到的许多情节，都是根据真实事件改编的，有的细节原封不动，我听了也很有感触，觉得我们都是寻常之人，一搬上艺术的舞台，似乎就很了不起。想来想去，我觉得，这大概就是文学艺术的魅力所在吧。

现实中的小帅郭一均第一次见到王海强，是在椒西供电所。那时，王海强刚从大陈岛调到陆地上工作，是椒西供电所线路班班长，郭一均是线路工。不过，过了两年，王海强又回到了大陈岛。郭一均跟我说，他有两个师傅，一个是王海强，一个是陈灵君。王海强是在线路班时的师傅，陈灵君则是他调到党建部后的师傅，因为都要写稿子，陈灵君比他出道早，自然就是他的前辈。另外，陈灵君从党建部的宣传专责岗调到办公室做秘书后，郭一均就接了陈灵君的班。后来，又是前后脚，陈灵君和郭一均都去了大陈岛，又都在王海强手下干活。所以三人的关系比起普通同事，要格外亲密一点。

王海强调回大陈岛后，问过郭一均，要不要来大陈岛，又说，小郭你还年轻，应该到艰苦的地方磨炼一下。郭一均被王海强的诚意打动，觉得师傅是真心为自己好，没有过多犹豫，就坐船去了大陈岛。郭一均把自己去大陈岛看作是和王海强的缘分，首先是师徒缘，其次，还有一份缘分很多外人并不知道，那就是他在椒江买的房子居然和王海强家在同一个小区。买的时候并不知道，是后来说起来才晓得的。郭一均说，缘分都到这个份上了，我去大陈岛也就顺理成章了。

初上大陈岛，给郭一均感受最大的就是台风天。郭一均说："台风季来临之前，我们基本上时间差不多了，就打开手机，先看一下台风网上的信息，看预计多少天会到达大陈洋面，基本上在椒江休假的，这时候就可以收拾行囊上岛了。也是因为那次台风，后来所里才申请了一个卫星电话。"

郭一均说的那次台风，是指"利奇马"。郭一均回忆，风雨大起来之后，岛上的线路是一条一条跳的，公变先跳，不是一次性全跳闸。那个时候，雨已经很大了，风也挺大的。但他们还是出去巡线了，9个男的把工程车塞满，这样增加车子的重量，不至于被大风吹走。

这事我也听王海强说过，听起来有点夸张。郭一均说："一点都不夸张，空车，或者只坐两三个人，真的感觉车子会飘。小黑一百八十几斤重，刚一出门，就被大风吹得趴在地上，眼镜也掉了，后来，眼镜终于找回来了，可他的鞋子又掉了。"

"第二天，我们清晨4点钟出门抢修，风声大到那种程度，"郭一均为了向我演示风大程度，走到窗边，指着窗户说，"大风吹过来，把这种窗都吹变形了。那天晚上，全岛停电应该是午夜12点到1点，因为那个时候陆地那边的线路也出问题了，到了凌晨1点左右，我们的手机都没信号了。后来知道是信号接收器被吹坏了。"

"我们出去抢修时，发现山头的树大片大片拦腰折断，像被剃了头发一样，齐斩斩的，看着让人害怕。路上有横倒着的大树，我们只能用电锯开辟通道。因为那个时候手机没有信号，也无法与陆地联系。"

给郭一均印象很深刻的是他的那个双卡手机，路过一个山头的时候突然收到了短信，于是，他在山头停了一会儿，借着信号把岛上的受损情况跟单位报备了。当时，郭一均的手机是抢修队唯一的通信工具。手机打开，就有几百条短信、微信信息涌进来。郭一均就有选择性地回复，主要是给单位领导报备，郭一均知道，他们在陆地上也急。

当时，大陈供电所这边其实已经把柴油都准备好了，午夜 1 点钟左右把发电机启动起来，把 10 千伏的线路先送出去，然后开始抢修。民居受损很严重，好多房子的屋顶被掀翻了。郭一均发了个朋友圈，里面有一张照片，拍的是抢修队员小黑的裤子被划破了，然后他拿着雨靴在倒水。郭一均蹲在有信号的地方给宣传的同事发过去，后来这张照片还上了中央主流媒体。

抢修队连续抢修了一天一夜，前后加起来有 30 多小时。从前一天在做准备的时候大家就没合眼了，第二天晚上基本上也没怎么合眼。

郭一均记得，最惊险的，还是第二天早上 6 点钟出发去上大陈。小黑一行八九人自己开船过去，可风浪实在太大了，靠岸靠了半个小时都靠不过去。

小黑的裤子被划破了，他拿着雨靴倒水
（大陈供电所　供图）

最后终于上岛，因为抢修队员们是戴着安全帽穿着工作服的，居民们一看，就说有人来了，要来电了。那天太阳很大，郭一均记得很清楚，大家都喝上藿香正气水了。居民们也从家里拿出西瓜给他们吃。说实话，他们去上大陈岛时，居民们是很欢迎的，因为他们知道供电所的人是过来抢修的。郭一均说，那个时候我们是唯一过去支援抢修的队伍。

郭一均告诉我，小黑开的那艘船，船老大外号叫"海鸭蛋"，他其实不太想去，因为他说浪还有点大，在他犹豫的时候，我们就直接跳船上去了。船不大，是那种很小的渔船，我们也称它摆渡船。小黑自告奋勇当起舵手。

上大陈岛所有用户复电应该是那天傍晚6点到7点间，郭一均记得很清楚，因为他记得送电到最后一户的时候天已经黑了。在上大陈岛的最北面，有一个当地的老人要给抢修队员递烟，他说我烟比较差，你们抽根烟。虽然大家都不太好意思，但就是觉得很感动。老人家一个劲追出来，在风中看上去那个身影显得孤零零的，因为在北面的岛上居民本来就少。

上大陈岛抢修结束，王海强带着队员们返回下大陈岛，平时不足二十分钟的航程，因为风浪太大，时间似乎一下子加倍了。郭一均绘声绘色，向我还原了当时海上的突发状况。

"晚上7点半，我们才上了海鸭蛋的渔船返航。渔船冒着风雨向下大陈岛开去。海面上黑漆漆一片，只能透过船头微弱的光源看清周边的情况……

"船驶到中途，突然'咔啦'一声，渔船发出刺耳的异响，渔船跟着大幅度起伏。

"大家不约而同发问，怎么回事？

"海鸭蛋大喊一声：'不好，船被什么东西缠上了！'

"小黑也急了，说：'哎哟，这大晚上在海上搁浅，可不是闹着玩的，一不小心就会翻船。'

"师傅让大家不要慌，他让大家检查一下身上的救生衣，都穿结实了。

又说他下水看看。

　　"小黑一把拉住他，说：'老大老大，你可不能下水啊。'

　　"师傅说：'大陈岛谁不知道我是'海鲫板'，水性好。'

　　"这时，所长管林峰也说：'海强书记，这太危险了！'

　　"师傅说：'我知道危险，那总得查明原因吧。'

　　"小黑说：'那这样吧，我探出身去，用手电筒照着船尾！'

　　"我一听，这不行，就对小黑说：'让我来，不能什么事都让你上。'

　　"听我这么说，大家都有点吃惊。我说：'我怎么了？你们不相信我啊？小黑下午中暑，体力不够！我年轻，视力又好，让我来。'

　　"师傅一看，心里高兴，关键时刻徒弟出马，师傅脸上有光。他说：'好样的，徒弟，我抱着你的腰。大家一个挨着一个啊，都抱住腰。'于是，大家排好队，后面的人抱住前面的人。

　　"我探身出去就看见了，是被台风吹散的渔网，缠上了螺旋桨。

　　"师傅也说：'咱俩拽住渔网，让海鸭蛋倒着开，让螺旋桨反方向转动，渔网慢慢就解开了！'"

　　随着海浪翻涌，渔船剧烈摇晃，王海强紧紧抱住郭一均的腰，郭一均探出身去拽住渔网，随着螺旋桨往反方向转动，渔网一点点被解出来，半个小时的惊险操作后，渔船终于恢复了自由，驶向下大陈岛……

　　事后回忆，郭一均其实还是十分后怕的。那时，如果师傅王海强体力不支，手一松，自己掉进大海，瞬间就会被海浪吞没，那可真是生死难料。尽管他相信师傅不可能松手，但在那个环境下，什么事都可能发生。

　　郭一均还给我讲了一个铝饭盒的故事。这个细节其实我在一部反映大陈岛的微电影里看到过，我当时还发微信问曹霞，这个细节是不是根据真实事件改编的。

　　说到这个铝饭盒，还得从老垦荒队员王阿婆说起。

　　王阿婆老伴走得早，子女都在城里工作，她在岛上独居。她因此也成了供电所党员服务队重点关注的对象。王海强是王阿婆家的常客了，时不时会去阿婆家看看，这已经成了他的习惯。他去王阿婆家，不仅帮阿婆检查用电线路，也会帮忙解决阿婆的生活困难。而王阿婆每次看到他，就像见了亲儿子般喜悦。"这么多年，不管遇到什么难事，海强他们总会及时出现，而且服务周到又贴心！"

　　王阿婆和王海强结缘，是在一个冬日傍晚。王阿婆摸着墙要拉电灯开关，结果一使劲把老化的电线扯断了。这时候，王阿婆想到了之前到家送爱心服务卡的王海强，她便拄着拐杖，来到了供电所。王海强二话没说，拿上工具包，背起王阿婆，就往她家赶。为确保万无一失，他还特意更换了新的插座和开关。

　　至于购买零配件的经费，就从铝饭盒里拿。这个铝饭盒，起初只是王海

郭一均（右）向大陈岛居民宣传安全用电知识（大陈供电所　供图）

强的存钱罐。20年前，在一次抗台风服务中，村民给供电所送来了鱼虾蔬果，王海强他们便把等价的菜钱存进了这个铝饭盒，打算通过服务把钱用回到村民身上。这么多年，服务的项目越来越多，但铝饭盒里的钱却有增无减。平日里，大家都会习惯性把口袋里的零钱往里面放，当需要用到经费又不属于公费范畴时，这个饭盒里的钱就发挥作用了。

我在听广播剧《大陈岛上点灯人》时，那个小帅的声音又出现了："我庆幸在大陈岛，遇到这样的师傅，有这样一群小伙伴！我重新修改了我的微博签名：昵称：电力'垦三代'！工作：一年365天，爬爬山、攀攀杆、坐坐船、吹吹海风、晒晒日光浴、蒸蒸露天桑拿，一言不合，还能办场泼水节，享受享受泥浆浴……各位亲，欢迎来大陈岛，智能大陈等着你！从无电到有电，从炭气发电到风力发电，从孤立小电网到陆岛联网……一代代电力垦荒人跟

大陈供电所员工开展柴油机启动演练，确保台风期间大陈岛应急电源可靠（大陈供电所　供图）

着祖国前进的脚步，点亮大陈岛最亮的明灯。"

不过，最后让我泪湿眼眶的，是一位陈婆婆说的一句话，这个陈婆婆的原型，显然就是王阿婆。

陈婆婆说："有了光，再长的黑夜都不害怕了！"

他是大陈岛上最黑的人

蒋伟坚说，在大陈供电所，有两个特别能干的人，一个叫小黑，大名金宇祺，一个叫小恩，大名潘宏恩。而小黑，在上一节中已经讲到，就是那个出门差点被大风吹走，驾渔船去上大陈岛的人。

因为事先就知道小黑外号的来历，所以在大陈供电所见到金宇祺时，我就特意打量了一下。我觉得他也不像传说中的那么黑，再说他出生在大陈岛，是在海岛上长大的人，从小海里浪里习惯了，黑一点，也属于正常现象。小黑大概看出了我的好奇与疑惑，笑着说："你是不是听他们说，我是大陈岛上最黑的人？"我也笑了，我说："我不觉得你有多黑，再说皮肤黝黑恰恰是健康的标志。"小黑又告诉我，要是想在岛上打听他，说他的大名没用，只需要问小黑就对了。

小黑是自嘲，但现实中，的确是这样。一次，有记者上岛采访，要找金宇祺，到了所里，记者问："大陈供电所的金宇祺是哪位？"所里的同事忍住笑，告诉记者："很好认，你只要认准岛上最黑的那个，就是金宇祺。"

果然，线路班巡线回所里，人们陆续走进来时，记者一眼就看到了金宇祺。

其实，金宇祺也不是天生肤色就这么黑，海岛上风吹雨打，加上线路工常年在外巡线抢修，才是让当年那个白净少年变成小黑的主要原因。

金宇祺是大陈岛土生土长的岛民，现在是大陈供电所线路班班长。1998年，因为他的父母都在岛上，18 岁的金宇祺结束高中学业后，没有多想就回岛了。其时，恰逢大陈发电厂招工，懵懵懂懂的他便成了电厂的一名小工，谁承想过这一做便是 20 多年。小黑告诉我："那会儿岛上还是柴油发电，我的工作就是管柴油发电机运行维护，来之前也根本不了解供电，就自学呗，有空就跟在老师傅后面多看多听多问。"

我和金宇祺没聊多久，他的手机就响了，我示意他赶紧接电话。原来是岛上有一户人家家里的灯不亮了。他对着电话那头说："你等我一下，我马上安排人过去处理。"

"不管是我们电路出故障，还是他自己的原因，反正我们的原则就是第一时间过去看。"我问他，村民们不打所里的抢修电话吗？金宇祺跟我解释，自己在这里生活了 20 多年，与村民基本都相识，有事情村民更喜欢直接打他电话，什么电表掉落、电线短路……不管在不在供电所的职责范围内，能帮岛民解决的，他们也不分里外。

我听郭一均讲过"利奇马"来袭时，小黑差点被吹趴的事。金宇祺说："这个是真的，那天的风实在太大了，我在岛上几十年，还没经历过。"他说，那天晚上 11 点大陈岛上风力已达 16 级，最高风速有 60.3 米 / 秒。国网台州市椒江区供电公司调控中心发来紧急通知，告知望夫 103 线接地。线路接地意味着附近出现小面积的接电现场，一旦有人员路过，后果不堪设想，去开关站关掉整条线路刻不容缓。"从供电所到开关站，才几百米的距离，平时走过去就可以，但那天根本无法行走，只得开车过去。我抬头一看，4 吨多重的工程车被吹得剧烈晃动，开车危险性也很大，怎么办？"王海强就说："男的都上车，多坐点人，把车压稳。"所以，当时工程车满满当当地挤了 9 个人后才缓慢前行，几百米路足足开了 5 分多钟，呼啸的台风将车子吹得剧烈摇晃，一车人东倒西歪，大家的心都揪了起来。

停完电，他们还需去排查故障点。体重 180 多斤的金宇祺自告奋勇。路上，

金宇祺和同事坐船往返于上、下大陈岛之间，上门受理相关业务，便利海岛群众用电
（大陈供电所　供图）

暴风雨打得人睁不开眼，检查完故障点，金宇祺终于舒了一口气，接下来就是回车里。从故障点到停车处仅几十步路，台风却偏不让他如意。且见一阵暴风袭来，金宇祺的眼镜、鞋子"呼"地一声就被风卷走了，瞬间消失在黑夜里，平时体重能扛住十来级大风的金宇祺硬生生被吹趴在地上。他告诉我："当时完全站不起来，最后手脚并用，趴地上爬回去，再被队员拖上车。"

每天查看线损指标、处理采集信息、抄表、催费、收费，规定的上班时间对他们来说形同虚设。一年 365 天，从清晨到深夜，不论严寒酷暑，无论岛上哪个角落用电出现问题，他们都是第一时间赶去。到了夏季用电高峰和冬季用电高峰，连续在岗 2—3 个星期也是常事。当我问他供电所怎么分工时，金宇祺笑了："没啥子分工，一般供电所分高压班、低压班，我们就全部在一起了，所里人员少，哪里需要就去哪里。"

"我记得，在我小时候，我们这里是用柴油发电机发电，而且供电时间有限制，每天晚上 10 点，发电机就停了，家里唯一的电器就是一个昏暗的电灯泡。"到了 1988 年，元宝山风力发电站 165 千瓦发电机组投运，晚上 10 时就停电的生活总算是告一段落，但是电力供应很不稳定，时不时停电，供电与否基本是听天由命。

2009 年，35 千伏的海底电缆穿越了海域，贯通了陆地和海岛，从此大陈岛有了稳定的电力供应。再后来，在以王海强为首的 4 名"本土"电力员工带领下，16 名供电所员工立足岗位，历时 6 年，将 23 千米的铝电线全部换成铜电缆，给 566 根电杆都做了防风拉线。他们还更换了 1071 个高绝缘性绝缘子以消除盐雾造成的污闪，利用岛上风力资源设计"风驱式自动除藤蔓装置"，消除藤蔓缠绕线路的安全隐患。从此，大陈岛才算真正实现了全天候供电，而且稳定可靠。

金宇祺在所里一待二十多年，并不是因为有多高的收入，也不是因为他有多崇高。金宇祺说，曾经在某个夏天，因为线路改造出现故障，造成了整片区域停电，工程队抢修的工作一直从傍晚进行到深夜 11 点。"晚上 11 点，我站在山头看着整片乌漆麻黑的地方，一家一户亮起灯，路灯一点点亮起，然后整片区域灯火通明，这个感觉真的特别棒。"看着重新恢复光明的海岛，金宇祺想，这或许就是自己一直坚守海岛的理由吧，何况，这是自己的故乡啊。

金宇祺说："如果没有特殊情况，我大概率会在岛上过一辈子了。"听他这么说，我突然不知道如何接话。我想起多年以前去湘西，在作家沈从文墓碑上看到的一句话："一个士兵要不战死沙场，便是回到故乡。"

或许，这就是一个人对故乡最后的致敬吧。

他们的家，面朝大海

和金宇祺一样土生土长的大陈人，在供电所还有不少，比如潘宏恩。不过，我认识这位大陈人口中的小恩，却是从他种植的蔬菜和厨艺开始的。

在大陈岛上生活，海鲜自然丰富多样。小恩说起菜名来，也能让人馋涎欲滴，单说吃鱼，就有清蒸大黄鱼、豆豉七星鳗、葱油海鲫鱼、酸菜海鲈鱼、老虎鱼豆腐汤等海鲜盛宴，也有鱼松、鱼面、鸭蛋酒、鳗鱼鲞、岩蒜炒年糕等小吃。不过，要说到蔬菜和水果，就显得有点物以稀为贵了。

因为缺乏足量维生素的摄入，长期生活在岛上的供电所员工时常受口腔溃疡、皮肤瘙痒等困扰。不过，自从有了小恩，这种情况就开始好转。在所里，小恩另有一个外号，"海岛食疗专家"。刚过不惑之年的潘宏恩是土生土长的大陈人，是大陈供电所的台区经理。当地居民大多看着他长大，大多喊他"小恩"。时间久了，潘宏恩的大名反倒少有人喊。

所长蒋伟坚跟我讲的小黑、小恩，我先后接触过后，发现是一文一武，算得上蒋所长的左膀右臂。小黑偏武，小恩则偏文。说小恩偏文，倒不是说他写得一手好文章，而是他的厨艺，在所里也算一绝。

话说春末夏初，大陈供电所里来了几名新员工。头一回感受海岛生活的小伙子们，扛住了乘船时胃里的翻江倒海，却受不住岛上蚊虫的"欢迎"和潮湿环境带来的湿疹攻击：一个个食欲不振，浑身无力。于是，用餐时，忍不住"诉苦"：真怀念不缺蔬菜水果吃的日子啊！

说者无意，听者有心。潘宏恩和所里的几位老师傅一合计，大家利用空余时间在供电所附近的大片空地上开辟了一方小菜园，种上玉米、土豆、红薯、芋头这些好养活的蔬菜，给大伙儿改善伙食，补充维生素。这片小菜园，我去所里时看到了，绿油油的蔬菜，看着就舒服。我发现，不光供电所，其他民宿也有类似的菜园，都是利用边角土地种点蔬菜，以弥补岛上蔬菜的不足。

从大陈岛码头乘船至椒江城区来回至少 3 个小时，这还是坐的快客，如果普客，得 5 个小时左右。因为交通不便，在岛上，感冒药、消炎药等常用药物也相对稀缺，一些自然生长的"天然抗生素"就成了大家治疗小病小痛时的首选。其中最受大家欢迎的莫过于药食同源的蒲公英了。将采摘下来的蒲公英择去黄叶、老叶，只留嫩叶，过水洗净，然后捞出控干水分，这时起锅放半锅水，放入晾好的蒲公英，加入一勺盐，烧至沸腾后捞出，过三遍冷水以去除蒲公英本身的苦味，然后晾凉、挤干水分，切成小段。接下来调酱料——盐适量、蚝油一大勺、香油一小勺、鸡精少许，再来一大勺红色剁辣椒加少许蒜瓣剁碎，充分拌匀，就是一道清爽又解馋的祛火开胃菜。

蒲公英在岛上不算稀缺物，环岛路沿途的草丛里就能找出一大把。巡线时，潘宏恩留心采摘了一些。当晚，一盘凉拌蒲公英便摆上食堂餐桌，只见盘中红绿相间，又有白蒜点缀，细细咀嚼，口齿留香，一餐吃完，碧绿的汤汁也

潘宏恩（右）为大陈岛驻军提供用电服务（国网台州市椒江区供电公司　供图）

没剩下，那个爽脆与酸辣，回味无穷。除了凉拌，蒲公英泡茶也非常好喝，它富含维生素 A、维生素 C 及矿物质，还有改善湿疹、舒缓皮肤炎、缓解关节不适的功效，尤其适合海岛病症。

除了蒲公英，金银花和鱼腥草也备受潘宏恩青睐。金银花具有清热解毒、通经活络的功效，最适合泡茶饮用，可有效缓解发疹发斑、热毒疮痈、咽喉肿痛等症状。鱼腥草虽然尝起来"黑暗"，但对流感、肺炎、皮肤炎症等有抑菌消炎的作用，适量食用可以提高机体免疫力。

然而，野外采摘毕竟存在诸多不便，潘宏恩就在小菜园里专门腾出一小块地，种植起巡线路上随手拔下来的具有清热解毒效用的植物。岁月渐长，菜园里蔬果一茬茬地丰收，供电所里人员一批批地轮换，但小恩，始终是那个大家眼里无所不能的小恩。

岸上的蔬菜种植毕竟受土地制约，于是，潘宏恩又将目光投向了海洋。

洋菜是一种富含胶质的海藻类植物，常见于海边礁石滩，生长状态类似于苔藓，每月初一、十五退潮间，它的真实样貌才会彻底显露，远远看去有些红褐色，近处细瞧则接近紫黑。采摘洋菜得用特制的钢丝球，将其一点点剥离礁石，其中还夹杂着不少贝壳和海螺壳。这就要先用锤子将杂质敲碎后反复过水筛洗，洗净后再经一个星期晾晒。这个过程要重复五六遍，方能得到一小团淡黄色的洋菜干。

因为晒制工序烦琐，费时又费力，特别考验人的耐性，近年来大陈岛上的洋菜干产量日益减少，如今价格更是上涨到 700 多元一斤，甚至有价无市。不过，王海强在我和说到洋菜时，也认为这个价格太贵。他说，舟山那边也有洋菜，而且收成好，价格也要便宜许多。大陈岛洋菜价格如果总是居高不下，就会渐渐缺乏竞争力。我说，会不会大陈岛海域水质特殊，洋菜质地好，所以价格贵呢？总会有一些人，注重品质而不会过分在意价格的。再说，潘宏恩他们自制洋菜干，价格只不过是价值的一个体现，他们的目的，是让所里的人，既品尝大陈另一种特有的海鲜味道，也有个念想。王海强说，要这么说，也说得过去。他由衷赞叹，小恩的确有一手。海强告诉我，由洋菜制成的洋菜膏，对于大陈岛上的供电人而言，不仅仅是夏日里驱散闷热与躁意的必备品，更是抗台保供电工作中不可或缺的一味好药。

海强跟我提到，2019 年，"利奇马"台风过境台州，正值八月，海岛上的日头格外毒辣，不少参与电力抢修的队员陆续中暑，皱着眉头挨个儿往嘴里灌藿香正气水。附近海城酒店的老板娘颜丹红瞅见了，就从厨房捧出来一大盆冻好了的洋菜膏，利落地舀到几只碗里，再浇上蜂蜜薄荷糖水分给瘫坐在路边的供电所员工。一碗洋菜膏落胃，连暑气都被驱散了几分，大伙儿口中莫名的苦涩感也瞬间消失了。

潘宏恩见了，心里直念"这是个好东西，以后咱们所里可以备上些"。此后，潘宏恩便留心起洋菜膏的做法，下班后常跑去找颜丹红"偷师"。颜丹红告诉他，将洋菜放入水中大火烧开转小火煮十五至二十分钟，关火后用干净的纱布滤出洋菜水静置晾凉即可。也可以使用热水瓶，将洋菜塞进瓶中，倒入热水，焖一个晚上后过滤出汁水，放到冰箱冷却成膏状即可。做洋菜膏唯一要注意的就是洋菜与水的比例，为此，潘宏恩特意从"师傅"那学了个小妙招：用棉线绕圈浸入汁水来测试黏稠度，只要棉线圈中汁水成膜，就说明洋菜膏做成功了。

顺利"出师"后，潘宏恩常在酷暑天为巡线回来的同事们小露一手，煮上一壶清甜可口的洋菜膏。他得意地说："在大陈岛，这可比什么冷饮都要好喝，还解暑气！"

潘宏恩"偷师学艺"的海城酒店，地处梅花湾，是大陈岛最佳观景地，也是民宿和饭店相对集中的地方。我第一次上岛时，曾和王海强在那儿吃过一顿晚饭。也是夏天，太阳渐渐沉入大海，海边置一餐桌，吃着海鲜，聊着天，天南海北，一直吃到天色渐暗。海强跟老板说，要点一份洋菜膏。这是我第一次见到洋菜，对其功效也是不甚了解，后来从小恩那儿听说，才知道它居然有如此神效。可见，海岛的生物食物链是如此完整，它不会让生活在岛上的人失望，总能倾其所有。

我在大陈供电所，还第一次听说了"海鲜鸡"，以前只知有土鸡。顾名思义，这海鲜鸡养在海岛上，吃的是海鲜，因此得名。

我的这个猜测，得到了小恩的证实。

一天，潘宏恩巡线到傍晚，照例提着一兜码头带过来的海鲜"边角料"来到悬崖边一排低矮的石头房前。这些边角料，正是小鱼小虾。正坐在家门口，仿佛在张望着什么的李阿婆，远远看到小恩的身影，满是皱纹的脸上慢慢地绽开了笑容。小恩过来，除了替李阿婆买一些饲料，还有就是要告诉她，有朋友预定了三只海鲜鸡，他明天过来取。

巡线结束后的潘宏恩（左）与同事在梅花湾小憩（大陈供电所　供图）

85 岁的李阿婆，46 年前从温岭来到大陈岛，从此便孤身定居于此。潘宏恩那一辈的孩子，都是李阿婆看着出生长大的。上了年纪以后，李阿婆在院子里饲养了一百多只鸡，靠售卖鸡蛋、鸡肉维持生计。她养的鸡，正是大陈岛上远近闻名的海鲜鸡：先去陆地上选购品质优良的健康小雏鸡，漂洋过海运到大陈岛后，每日用海岛上丰富的小鱼小虾夹杂一定量的玉米与麦麸混合喂养，再放入附近山间散养。这让鸡的肉质变得更为紧实，蛋白质含量远超普通鸡，生产的鸡蛋也美味十足。

不过，"酒香也怕巷子深"，虽然李阿婆养的鸡品质上佳，但岛上购买力毕竟有限，又缺乏售卖渠道，这让每日辛苦养鸡的李阿婆日益焦灼，凭空添了一抹心事。

这些年，大陈供电所的员工们记挂着孤身一人的李阿婆，逢年过节总会带一些牛奶、水果等物品来看望她。知晓李阿婆的心事后，大家先是发动周围亲戚朋友来买，觉得购买活鸡不方便的，就帮着处理干净，再"牵线搭桥"所内食堂固定买鸡，还上报了国网台州市椒江区供电公司申请结对帮扶，李阿婆的鸡顷刻间成了紧俏货。

由于大家经常去李阿婆家买鸡来给所里食堂加菜，一来二去，"红烧海鲜鸡"成了大陈供电所食堂的招牌菜，食堂阿姨也成了烹饪海鲜鸡的高手。外来游客乍一听"红烧海鲜鸡"这菜名，以为是由海鲜和鸡一起烧制的，其实不然，它是选用从小用海鲜喂大的鸡作为主食材，热锅少油，下鸡块正反面煎至七成熟，加葱段、姜片去腥调味，再烹入料酒大火猛炒，然后下八角、生抽、老抽、少许盐和糖，再加半碗水焖煮，待汤汁渐渐收浓，鸡肉中便完美地融合了海鲜的味道，浓稠醇厚的滋味堪称大陈岛一绝。

李阿婆的心愿得到了满足，供电所员工也有了口福。而潘宏恩除了"海岛美食家"外，又多了个"养鸡专业户"的美名。平日里，整理线路、悬崖边扎栅栏、台风天抓鸡回笼等，都是小恩干过的活。巡线路上，帮忙拎鸡送货、去码头代买小鱼虾，也是他顺手又愿意去做的事。

我在大陈岛上，还遇见了不少供电所员工，比如陶嘉婧，她是广播剧《大陈岛上点灯人》中的小桃花的原型，戏份不少。剧中小桃花的经历，其实就发生在陶嘉婧身上。让她这辈子都刻骨铭心的，是"利奇马"台风，给她的感觉，风大得能把她吹走。半夜，台风逼近，大家都躲在供电所里不出去，仿佛墙面都在风中震动。陶嘉婧回忆，当时她很害怕，感觉随时都会牺牲。反倒是郭一均很淡定，说如果真的牺牲了，我们就是抗台烈士了。听郭一均这么一说，陶嘉婧哭笑不得，不过，情绪也稳定了下来。

黄晓燕认为自己在大陈岛上扮演的是一颗螺丝钉的角色。她曾在岛上工作三年，在大陈供电所负责业务外勤，经历了大陈岛二期农网改造。那段时间，给她印象最深的是上大陈施工场地车辆无法进入，工程材料包括电杆铁件等，得靠施工人员肩扛手提从草高齐腰的羊肠小道一点点运进去，并且要

大陈供电所职工在用工作餐，他们是一个温馨和谐的大家庭（国网台州市椒江区供电公司　供图）

自带锅米挑水做饭。

还有范卫国、李志兵、陈敏等，他们都是岛上的"垦三代"，爷爷辈就分别从黄岩等地上岛。他们属于大陈岛"土著"，至少在退休前都没有回陆地的计划。蒋伟坚说，这些大陈本地员工，都是所里的宝贝，他们基本上全年都在岛上，所里有什么事，不论工作日还是休息天，随叫随到，喊得应。

事实上，也确实如此。陈敏告诉我，他难得去一趟椒江，待不住，上午过去，下午就想回大陈岛。陈敏说，他的家在这里。我问他家在岛上的具体位置，他说，自己就住在所里提供的集体宿舍。陈敏说的集体宿舍，是王以宽和江梅青在大陈供电所当家时建的，有厨卫，跟公寓差不多，离所也不远，有事一叫就过来了。

我再一问，王海强、蒋伟坚、曹霞等历任所长、书记也住过那里。

曹霞说，这就是我们的家了。

我站在曹霞说的家门口，可眺大海，也可看大海上帆影点点，有一些船正在归航，也有一些船正待启航。

曾在大陈供电所担任所长的管林峰在接受采访时说，一群可爱的人，一座可爱的岛，垦荒不必更多的开拓，坚守同样值得敬仰。我觉得，管林峰这是在说自己，也是在说他的同事们。

我想起一首自己特别喜欢的诗，作者叫海子，诗歌名是《面朝大海，春暖花开》，我摘录后半首，献给我的这些可敬的、熟悉而陌生的朋友：

> 从明天起，和每一个亲人通信
> 告诉他们我的幸福
> 那幸福的闪电告诉我的
> 我将告诉每一个人

给每一条河每一座山取一个温暖的名字

陌生人，我也为你祝福

愿你有一个灿烂的前程

愿你有情人终成眷属

愿你在尘世获得幸福

我只愿面朝大海，春暖花开

第七章

相距八千里路的精神对视

　　2023 年 11 月 14 日，西藏自治区人民政府官网发布消息，国家电网有限公司"2024—2026 年西藏清洁能源消纳及供电保障交易合作框架协议"签约仪式在四川举行。本次协议签订涉及北京、上海、山西、湖南、甘肃、陕西、四川、重庆、西藏等 18 个省（自治区、直辖市）。共签约电量 155 亿千瓦时，包括 73 亿千瓦时西藏清洁能源外送协议和 82 亿千瓦时西藏购电协议，预计增加西藏市场主体收入超 20 亿元，是近年来交易规模最大、参与省份最多、经济效益最大的电力援藏交易框架协议。

　　2016 年以来，国家电网公司充分发挥大电网资源优化配置平台作用，先后组织签订了 16.3 亿千瓦时藏电入渝、61 亿千瓦时西藏清洁能源消纳等 4 轮"电力援藏"交易协议，藏电已外送至 17 个省（自治区、直辖市），交易总电量突破 132 亿千瓦时，累计创造经济效益超 36 亿元。藏电外送为中东部地区减煤超 418 万吨、减排二氧化碳超 1042 万吨，取得了显著的经济、社会和生态效益。

　　从"家家烧牛粪"到"绿电出高原"，回顾西藏电力工业发展史，这是一个令人吃惊的里程碑。

　　"为啥树干立在路旁，上面布满了蜘蛛网啊？电线杆子行对行，纳金日夜发电忙，机器响来家家亮，拉萨日夜放光芒呀……"这首脍炙人口的民歌《逛新城》，生动描述了拉萨人民第一次用上电时的喜悦心情。

和平解放前，西藏仅有一座小电站，产出的电力仅供少数上层贵族使用。和平解放初期，西藏电力发展也相对滞后。和平解放70年来，随着经济社会快速发展，群众生产生活对电力的需求日益增大，西藏凭借得天独厚的资源优势，逐渐成为国家重要的清洁能源基地。截至2022年底，西藏电力装机容量达到656万千瓦，其中清洁能源装机占比达93.3%。国家电网公司不断加大西藏电网建设和电力援藏工作力度，在青藏、川藏两条电力天路基础上，先后建成藏中、阿里联网两条电力天路，形成了西藏500千伏统一电网，主网覆盖全区74个县区近330万人，使西藏全区人民彻底告别了无电历史。

大电网的升级跨越与迅猛发展，不仅从根本上解决了西藏长期以来的缺电问题，同时也为全区资源优势转化为经济优势、发展优势奠定了坚实基础。仅"十三五"期间，在4条"电力天路"的直接拉动下，西藏电网用电负荷连年刷新历史纪录，年均增幅近20%，达到170万千瓦；全社会用电量连续多年保持两位数增长，达到82.5亿千瓦时。同时，西藏电网还积极参与全国范围内的电力电量平衡和跨区交易，2015年首次实现"藏电外送"，几代西藏电力人终于实现了光耀世界屋脊的梦想。

"西藏自治区整体已经实现碳中和，可为国家'双碳'目标做出更大贡献。"这是能源专家对西藏能源经过充分论证后得出的基本共识。"十四五"期间，国家规划的九大清洁能源基地中，金沙江上游"风光水储一体化基地"就有大部分建在西藏境内。此外，西藏还在近中期规划中规划建设金沙江上游、藏东南、澜沧江上游、藏中等五大清洁能源基地。根据西藏"十四五"规划，2025年西藏要建成国家清洁可再生能源利用示范区，其中水电已建和在建装机容量将突破1500万千瓦，光伏太阳能装机容量将突破1000万千瓦。大规模清洁电源基地的建设，需要相配套的藏电外送通道，而已经建成运行的4条"电力天路"，为藏电外送插上了腾飞的翅膀。

说到西藏电网这个令人惊讶的飞速发展速度，不得不提到国家电网公司组织的电力援藏，可以说，没有电力援藏，就没有西藏电网的今天。电力援藏在西藏自治区发展的蓝图中所发挥的作用，怎么拔高评价都不为过，我用八个字来形容：功在当代，利在千秋。

一份电力援藏调查问卷里的家国情怀

说到电力援藏，要从建设 4 条"电力天路"讲起。

2016 年初夏，应西藏电力公司邀请，我赴拉萨给西藏供电系统的党群部主任培训班做一次讲座。时过多年，我已经记不清当时讲的具体内容，但我记得，我向他们讲了我第一次沿青藏线进藏的经历，在青藏沿线，我看到不少铁塔，那是青藏联网工程的一部分，因为这个联网工程，游离于国家电网大家庭之外的独立电网西藏，也终于融入国家大电网。

事实上，联结西藏的电力线路不止青藏一条。从 2010 年青藏电力联网工程开工建设至今，青藏、川藏、藏中、阿里联网 4 条"电力天路"拔地而起。高耸入云的输电银线翻山越岭，将光明带向雪域高原的每一寸土地。2020 年 9 月，西藏已全面建成覆盖全区 74 个县、300 多万人口的统一电网，曾经困扰藏区多年的缺电问题得到彻底解决。对藏区同胞而言，"电力天路"不仅仅是光明之路，更是通往美好生活的致富之路、希望之路。

2010 年 7 月 29 日，我国电力建设史上最艰苦的青藏联网工程开工。不到世界屋脊上走走，或许你很难想象这条"电力天路"的建设之难。平均海拔 4500 米，最高海拔 5300 米，海拔 4000 米以上地区的线路超过 900 千米，最低气温在零下 45℃以下，含氧量不到内地的 40%，工程沿线大都处于低气压、缺氧、高寒、大风、强辐射等区域。在生命禁区，3 万多名参建人员带着责任与激情、智慧与毅力，挑战了沿线海拔最高、施工冻土区最长两个"世

青藏电力联网工程纪念碑（林平　摄）

界之最"，攻克了高原生理健康保障困难、生态环境极其脆弱、高寒地区冻土基础施工困难、高海拔过电压与绝缘配合及设备研制复杂四大世界性难题。

"昆仑魄力何伟大，不以丘壑博盛名。"2011 年 12 月 9 日，越昆仑过雪山的青藏联网工程投入试运行。这一在世界最高海拔、高寒地区建设的规模最大、施工难度最大的输变电工程，结束了西藏电网长期孤网运行和西藏多年缺电的历史，从此我国内地电网实现全面互联。

当然，在西藏以及其他藏区，即"三区三州"深度贫困地区的人民，也由"用上电"向"用好电"转变。"三区"即西藏自治区，四川、甘肃、青海三省藏区，南疆四地州；"三州"即四川凉山州、云南怒江州、甘肃临夏州。"三区三州"是国家要求重点支持的深度贫困地区，其农村地区深度贫困县和贫困乡村占比高，是脱贫攻坚硬仗中的硬仗，位于国家电网经营区域。国家电网在"三区三州"的农网供电范围包括 198 个县（区）共 1.21 万个贫困村，服务电力客户 568.5 万户 2247 万人。而"三区三州"深度贫困地区农网建设面临地处偏远、自然条件恶劣、施工环境复杂等一系列的问题，在供电能力、网架结构、装备水平、供电质量等方面仍存在短板和薄弱环节，需要集中力量全力加快突破。

2018 年至 2020 年，国家电网公司经营区域内"三区三州"深度贫困地区电网建设累计投资 304 亿元，共建成工程 7957 项，新建和改造 35 千伏及以上线路 1.2 万公里、10 千伏及以下线路 6.9 万公里。工程建成后，解决了 4 个县域孤网运行、34 个县域电网与主网联系薄弱问题，大电网延伸覆盖 67 个县，解决原 845 个独立光伏供电村的供电质量问题；消除 802 条 10 千伏"卡脖子"线路，解决 48.2 万户低电压问题，新增用电户数 120 万户。2020 年上半年，"三区三州"深度贫困地区供电水平已接近全国平均水平。

在这个大背景下，浙江电力的援藏也做得风生水起、可圈可点，其中也有台州电力与椒江电力援藏人员做出的贡献。他们与其他地区援藏人员略有不同，那就是在带去技术物资的同时，也带去了大陈岛垦荒精神，并自觉融入老西藏精神。相距八千里路的精神对视，丰富了独特的电网铁军精神内涵："特别负责任、特别能战斗、特别能吃苦、特别能奉献。"

浙江电力对口援藏地区为西藏那曲。

那曲地处唐古拉山南坡和念青唐古拉山北麓，位于羌塘高原的东端，山地连续分布，被众多湖盆分割，湖泊星罗棋布。那曲平均海拔 4500 米以上，高寒缺氧，气候干燥。那曲共有 53 万户籍人口，在 50 万常住人口中共有 36 个已识别的民族，主要是藏族。2019 年那曲市人民政府工作报告称，那曲 2018 年的地方生产总值 136.5 亿元，售电量 13597 万千瓦时。从这两个数据可以看出，那曲是一个经济相对落后的地区，需要沿海经济发达地区对口帮扶。于是，那曲成为浙江电力的帮扶对口地区。

我很想了解，持续多年的援藏过程中，援藏人员在想些什么？他们为什么进藏？他们在援藏期间遇到了什么困难？他们都有什么收获？

2020 年 5 月，我们组织了一次援藏人员思想状况专项调研。调研采用微信网络问卷和访谈两种形式开展，问卷共设置个人基本信息题 6 道、调研问题 25 道，内容涉及环境适应、工作适应、家庭支持、党工团工作和总体评价

国网浙江电力援藏物资进藏（国网浙江电力　供图）

等5个方面。问卷通过问卷星平台组织发放。又通过面对面采访、视频通话等方式对25位援藏人员进行了访谈，访谈对象覆盖了一级项目部、二级项目部、长期帮扶人员、短期帮扶人员和各类专业人员。

调查结束后，我们对所有问题进行了汇总分析，搭建了相应的模型，客观地说，问卷获得的结果是可信的。

通过问卷，我了解到，援藏人员进藏，很大程度上，是以情怀和抱负为主要动力。调查显示，受访者参与援藏工作最初的动力和意愿，位列前三位的分别是：为了挑战自我、挑战极限（73.53%）、为了奉献西部大开发（66.91%）和为了个人职业生涯发展（47.79%）。

他们为什么报名援藏，主要集中在四个方面。

第一，源于个人情结。多位受访者谈到，"西藏是'世界屋脊'，一直在我心里充满神秘感""我从小就对神秘的西藏充满向往，一直想要寻找机会来西藏""我一直非常向往神秘的西藏，向往青藏高原的大好河山和风土人情"。也有受访者谈到，有多方面的原因促使他参与援藏，但最重要的是：他一直以来都希望自己的孩子拥有勇敢、责任、荣誉等品质，所以想以自己这次西藏之行给孩子树立一个人生前进的方向，让孩子明白自己在与他一起努力和进步。

第二，源于理想志向。受访者认为建设祖国边疆，支援国家电网公司"三区三州"电网建设意义非凡，是义不容辞的责任义务，非常愿意为西藏电网建设做出一份力所能及的贡献。有受访者关注到那曲巴青县还有近一半的人口没有通上电，觉得为他们建设电网，让他们用上国家电网的放心电，是一件非常光荣且有意义的事。

第三，受援藏同事影响。有受访者提到，他来那曲之前就对"三区三州"工程有所了解，身边许多同事援藏回去后，同他分享援藏的经历，他本身对参加西藏电力援建也比较有兴趣，这次有机会，就报名参加了。也有受访者谈到，这几年身边陆续有同事参与援藏工作，听了他们的故事深受感动，看到他们援藏触动很大，觉得特别有意义，非常想参与。

第四，受家人朋友影响。某受访者表示，他参与援藏主要是受父亲的熏陶。他父亲是一名医生，早年也有机会去南疆支援，后因心脏问题未能成行，所以支援西部建设便成了他们家的一个心愿。还有受访者谈到，他来西藏一个非常重要的原因是他外公的鼓励，他外公是一名民主党派人士，2019年国庆前夕，外公收到了全国人大、政协、中央军委颁发的中华人民共和国成立70周年纪念章，这枚纪念章让全家人都非常感动，听说单位有援藏的机会，94岁的外公非常坚定地要他到祖国需要的地方去做贡献。

受访者普遍表示，十分珍惜援藏机会。他们在援藏期间，常常被电网铁军精神所感召，被淳朴藏民所感动。有受访者表示，最让他感动的，是帮扶小组成员及施工人员克服缺氧、寒冷的高原环境以及雨雪天气的恶劣环境，迎难而上，奋勇攻坚，"舍小家、顾大家"的精神，大家一边在微信群里说着相互勉励的话，一边忘我地工作着。也有受访者分享了一个故事，在一次户外开展工作时，同事的车辆陷在雪地里无法动弹，帮扶小组接到求救信息后，第一时间组织人员、车辆开展救援工作，最终大家齐心协力、来回8小时顺利完成救援任务，等回到项目部驻地已是凌晨1点，是团队精神让他们克服一个个艰难险阻，在雪域高原并肩战斗在一起。

统计和分析这份问卷，让我对分析问卷之前或之后接触到的电力援藏人员，有了一个基本认识，我发现，他们都是有情怀、有责任感的人。他们在言行之间流露出来的，是中国电力人的高贵品质。在他们身上，闪耀着国家电网人的忠诚与豪迈之光，构成了央企职工特有的社会责任与使命感。

大陈岛垦荒精神与老西藏精神的零度融合

> 从"浙"到"那"，横跨八千里。在巍巍高原、皑皑雪地上，你用尽全力呼吸，逐光而行。在万家灯火点亮藏区同胞眼睛时，你的名字叫"光明"。

这是第九届"感动台州"评选委员会给获奖人物吕鑫的颁奖词。

吕鑫是谁？他为何要横跨八千里，用万家灯火点亮藏区同胞的眼睛？

其实，吕鑫是国网台州供电公司员工，也是国家电网众多援藏人员中的一位优秀代表。

吴健一度担任浙江电力援藏总指挥，他赴藏前是台州温岭供电公司总经理。和他一起飞越八千里去那曲的，还有吕鑫、马秀林、林俊、林建等一批青年才俊。

吴健（右三）在那曲电网施工现场（国网台州供电公司　供图）

2019 年 12 月 24 日 10 时，随着西藏那曲市双湖县 10 千伏配网项目投运，双湖县纳入了国家电网主网覆盖范围。"以前电时有时无，没电的时候要点蜡烛，现在通上大电网，家里的冰箱、电视都可以用了。"双湖县多玛一村村民罗桑用藏语高兴地说，向国网台州供电公司援藏团队连声道谢。

双湖县城配网项目是台州电力援藏帮扶项目之一，也是浙江电力帮扶西藏那曲深度贫困地区电网建设首个完工、通电的配网项目。双湖县海拔 5000 米，是世界海拔最高的县，常年高寒缺氧，被称为"人类生理极限试验场"。2018 年 10 月 15 日，国网台州供电公司吕鑫等人组成的援藏帮扶小组进入双湖。

吕鑫和他的几位伙伴，带去的是工作技术与经验，以及电网建设所需的基建物资。这当然十分重要，没有这些经验与物资的支持，援藏就无从谈起。

但同样重要的，是台州电力的员工，将大陈岛垦荒精神带到了西藏。

在吕鑫看来，他们带去的大陈岛垦荒精神与老西藏精神，在八千里外的对视，因为他们的入藏，实现了零距离融合。

我们不妨来对比一下。

1955年2月13日，大陈岛解放。当时的大陈岛，荒无人烟，满目疮痍。团中央发出"建设伟大祖国的大陈岛"的号召，1956年1月至1960年4月，前后共有5批467名来自温州、台州的青年志愿垦荒队员响应号召，陆续上岛安家落户，参与大陈岛垦荒建设，用青春和汗水孕育了"艰苦创业、奋发图强、无私奉献、开拓创新"的大陈岛垦荒精神。

1950年，以中国人民解放军第十八军为主力的人民军队，为解放深受封建农奴制压迫的百万农奴，拉开了进军西藏的帷幕。在进军途中以及之后劈山修路、开荒生产、平叛和民主改革、自卫反击战、建设新西藏的岁月里，十八军进藏部队的军人和老一代进藏工作过的人们，展现了艰苦奋斗、吃苦耐劳、无私奉献的优秀品德。老西藏精神得以在革命斗争的锤炼中产生，并具有了"爱国主义、自力更生、吃苦耐劳、边疆为家"等基本内涵。1990年7月22日，时任中共中央总书记、中央军委主席江泽民考察西藏期间，在听取各方面的汇报后，提出了发扬老西藏精神的号召，这就是后来形成的"特别能吃苦、特别能战斗、特别能忍耐、特别能团结、特别能奉献"的老西藏精神。

比较大陈岛垦荒精神与老西藏精神，它们的内涵有许多相似之处。尽管民族不一样，地理条件也迥然不同，一个是高原，一个是海岛，但这两片土地上产生的精神特质，却高度相似，这是由奋斗者的精神铸造的，有钢铁般的意志和毅力，有这种精神的民族，做任何事情，都无坚不摧，都有必胜的信念，而且最终都会取得成功。汉藏两个民族的精神一旦融合在一起，就能迸发出无穷的力量。

吕鑫（左二）走访藏民家庭（国网台州供电公司　供图）

吕鑫和他的同伴用两年援藏时间，见证了大陈岛垦荒精神与老西藏精神在雪域大地上的融合。

"刚到时，双湖县供电有限公司除了一张营业执照，'人、财、物'几乎为零。双湖县城仅靠一个装机容量为13兆瓦的光伏发电站发电，用电要看'天的脸色'。"面对从未遇到过的困境，吕鑫和其他队员们一边帮助双湖供电公司建章立制，开展标准化建设，一边积极提前介入主配网项目管理，争取电网尽早进入。

然而，一个双湖县比浙江一个省的面积还大，滑坡、停电、停水、车掉雪坑等突发情况司空见惯。为了熟悉地形地貌，尽快了解线路路径和准确的工程量，队员们白天跑施工现场，晚上回来整理资料、处理系统，跑遍了双湖各个乡镇。从工程招标、物资调配，到施工现场管理、审计结算，他们要把好每一道关。

在双湖，无论什么季节都是寒风扑面，稍微动弹就会气喘吁吁。缺氧、干燥、寒冷，让来自温暖湿润、氧气充足的南方城市的台州电力人备受头痛、厌食、失眠的困扰。

在措折罗玛，他们沿着设计线路走了 100 多公里，只为查勘现场。时间太紧，他们就从假期里挤。"十一"假期，吕鑫原本打算回台州跟家人团聚。但考虑到 11 月的双湖太冷，无法施工，为了保证施工进度，他选择留在双湖。

尽管身体和心理上都需要承受难以想象的痛苦，但队员们吃到藏族阿妈们送来的酥油茶和青稞饼时，感慨万千，只觉得不虚此行。马秀林说："虽然语言不通，但一碗碗酥油茶、一盘盘青稞饼，饱含着藏族同胞的热情好客和对通电的期待欣喜。我们总算不负所托。"

"藏区的饮食完全吃不惯，我们买了很多箱方便面，结果发现因为气压太低，水根本不煮不开，要吃上一口面条，还得买只高压锅来帮忙。"吕鑫回想起刚进双湖县遭遇的种种，印象深刻。"面对恶劣的自然环境，我一度怀疑自己能否挺过来。但我始终没有忘记和同事们过来双湖县的职责和重任，我们互相照顾和鼓励，一定要尽快适应过来，尽早将工作提上日程。"

双湖县成功通电的时间，要比浙江省电力公司原来的工作安排足足提前了半年，原本，台州援藏帮扶小组最早于 2020 年 4 月 15 日就可以返回台州了。小组成员们盼这一天盼了很久。

"说实话，想家都想疯了。为赶工程进度，一年没能回几次家。"说到家事，吕鑫眼中有泪。"父母年纪大了，身体一直不好，我来援藏的时候，女儿才 3 岁，照顾老人和小孩的重担都落在我老婆的肩上。她一直给我打气，说家里的事情她会料理好，让我一定要全力以赴，完成上级委托的任务，做好电力人的工作。"

除了吕鑫，其他几名成员也都是有家难回，默默把对家乡和亲人的思念埋在内心最深处。马秀林想家了，就写几首诗歌倾诉相思，这个坚强的男人，眼角经常会有思乡的泪花。林晓钢白天忙忙碌碌、雷厉风行，晚上则通过视频给远在几千里之外的孩子检查作业，耐心地给孩子解题。陈誉升是成员中年纪最小的"90后"，来援藏时，孩子才8个月大，他把对家人的想念都化作全力完成电力援藏工作的动力："既然离家来走一遭，不能让家人的等待成为失望。"

然而，眼看着能够回家的日子越来越近，但因为那曲地区"三区三州"工作任务尚未完成，国网台州供电公司动员援藏人员延期三个月回家。经过深思熟虑，台州援藏帮扶小组自愿延期到7月份。"我们商量了下，我们光把工程做好还不够，还要帮助双湖公司运转起来，常言道，授人以鱼不如授人以渔嘛！"

这首《电是希望》的作者是吕鑫，这是我没有想到的。我想，是不是雪域高原这片神奇的土地容易出诗人。我不是诗人，也非诗评家，诗写得好不好我无法评判，但我从诗行之间，看到了一位援藏人员从内心溢出的真情，还有对藏地的热爱，对职业的自豪：

> 十一万平方公里遥望，
> 牦牛成群，羚羊对角，野驴相向，
> 百十人烟，千里草地，万里空旷，
> 神山矗立，圣湖宽广，扎西卓玛盼电亮！
> 路在前方，电是希望！
> 快看：杆塔立，导线放，变电所里赶工忙。
> 静待：电视开，灯初亮，千家万户跳锅庄。

他把垦荒精神带到了"天下第一道班"

"年轻有无限的可能，希望自己能把台州电网的管理经验传播到那曲，把台州的大陈岛垦荒精神带到世界屋脊。"——林俊

国网台州市椒江区供电公司党建部的曹琼蕾把林俊及一同援藏的同事的照片发给我时，我看着其中一张愣了足足有一分钟。一位戴着近视眼镜的年轻人坐在电脑前正在工作，他头戴一顶"老头帽"，在江南，很难想象，一个年轻人会戴这样一顶虽保暖，但款式不那么受年轻人喜欢的"老头帽"。更令我吃惊的是他在吸氧。这位边吸氧边工作的年轻人，正是国网玉环市供电公司援藏专家林建。他所处的地方是藏北那曲。那曲平均海拔5200米，这

林建边吸氧边工作（玉环供电公司　供图）

片苦寒之地终年被冰雪所覆盖，年平均气温零下 6℃，长冬无夏。和林建一样，第一次到那曲工作的南方员工，大多会经历严重缺氧引起的高原反应。林俊说，他也不例外。

海拔 5231 米的西藏那曲唐古拉山口，是青藏公路的最高点，这里驻扎着青藏公路 109 养护点，有"天下第一道班"之称。44 名道班工人常驻于此，日夜守护着青藏公路海拔最高路段的畅通和安全。由于地处偏僻，不在周边乡镇电网的供电范围内，道班一直靠着时断时续的光伏和发电机解决日常用电问题，用上可靠的大网电成了道班工人最大的心愿。

林俊和他同事的到来，让他们看到了希望。

然而，超乎林俊意料的高原反应，给了他一个下马威。

气喘、乏力、拉肚子、流鼻血……尽管到那曲已经有 1 个多月了，但剧烈的高反依然时刻折磨着林俊。林俊回忆："那时好难受，感觉脑子要裂开一样。"他用生理上的切身感受，体会到一句西藏谚语，"远在阿里，苦在那曲"。那段时间的高反，林俊和林建有同样的感受。

那曲被称为生命禁区。初到那曲，林俊还是被所处的环境震惊了。"一个那曲就有四个浙江省那么大，但人口只有 50 万。在这里，你一眼望去，甚至看不到一个人。这里是全国唯一一个没有树的城市。"

在林俊看来，"修在天上的道路"，指的就是那曲段的青藏公路。这里平均气温零下 8℃，一年中约有 120 天刮 8 级以上大风。受自然条件限制，养护点只能靠燃油、光伏等发电，难以有效保证道班工作区、生活区的用电。为此，当地投入 300 余万元，计划架设一条 10 千伏的供电线路，连接大电网。林俊来到那曲的第一个任务就是和伙伴们一起修建这条众人期盼的供电线路。

那曲电力公司的员工看着被高反折磨得面无血色的林俊，建议他离开那曲回浙江："实在熬不住，就回浙江吧！"

"不行，来都来了，事情都还没办好，怎么能灰溜溜地回去？"吸着氧，林俊打起精神说。其实，这次援藏，和林俊同行的十余名浙江电力援藏人员基本都没能逃过高原反应。海拔五千多米的高原地带，气候恶劣，空气中的含氧量仅为海平面的45%，是当之无愧的"生命禁区"。

林俊选择随队前往，三分基于对神秘藏地雄奇风光的向往，七分则是因从"援藏前辈"口中了解到的状况。"援藏回来的前辈们时常说起，藏地电力公司缺乏管理经验，这成了电力工程高效推进的绊脚石。碰巧我就是一直从事生产安全和工程管理这块工作的，觉得用得上自己，就跟来了。"

然而10月份一到那曲，林俊就傻了眼。当时的台州还有夏季的余威，虽已到秋季，但气温还高得只需要穿一件短袖即可。那曲却早已是冰天雪地，零下十几度是那曲的日常。而随后出现的高反让林俊感觉呼吸都要停滞了，脑子嗡嗡响，好像时不时被重拳击打。因为太干燥，林俊鼻孔里全是血块，全身像被抽干了力气，一点劲都使不上来。加上那曲的饮食以辛辣为主，在台州吃惯了海鲜的林俊几乎天天都在拉肚子。意识到这样的状态无法投入工作，林俊就逼着自己尽快适应新环境，经常是一边抱着氧气瓶吸氧，一边看工程图熟悉工作内容。

林俊坦言，在乏力难受甚至想放弃的时候，自己就会给家人打个电话，听着亲人的声音，林俊又能振作起来。他后来对采访他的记者说："台州人的硬气支撑着我，想想大陈岛垦荒精神，能把废墟变宝岛，我眼前这点困难，又算得上什么呢？""要说苦不苦，确实苦，但这是我们的工作，再苦也要做好。和当年修路牺牲的英雄和常年坚守的道班护路人比，我们吃的苦只能算是沧海一粟。"

施工点和休息区相距五六个小时车程，为了节省时间，保证工程进度，林俊和伙伴们常常是清晨5点吃饱早饭出发，直到第二天凌晨2点才回来休息。在两个月不到的时间里，他们新立了电线杆128根。

在那曲，林俊与"道班人"朝夕相处，见过他们的辛苦，也被他们的坚守和韧劲感动。他说，这里的冬天室外温度能降到零下47℃，短短20分钟就能让一个人失温。拼命赶工期就是为了让这些驻守"天路"的英雄在过冬前有电供暖，在工作中、生活上，尽可能少吃一点苦。

2021年11月中旬，工程项目具备了验收和投运条件，"天下第一道班"的工作和生活用电终于和大电网联通了。

才旺伦珠是林俊在那曲认下的一个徒弟。才旺伦珠亲切地喊林俊"哥"，经常邀请他去自家做客。在109道班养护点供电线路建设中，师徒两人曾共同进退，一起抗过风雪，一起面对困难，一起分享喜悦，结下了亦师亦友的深厚情谊。

林俊（右一）和同事们克难攻坚，完成世界最高海拔的道路养护站"天下第一道班"的通电工程
（国网台州市椒江区供电公司　供图）

施工现场出现突发情况，对于林俊来说，属于家常便饭。才旺伦珠忘不了，有一次，暴雪封路，如果95导线送不进来，整个工地都要停工。"我以为接洽好物资就可以了，却没想过物资进不来的时候该怎么办，急得不得了。"当才旺伦珠把这个情况告知林俊时，林俊一边稳定他的情绪，一边在脑海中构想出几套备用方案，并致电专业人员，确定可行的方案后，调度施工队推进施工，顺利解决了问题。

年轻的才旺伦珠现在已经是那曲供电公司的一名配电网项目经理了，但每次遇到工作上的问题，他还是会打电话咨询林俊，寻求帮助。才旺伦珠说："现在我要向他学习的东西更多了，因为林俊哥以前也是做项目的，我有什么问题他都能指导我。"

汉藏一家，但在实际工作中要做到这一点，其实并不容易。需要在一点一滴的日常里，获得藏民的信任。

除了正常的电网建设，林俊注意到，那曲当地居民与外界联系不多，农牧民更是缺乏相关的电力知识。同样，当地的孩子们也对用电安全常识知之甚少。于是，林俊特地和同事们一起，冒着风雪沿着冰雪覆盖的道路，驱车近4个小时，到达当地的小学——色雄乡完全小学，开展"爱心暖雪域电力光明行"捐赠活动，以漫画、问答互动、案例分析等方式，为孩子们讲授用电安全知识。

在远赴那曲前，林俊在工作日志上写下"年轻有无限可能，要把大陈岛的垦荒精神带到世界屋脊"。从东海之滨启程赴雪域高原，林俊与自己的伙伴们，在那曲，践行着艰苦奋斗的大陈岛垦荒精神。林俊笑着告诉采访他的记者："在羌塘草原上架电杆，跟老前辈们在大陈岛上架电杆，一模一样。我们现在就走在新的垦荒路上，续写未来。"

在那曲工作的经历给予林俊的，不仅是生理上难忘的体验，更有灵魂的洗礼、精神的重生。

林俊在"爱心暖雪域电力光明行"捐赠活动中，为藏族小学生宣讲电力安全知识

（国网台州市椒江区供电公司　供图）

林俊结束援藏工作回到椒江后，国网台州供电公司收到国网西藏电力有限公司那曲供电公司发来的感谢信，感谢信中对台州供电公司对那曲电网建设给予的大力支持和辛勤付出表示真挚感谢，并对林俊同志为期 1 年半的援藏帮扶工作给予了高度肯定。

2022 年底，台州市委宣传部、市文明办推出的"台州好人榜"2022 年第四季度名单揭晓，林俊榜上有名。

让西藏的每一个角落都有电的光亮

我先后两次进藏。第二次进藏时，我与西藏电力公司从事党建和企业文化的几位朋友有过一次交流，他们分别是冷丽、王芳、秦宁。三位都是年轻人，且都是"藏二代"。他们的父辈从其他地区来到西藏，建设西藏，在这片土地上娶妻生子，成为西藏的一份子。

我抵达拉萨的当天晚上，王芳开上车子，拉着我到了布达拉宫广场，这时，天色刚暗下来，布达拉宫的灯光亮起来，一霎时，有一种光芒万丈、金碧辉煌的感觉。虽然是第二次看到如此壮丽的夜景，我还是被震撼到了。王芳说，现在可不用担心电不够用了。从她的语气里，我能感受到她对西藏实现用电自由的欣慰与自豪。

我们在布达拉宫附近的一家藏民饭店用藏餐。令我有点意外的是冷丽喊上了一位浙江电力援藏人员李志，他的工作地就在拉萨。在四千公里以外见到同事，自然特别亲切。用餐期间，我们的话题基本上都围绕着援藏，以及西藏的电力史。其时，我正在写作《能源工业革命》一书，需要了解西藏电力工业发展的一些情况。

于是，冷丽给我讲了李万智的故事。

从小生活在青藏公路五道梁的李万智，儿时最深刻的记忆是一家人围着昏暗油灯各自忙碌的场景，"用上明亮的电灯"成了他那时最大的心愿。怀揣着这个心愿，1993 年，李万智进入西藏农牧学院电气专业学习。毕业后，李万智选择了留在西藏，投身电力建设事业。

入职后，早期工作经历中，最让李万智刻骨铭心的，是 2006 年验收阿里昆莎机场线路时的亲身经历。"在海拔 5211 米的马攸木拉垭口，我们一行四人遇到了暴风雪。"李万智回忆，当时风雪很大，路上没有手机信号，他们采取多种自救措施都以失败告终。在等待救援的三天四夜里，李万智第一次感受到死亡临近的恐惧。项目验收成功后，5.2 万户、24 万多人用上了电。当地百姓手捧洁白的哈达，端着青稞酒，载歌载舞迎接光明，这一幕让李万智热泪盈眶。有人问他，如果再遇到这样的事情会怎么做，李万智回答："太值得了！如果让我再次选择，我还是会这么做。"

可以说，李万智亲眼见证了雪域高原一点一点"亮"起来的过程，从最初的城网改造，到藏中联网，再到阿里联网……2020 年 12 月 4 日，阿里与藏中电网联网工程正式投运，结束了西藏阿里电网长期孤网运行的历史，西藏由此迈入了主电网覆盖全区 7 地市、74 县（区）的统一电网新时代，李万智也实现了"让西藏的每一个角落都有电的光亮"这一梦想。

在获得"全国优秀共产党员"荣誉称号后，李万智再次被委以重任，担任国网那曲供电公司总经理。在新的岗位上，李万智有了更大的梦想："我会用实际行动践行共产党员的初心和使命，让羌塘草原的群众实现从'用上电'到'用好电'！"

冷丽说，那曲是浙江电力对口支援地区。经过大家多年的合作与努力，特别是浙江电力援藏人员的辛苦付出，李万智"让羌塘草原的群众实现从'用上电'到'用好电'"的愿望已经实现。冷丽说："下午我刚跟李总通了电话，李总要我以合适的方式，向所有曾经在那曲工作的浙江电力人表示感谢。"冷丽和我认识多年，读过我的《源动力》。她说："听说你正在写一本新书，而且会写到西藏电力的历史与现实，你用文字记录下来的，都是西藏电网发展过程中弥足珍贵的见证，我们会永远牢记这段电力援藏历史。"

秦宁也给我讲了一些故事，让我从另一个侧面了解藏民用电的变化。秦宁说，他认识一个日喀则市南木林县的村民叫强巴。强巴对于过去捡牛粪当燃料的日子记忆犹新。每天天微亮，村民就出发上山寻找牛粪，有时还会因为牛粪而争吵，而现在村民只在冬天取暖时才会烧些牛粪。

对于从小生活在江南的我来说，无论如何也想不到，小小牛粪甚至一度是财富的象征。拉萨市尼木县村民仁青就跟秦宁说过，过去谁家墙上糊的牛粪多、谁家牛粪饼多，就代表着谁家牛多，也就意味着谁家有钱。

而如今，随着电力普及，电器数量和质量成为村民富裕程度的新标识之一。秦宁在山南市加查县松嘎家，看到窗明几净的房子里，冰柜、电暖气一应俱全。

松嘎对他说，小时候家里买肉都不敢买多了，够吃一两天就行，买多了无法保鲜。现在牛羊肉放冰柜里，随时都能吃上。而随着用能清洁化，生态环境也得到了更好的保护。松嘎高兴地告诉秦宁："现在捡牛粪的少了，牛粪成了草木生长的肥料，森林草场生长茂盛，野生动物明显增加了。"

浙江电力援藏人员李志在杭州时，曾经与我在同一座大楼办公，但平时不怎么走动，这次在拉萨见面，距离一下就拉近了，显得格外亲切。小李告诉我，他在拉萨工作期间，最大的感受，就是能体会到那种老西藏精神。这与西藏的地理环境有关系，艰苦的环境磨炼出了藏民坚韧的意志与面对困难时的毅力和无畏。

冷丽由衷感叹，这一切，都得益于西藏电网融入国家电网这个大家庭，更要感谢国网援藏人员多年的帮助。她特别提到，浙江电力对口支援的那曲是西藏自然条件相对恶劣的地区，但他们几乎重建了整个那曲电网，使得那曲电网网架质量有了质的提高，供电能力更是得到数倍提升。

从我们用餐的屋顶平台，可眺望布达拉宫。冷丽说，布达拉宫对面，有一座山，不高，但可隔河眺布宫，视角特别美，特别是晚上，灯光辉映之下，布宫简直就像天上宫阙。

我说，万物皆有光，西藏是离太阳最近的地方，所以，西藏更应该有光。

在西藏期间，我还听说了国网台州供电公司的"小小电工·点亮未来"公益活动项目。我好奇这事怎么会跟西藏联系在一起，查阅了资料才明白，原来，"小小电工·点亮未来"公益活动项目原本主要的服务对象是台州市全体中、小学生。通过帮助他们提升科学思维素养、掌握安全用电技能、树立正确职业观，最终达到"教育一个孩子，影响一个家庭，促成一个政策，带动整个社会"的效果。这个项目从2017年启动，如今已先后成立18支志愿队伍，吸纳近400名优秀志愿者，开展活动逾200次，服务时长达到540小时，在全市建立了13家"小小电工实践基地"。同时，公益团队还在西藏

国网台州供电公司在西藏那曲浙江中学成立"小小电工实践基地"（国网台州供电公司　供图）

那曲浙江中学创建首个省外实践基地，受益人数达到 1 万余人。该项目曾获 2022 年浙江省青年志愿服务项目大赛银奖、台州市首届新时代文明实践志愿服务项目大赛金奖，项目开展情况还引起中央电视台关注，先后两次被报道。

　　在写作本书期间，我重新打开了当时临时建的微信群，我在群里说，我正在写一部关于大陈岛电力垦荒史的书，我想听听你们的意见，大陈岛电力垦荒精神与老西藏精神，是不是有内在的联系？两个精神远隔八千里，是不是可以相通相融？沉寂数年的微信群又活跃起来，他们都表示，大陈岛垦荒精神与老西藏精神虽然隔着遥远的时空距离，但也可以把距离缩短为零。王芳说："山海不分家，西藏与大陈岛尽管相隔八千里，但它们的精神内核，是难以令人置信的一致，所以，它们的对视，是没有距离的。"

　　我在群里发了一首词《江城子·羌塘高原好风光》，作者马秀林是台州电力援藏人员，曾在那曲工作 654 天。他在那曲期间，写下不少以援藏为主题的诗词，这是其中一首，写的恰好是李万智心里牵挂的羌塘：

　　羌塘高原好风光，圣湖蓝，雪山靓。牦牛成群，白云逐羚羊。变电施工难尽望，工期紧，银线长。

　　风裹黄沙鬓满霜，风雪扬，又何妨？万米高原，电力男儿强。待到双湖通电日，华灯亮，舞锅庄。

秦宁留言：江南多才子啊。

我回复他：非也。电力援藏是一部繁花盛开的时代史诗，身处其间，随手采一朵，自成诗。

第八章

江厦的潮汐大陈的风

潮汐发电是水力发电的一种，其利用高低潮位之间的落差推动水轮机旋转，带动发电机发电。潮汐发电虽然尚未被广泛使用，但潮汐发电对于未来的电力供应有很好的潜力。此外，它比风能、太阳能都更容易预测。从可再生能源发展的角度来看，潮汐能在可再生能源家族中，地位特殊，属于长期可持续的稀有且稳定的能量。

在欧洲，利用潮汐能推动石磨的历史已经有上千年，主要用于研磨谷物。

1961年，法国在英吉利海峡沿岸的朗斯河河口，靠近圣马诺城建了一座潮汐发电站。这是世界上最早建成的潮汐发电站之一，也曾是世界上最大的潮汐发电站。这里的潮差平均为10.9米，最大可达13.5米。水库坝长350米，涨潮时水库的水面能延伸到20公里宽。电站坝内安装有直径为5.35米的可逆水轮机24台，每台功率1万千瓦，发电量达24万千瓦，每年可供电5300万度。

中国从20世纪80年代开始，在沿海各地区陆续兴建了一批中小型潮汐发电站并投入运行发电。其中最大的潮汐电站是1980年5月建成的浙江省温岭市江厦潮汐试验电站，它也是世界已建成的较大双向潮汐电站之一。

台州的可再生能源不止潮汐能，还有风能。

风是一种潜力很大的新能源，18世纪初，横扫英法两国的一次狂暴大风，摧毁了400座风力磨坊、800座房屋、100座教堂、400多条帆船，并有数千人受到伤害，25 万株大树被连根拔起。仅就拔树一事而论，风在数秒钟内就达到 1000 万马力（即 750 万千瓦）的功率。有人估计过，地球上可用来发电的风力资源约有 100 亿千瓦，全世界每年燃烧煤所获得的能量，只有风力在一年内所提供能量的 1/3。因此，国内外都很重视利用风力来发电。

通俗地讲，风力发电就是将风能转换成机械能，再将机械能转换为电能，其基本原理是通过风力推动叶轮旋转，再通过传动系统增速使发电机达到转速，驱动发电机发电。

最早将风电机组发出的电力与电网并网的，是美国人。1941 年，世界首个兆瓦级风电机组在美国佛蒙特州被发明，并接入当地电网，机组重约 240 吨，其叶片长约 75 英寸。此后有长达 40 年的时间，风力发电的研究与实用处于发展相对缓慢阶段。直到 1980 年，由 20 台风电机组组成的世界首个风电场才在美国建成。

1979 年上半年，美国在北卡罗来纳州的蓝岭山，建成了一架当时世界上最大的发电用风车。这架风车有十层楼高，风车钢叶片的直径长达 60 米。叶片安装在一个塔型建筑物上，因此风车可自由转动并从任何一个方向获得电力。风力时速在 38 公里以上时，发电功率可达 2000 千瓦。遗憾的是，由于这个丘陵地区的平均风力时速只有 29 公里，风车不能全负荷转动。但是，即使如此，据估算，只要全年有一半时间处于运转状态，它就能够满足北卡罗来纳州 7 个县 1% 到 2% 的用电需要。

中国的第一个风电场在山东荣成。那是 1986 年，荣成马兰风电场正式并网发电，这个风电场的建成投运成为中国风电史上的里程碑。

然而，比马兰风电场更早建成风力发电机的，是台州大陈岛。1983 年，由浙江一家本土电力设备企业制造的一台风力发电机在大陈岛安装成功，并开始运行。它是一台孤独的风机，并且没有电网可供接入，所以，它也无法形成真正意义上的风电场。因此，它在海岛上孤独地旋转了若干年以后，鸣金收兵。但它却是中国利用可再生能源的一次试验与突围，并且引起欧洲共同体的关注。而在我看来，这台孤独的风机，与美国在北卡罗来纳州蓝岭山建成的那台巨大的风机，有诸多相似之处，它们都是独立运行，一个是在陆地山上，一个是在海岛山上。它们唯一的区别，是容量的大小。但这个区别并不妨碍大陈岛对风电的探索，并且在不久之后大陈岛就出现了一个规模不小的风电场。

中国潮汐电站的一粒火种

我之所以要用专节来写温岭江厦潮汐电站，主要基于两个理由，其一，潮汐能和风能、光能等一样，都属于可再生能源；其次，江厦潮汐试验电站地处台州温岭，建成时其规模居中国第一、世界第三。我们讲中国的可再生能源，江厦是一个绕不开的话题。它不仅丰富了台州境内的可再生能源资源，并且创造了一个有世界影响的中国纪录。

浙江拥有漫长的海岸线，且海岸曲折，港湾众多，潮汐能源非常丰富。中国近海99个主要水道的潮流能资源理论装机容量为833万千瓦。其中，浙江省近海潮流资源最为丰富，约为519万千瓦，占全国潮流能资源总量的50%以上。

从20世纪50年代开始，浙江人就以敢为天下先的闯劲，在台州临海汛桥、温岭沙山、玉环海山，宁波象山鹤浦，温州洞头北沙港等地兴建单（双）库、单（双）向小型潮汐发电站。但大多因规模偏小、设备简陋、技术落后、亏损过大，运行三五年后即停止发电，水库也改为经营养殖业或供围垦。而于1972年开始建设的温岭县江厦潮汐试验电站，可谓一枝独秀。电站于1980年5月首台机组发电，至1985年5台机组全部投产，装机总容量3200千瓦，规模居中国第一、世界第三，仅次于法国朗斯潮汐电站、加拿大安纳波利斯潮汐电站。

江厦潮汐试验电站位于温岭市西南角的江厦港，多年以前，我曾专程赶赴江厦港，观察这座略显神秘的潮汐电站。我发现，此处水域宽阔，海水入口狭窄，从所知数据来看，这里最大潮差可达 8.32 米，平均潮差 5.08 米，而且海水含沙量小，具有良好的建设潮汐电站的地形特征和潮汐特性。

1972 年 3 月，国家计划委员会根据乐清湾地区常规能源缺乏而潮汐能源丰富，以及当地急需电力能源开发的现实情况，把江厦潮汐电站列入科学技术发展计划，并列为国家重要科学研究项目。其研究重点包括潮汐能特点的研究、潮汐机组的研制、海工建筑物的技术问题、潮汐能综合利用等。后来，又增加了设备防腐防污和水库泥沙淤积处理两项，以及微机用于潮汐预报、水库的优化调度等试验研究，为今后更大规模开发潮汐能源积累经验。

国家用于该电站建设的投资为 1278.7 万元，工程分二期建设。现在回过头来看，在 20 世纪 70 年代，能投入如此规模的资金来建设一座潮汐电站，还是非常有魄力的。可见，当时无论是国家还是地方，对可再生能源的研究与开发，不仅起点高，而且投入大。

1973 年 2 月，中共温岭县委组建江厦潮汐电站工程指挥部，同时接收由原温岭县温西区温峤、马公、桐山、江厦、琛山等人民公社联建的、以围垦海涂开发耕地为目的的"七一"围塘工程坝和排涝闸，并根据单个水库、双向发电的要求重新设计，以电站土建、试验机组、选取公用机电设备为主要内容的一期工程和相应的科研项目相继展开。

但建设过程也遭遇了挫折。建成后的大坝全长 670 米，坝顶高程 5.6 米。在第二年 8 月 8 日，由于全年最大的天文潮遇上 13 号强台风，出现海拔 4.97 米的历史最高潮位，心墙漏水扩大，致使大坝决堤 100 米，冲走土石方 5 万立方米，直到 1975 年 4 月才得以修复。

江厦潮汐试验电站的试验性质，在整个工程建设期间，以及工程建成以后，都有明显的体现。比如电站共安装 5 台双向灯泡贯流式机组，装机总容量 3200 千瓦，1 号和 2 号机组由天津电气传动设计研究所设计、浙江金华水轮机厂制造，水轮机与发电机之间用行星齿轮增速器连接。3 号至 5 号机组的设计、制造、安装均由浙江富春江水电设备总厂承担，水轮机与发电机为刚性直联。这两种机型均能满足电站双向发电需要，填补了中国潮汐发电机研制的空白，并采用了以防腐、防污涂料为主，外加电流阴极保护和电解海水为辅的方法，解决了机组设备被海水腐蚀和海生物附着的难题。

1983 年 5 月，国家科委将该电站二期发电工程列为"六五"计划期间的科技攻关项目，浙江省科委、省电力工业局、省机械厅以及江厦潮汐试验电站于当年 11 月共同组建科技攻关领导小组，重点是研究潮汐能源特点。1985 年 12 月，5 台机组全部建成并网发电，为潮汐电站运行调度和潮汐电站在电力系统中的应用积累了可贵经验。该电站的二期发电工程被国家计委、国家经委、财政部、水利电力部授予科技攻关项目成果奖。单从发电效益看，也是相当令人欣喜的，从投产至 2018 年底，累计发电量 21781 万千瓦时，节约 7.144 万吨标准煤，同时减少 5.924 万吨碳粉尘、21.716 万吨二氧化碳、0.653 万吨二氧化硫、0.327 万吨氮氧化物等污染排放。

当然，江厦潮汐电站的建设，更大程度上是通过研究与试验，积累正反两方面的经验教训。从教训方面来看，由于该潮汐电站尚处在试验阶段，装机容量远未达到商业化运行的起始规模，更未达到合理装机规模，其试验意义远远大于生产价值，试验阶段的经营亏损是可以理解的。

而需要引以为鉴的是，由于建站初期重试验、重建设、重发电，未更多地考虑到建站本身的综合效益，因而分享不到建站以后，围垦种植和海涂养殖所带来的足以填补经营亏损的巨额效益。此外，该电站水头损失较大，主要原因是所选的港湾过水宽度不够，产生部分水头机组无法借以发电的状况，

江厦潮汐发电站曾经是世界第三大潮汐能发电站，也是我国最大的潮汐发电站
（国网台州供电公司　供图）

因而今后潮汐电站的站址，应该选择进水口小、水域面大的港湾。潮汐电站不像河川电站那样，水量不用可储存在水库里，潮起潮落，潮汐能不用即失，因而必须提高机组可利用率，即便停机检修，也应缩短检修时间，避免影响电站的发电量。

不过，江厦潮汐试验电站建设的正面意义显然要远大于教训。

江厦潮汐电站不仅在装机容量上位居世界第三、中国第一，更重要的是它展现了中国开发潮汐电站的广阔前景。千千瓦级江厦潮汐电站的试验成功，为中国后续万千瓦级潮汐电站的建设提供了丰富的经验和宝贵的教训。

江厦潮汐试验电站作为潮汐能开发利用的国家级试验项目，至2000年止，是全国唯一正常运行的潮汐发电站。该电站的建设和试验，不仅成功解决了潮汐电站建设的重大技术问题，同时为中国开发大型潮汐电站积累了大量技术和管理资料。该电站被评为国家"六五"科技攻关先进单位也充分说明了这一点。

江厦潮汐试验电站除了发电功能外，在库区为当地乡镇围垦滩涂373万平方米，经排盐、培土，改造成可耕地 313 万平方米，种植水稻、棉花、油菜，或建成果园，种植柑橘、文旦等水果，既缓解了沿海农民的缺粮问题，又提高了当地的经济效益，仅种植一项，年创利就超过 1000 万元。还提供了 1.37 万平方米的海产品养殖区域，利用水库及海涂来养殖对虾、青蟹、花蚶、鲈鱼、牡蛎，年创利 1500 万元以上，使相关地区成为当地农民致富的风水宝地。

潮汐电站与河川电站相比，不存在水库淹没大量农田的麻烦，也不用解决大批移民问题，因而也深受当地农民欢迎。建设潮汐电站涉及的科学技术复杂，虽然造价为河川电站的 2 倍多，但是一旦建成，借大自然潮涨潮落的特殊规律，其资源即取之不尽，用之不竭，不必像河川电站那样受丰水期、枯水期的制约而"靠天吃饭"，因此发展前景广阔。浙江省河川资源已基本开发，但海岸漫长的潮汐资源尚有巨大的开发空间。钱江潮名闻天下，经过试验与考察，浙江具有规模开发潮汐电站的实践经验和地理优势。

与风能和水能相比，潮汐能发电具有相对稳定可靠的优势。潮汐电站不受环境、天气和水文等自然因素的影响，也没有丰枯水期的限制，因此全年总发电量更加稳定。此外，由于海底潮汐流速相对平稳，可以更好地保障电网的正常运行。它不占用农田、不污染环境，在清洁能源大家族中，占比尚小，但发展潜力巨大。

放眼全球，潮汐能是海洋能中技术最成熟和利用规模最大的一种，潮汐发电在国外发展很快。欧洲拥有漫长的海岸线，因而有大量、稳定、廉价的潮汐资源，在开发利用潮汐方面一直走在世界前列。法、英等国在潮汐发电的研究与开发领域保持领先优势。全球在建的潮汐流和波浪项目有 55% 在欧洲。欧盟发布的海上能源战略中，除了大力开发海上风电，还纳入了潮汐能、波浪能等其他形式的海洋能源。欧盟认为，相较于风能和太阳能，波浪能和潮汐能发电更加稳定。

自江厦潮汐试验电站建成，中国潮汐电站总装机容量突破了 1 万千瓦。

2022 年 5 月 30 日，全国首座潮光互补智能光伏发电项目在温岭全容量并网发电（徐伟杰　摄）

根据中国海洋能资源区划结果，我国沿海潮汐能可开发的潮汐电站坝址为 424 个，以浙江和福建沿海数量最多。从这个意义上来讲，江厦潮汐试验电站堪称中国潮汐电站的一粒火种。

星星之火，可以燎原。江厦潮汐试验电站的成功，再次证明，在中国，可再生能源的发展，前景无限广阔。

风从海上来

风力发电是指以风轮为媒介，利用风力发电机与控制系统将风能经过机械能转化为电能，达到发电目的，是当前广泛运用的清洁能源发电方式之一。

公元前 3500 年，古埃及人在尼罗河上发明了由风帆驱动的船。

中国应该是最早利用风能的国家之一。公元前，中国人就利用风帆为船舶提供动力，使用风能提水、灌溉、磨面、舂米。

10 世纪，伊斯兰人发明了风车技术，但风车真正在中东地区被普及则在 11 世纪。到了 13 世纪，风车已成为欧洲地区不可缺少的原动机。又过了 5 个世纪，在 18 世纪，风车对北美垦荒的成功实施发挥了重要作用。

1887 年，苏格兰学者詹姆斯·布莱斯在他的度假别墅里，建成了世界上第一台风电机组，用于蓄电池充电和别墅照明。他的房子是世界上第一座由风力发电供电的房子。布莱斯提出用他家剩余的电力给村里的主要街道照明，但遭到居民们的拒绝，因为当时电力是新生事物，他们认为这是"魔鬼的勾当"。然而，在风电史上，这是一个重要的事件，它标志着人类开始应用风力发电技术。

1891 年，丹麦气象学家保罗·拉·库尔向前更进了一步，他引入空气学原理，设计建造了世界上第一台现代意义上的风力发电机。

20 世纪初，多个国家开始进行风力发电的尝试。20 世纪 30 年代，丹麦、瑞典、苏联和美国应用航空工业的旋翼技术，成功地研制了一些小型风力发电装置。这种小型风力发电机，在多风的海岛和偏僻的乡村广泛使用，它的发电成本比小型内燃机的发电成本低得多。不过，当时其发电量较低，大都在 5 千瓦以下。

1958 年，中国第一台风力发电机在吉林白城诞生。这台机器被称作农社式风电机组，从图片上来看，已经具备文物的特质，但是否被保存下来是个未知数。不过，经过几十年的发展，中国已经成为全球最大的风电大国。截至 2023 年 12 月底，全国累计发电装机容量 29.2 亿千瓦，其中，风电装机容量 4.4 亿千瓦，风电发电量占全国发电量的 9%。从数据中可以看出，风电已然成为中国发展迅猛的可再生能源之一。

说到中国风电，就不得不讲到四大陆上风电场。它们分别是新疆达坂城风力发电场、内蒙古辉腾锡勒风电场、浙江临海括苍山风电场、甘肃酒泉千万千瓦级风电基地。这四大陆上风电场，都有可圈可点之处，其中甘肃酒泉千万千瓦级风电基地是目前世界上最大的风力发电基地，是国家继西气东输、西油东输、西电东送和青藏铁路之后，西部大开发的又一标志性工程，被誉为"风电三峡"。

而浙江台州临海括苍山风电场是华东地区规模最大、全国第四大、世界相对海拔最高的风力发电场，总投资逾2亿元，引进丹麦33台600千瓦定桨距风力发电机，总装机容量1.98万千瓦。

括苍山风电场位于浙江东南第一高峰的括苍山米筛浪峰，海拔1382米。该地区年平均风速为6.3米/秒，年有效风速时数为6000小时，风能密度为每平方米312瓦，属国家一类风能区。括苍山风电场有两个亮点，但很容易被忽视，首先是它的出资方，是浙江省电力公司和国网临海市供电公司，以9：1的比例共同出资建设，一家省级电力公司和一家县电力公司合资，这种情况并不多见，因为临海是浙江的县级市，从行业管理角度，国网临海市供电公司属于浙江省电力公司的三级单位，可见，当时这个地处临海的风电场在浙江电力新能源发展的版图中，有其重要地位。其二是设备的国产化。33台机组悉数从丹麦引进，其中16台由浙江方面承担机组安装和塔架制造，近50%的设备由国内企业组装，可以说，在推进风电设备国产化的进程中，括苍山风电场充当了尖兵的角色。

浙江最早的风力发电机研制，可追溯到20世纪70年代。

1971年，浙江省科委下达研制风力发电机的科研任务，并委托华东电力设计院、浙江机械科学研究所、浙江农业大学、浙江省水利水电勘测设计院共同研制独立供电的FD-13型18千瓦风力发电机。该机组为同步电机，在机组设计中，采用三叶片刚性风轮，做上风向布置，以减少塔影效应，减少风轮周期性负载和桨叶的扭矩，使之平稳运行。同时，专门设计制作全桨叶电液变距结构，实现不同风速和不同负载下风力发电机转速恒定。经过研制单位的计算验证和实际大风考验，截短 115 直升机叶片用作风力发电机桨叶，确保其足以在 12 级大风下安全运行。

将退役直升机的螺旋桨叶片用在风力发电机上，虽属无奈，但也算是浙江人的一个创举。

这台 18 千瓦风力发电机，于 1972 年 7 月研制成功，是当时全国最早的大型风力发电机，安装在绍兴县东升人民公社松丝大队所辖的雄鹅峰上，所产电力供附近农村用于照明和碾米等。但是，后因"文革"，加上管理不善，仅断断续续运行 300 小时即停机。直至 1977 年 8 月，经浙江省科委同意，将该机组拆迁至舟山嵊泗，安装在该县菜园镇，与日本产 24 吨电渗析海水淡化装置配套，发电主要用于抽水与照明。但科研试验也同时进行，1981 年至 1982 年 6 月，以单机和并网交替运行方式进行实用性试验，1983 年 3 月，发电机通过技术鉴定并投入使用，标志着我国中型风力发电机组从实验研究走向实际应用。

随后，浙江省开始较大规模的风力发电试验站建设，这其中就包括宁波镇海和椒江大陈岛的千瓦级风力发电试验示范站。

镇海笠山风力发电站是浙江省第一座风力发电试验站，也是联合国开发计划署的援建项目。

不过，随着陆地上经济可开发的风资源越来越少，全球风电场建设已出现从陆地向近海发展的趋势。与陆地风电相比，海上风电风能资源的能量效益比陆地风电场高 20% 至 40%，还具有不占地、风速高、沙尘少、电量大、运行稳定以及粉尘零排放等优势，同时能够减少机组的磨损，延长风力发电机组的使用寿命，适合大规模开发。例如，在浙江沿海安装 1.5 兆瓦风机，每年陆上可发电 1800 至 2000 小时，海上则可以达到 2000 至 2300 小时，海上风电一年能多发电 45 万千瓦时。

大陈岛风电场的建设，就是风电从陆地向近海移动的一个重要转折点。

上大陈岛的风电场源源不断向岛外输送清洁电能（国网台州市椒江区供电公司　供图）

　　大陈岛早期研究风力发电，主要是为了解决岛上柴油发电机组供电不足的问题，也因为大陈岛的环境符合离网小型风电机组建设的要求。

　　当客货轮抵近上大陈岛时，可见起伏的山坡上，布满了风力发电机，细数一下，有 34 台。这也是目前大陈风电站的全部装机。所有风机迎着海风在不同位置上旋转，高低错落，却又排列有序，远远看去，颇为壮观。浙江虽然沿海，但并不是发展风电的最佳地区，在 2023 年全国风力发电量排位中，浙江仅列第 25 位，相反，浙江的火电和光伏发电都进入了全国前十。这显然与浙江所处的地理环境有关。但大陈岛却不同，大陈岛风能资源得天独厚，年平均风速 6.8 米 / 秒，年有效风能时数达 7000 小时。大自然给予这座岛屿的馈赠，终于在"双碳"大背景下，焕发出前所未有的生机与活力。

　　然而，如果我们回顾大陈岛风力发电历史，就会发现，有两座已经消失的风电场在大陈岛的星空熠熠闪光，它们分别是屏风山风电试验场与元宝山风电站。

　　就地理层面而言，大陈岛不过弹丸之地，但其风电试验的适用性，与它的战略位置一样重要。我几乎走遍全岛，屏风山也在我的视野之内。但是，有关大陈岛屏风山风电试验站留下的文字资料不多，我翻遍浙江电力工业史，只在《大陈岛志》和《椒江电力工业志》里，看到一段相关内容，以最简略的文字记载了这座已被海风吹得了无影踪的风电站。

　　屏风山位于下大陈岛东北端，与浪通门隔有水道，1975 年始建堤坝连通，为椒江市电力公司拟议建造风力发电站三个定点之一，另外两个是黄夫礁山和元宝山。1983年，浙江省电力工业局决定，将浙江省科委能源处设计、浙江省电力修造厂制造的GFD-1000-1型，容量为1千瓦的风力发电机投放大陈岛屏风山进行试验发电。1984年3月6日，由椒江市电力公司组织安装的这台机组竣工投产，并交付驻军使用管理。1985年秋，风力发电机拆除。

我在屏风山风电场遗址，眺望辽阔的大海。风从海上吹过来，因为不是台风季，海风不大，但也足以吹动风机叶片。此处，是大陈岛风力发电的原点，从这里开始转动的第一组叶片，发出的电力，也曾经照亮一小片天空，虽不耀眼，却也光芒四射。

如果我站在下大陈岛的大陈发电厂车间，只需要稍稍抬头仰望，元宝山风电站遗址就近在眼前。元宝山是一座小山，不高，坡度较为平缓，适合安装风力发电机组。因为地处大陈镇港边路南端元宝山山顶，风电站因此得名。它与在山腰的大陈发电厂相距只有200米左右。

1985年，浙江省批准椒江市在大陈岛营建新风力发电站，时值山顶驻军调离，场地现成，加上地形高、风力大、与电厂邻近、便于并网等诸多优点，于是，椒江市科学技术委员会决定在此建站。

元宝山风电站的设备全部实现国产化。第一台发电机组工程于1985年初动工建设，当时，建造的电站机房及管理用房有百余平方米，这显然是一个好的开端。同年2月8日，首台由乐清机械厂生产的20千瓦风力发电机安装竣工，经过试运行，性能不错，让施工安装和试验人员信心大增。第二年6月12日，这台机组正式投产，电力并入大陈发电厂电网运行。

第一台机组的成功安装运行，令现场所有人都兴奋不已，士气也十分高昂，大家一鼓作气，于1985年7月21日，成功安装一台乐清机械厂生产的EEDT型3千瓦风力发电机。这台机组具有蓄电池充电逆变功能，解决了站区的日常用电问题。接着，又有两台乐清机械厂造的20千瓦同型号风力发电机安装竣工投运。

在元宝山安装的浙江本土制造，还有黄岩路桥人民工具厂制造的两台 FD-75 型风力发电机，虽然每台容量只有 0.075 千瓦，但用作试验性运行是绰绰有余了。

除了浙江本土制造的发电机，湖北生产的风机也出现在大陈岛。1987 年 8 月，湖北黄石山生产的两台 SD-48-2 主轴双径式、容量各 2 千瓦的风力发电机在元宝山安装成功。至此，元宝山风电站共安装投运国产风机 7 台，总容量 47.15 千瓦。其中具有实用价值的为浙江省机械科学研究所设计、乐清机械厂生产的 3 台风力发电机，总容量 43 千瓦，其余 4 台均为试验性发电机。同时，在大陈发电厂安装了一台产自美国的 280 千瓦柴油发电机组，形成风 / 柴互补供电系统。

1992 年 6 月，运行 5 年的元宝山风力发电站停运，其试验功能也到此画上句号。其中一个重要原因是，在元宝山上，与欧洲共同体合作的一个风电项目已经浮出水面。

元宝山风电站的开建是在 20 世纪 80 年代，当时，国内风力发电尚处于初创阶段，在全国范围内，元宝山风电站都是排得上号的一座风电站。无论是屏风山风电试验站，还是元宝山风电站，都是中国风电最早的一批探路者。

屏风山与元宝山风电站的试验成功，为大陈岛风电场的建设蹚出了一条路。

无论从海上哪个角度眺望上大陈岛，率先映入眼帘的，肯定是分布在起伏山峦上的风力发电机。这 34 台风力发电机，总装机容量 25.5 万千瓦，平均每年可发电 6000 多万千瓦时，每年可减少 4.5 万吨二氧化碳排放。

其实，大陈风电场是一种习惯性叫法，它的全称是浙江星星风力发电有限公司，由万向集团公司与椒江星星集团共同投资建设运营。

在风电场调度控制楼外的一片空地上，丛生的杂草间，堆放着五六台已过使用寿命的风机设备，我在这里见到了风电场的两位主管，分别是林畅和张金雨。我们站在横躺的风机主杆上聊天，显然，他们对这座风电场产生的效益十分满意。在场的蒋伟坚也证实了这一点，他说，2022年全年我们全岛用电量大概是930多万度电，同时期，上大陈34台风机发出来的电是6000多万度，岛上差不多只消纳了七分之一，多余的电可通过海底电缆送往陆地。

蒋伟坚提了一个新的概念，他说，大陈岛实际上可以说是一座负碳海岛。

林畅说，大陈岛低频输电项目涉及三台风电机组需要改造：两台低频机组，一台工频机组。与风资源条件接近的未改造机组相比，技改后机组的发电量提升显著。低频风机是专门为柔性低频输电技术开发的成套技术装备，是一种全新的风电机组电源形式，可通过全功率变流器直接输出20Hz的低频交流电，满足柔性低频输电技术的电源侧要求。在低频场景下，风电机组电网侧的故障穿越、无功/电压控制、电能质量、谐波抑制等电网友好性控制效果均发生改变，测试指标、测试方法均不同于工频风机。

我向林畅询问，改造低频风机的是哪家企业，林畅告诉我，承担这三台风机改造的是一家叫金风的科技公司，经过系统化的技术开发迭代和建模仿真验证，金风科技在低频变流器控制、低频并网技术、低频整机系统控保策略、低频建模与仿真技术、低频测试技术、取电设计技术和适海性设计技术等方面实现了一些突破，可以说，为海上柔性低频输电成功，探索出了电源侧的一体化关键技术装备及实施路径。对于这家企业来说，大陈低频输电项目为他们提供了一个极为难得的技改机遇。

在控制楼内，我与当班的值长张江波聊了一会儿。让我有点意外的是，张江波来自河南三门峡，而且老婆还在老家。他原来在陕县一家热电厂上班，后来因为"上大压小"政策，热电厂停产，正好在网上看到大陈岛风电场的招聘启事，他就报名了。因为有电厂工作经验，很快就当上了值长。

张江波对自己在岛上的工作与生活似乎比较满意，聊到薪资，也说比在三门峡要高。我问他一般多久回家一次，他说差不多一个月，因为是连续上班，他一个月有一半是假期。他说回家的路看起来很漫长，但其实不然，因为他通常是坐绿皮火车，买张卧铺票，一天一夜，睡上一觉，再睡上一觉，就到家了。他说，很享受在岛上的日子，天天面朝大海。曾经他有机会调到陆地上，并且职业生涯可更上一层楼，但他婉拒了领导的好意，原因也很简单，如果去做管理，朝九晚五，连续假期就没有了，一月一次回家的旅程也不会再有。而岛上的生活看起来单调，甚至不免孤独，但习惯了就好。张江波和我聊天时，脸上一直挂着笑容，我从他的笑脸上能看出他内心的坦诚。我深有同感，一个人如果爱上自己从事的职业，并且能够让自己的家庭过上体面的生活，他的内心一定是亮堂的。

　　我在控制台上方的墙上看到十个字的"鲁冠球精神"，分别是"攻坚、正道、创造、乐观、大同"。鲁冠球是中国著名的民营企业家，也是万向集团创

大陈岛风电场的值长张江波（陈富强　摄）

始人。大陈岛上的这家风电场由万向集团控股，融入鲁冠球的管理思想，是十分自然的事情。我更愿意把它看作万向的企业精神，它也从一个侧面告诉我们，万向企业精神在大陈岛扎根，它的内涵，与大陈岛垦荒精神有异曲同工之妙。

离开风电场时，我发现一路之隔，有一排两层水泥房子，门窗已全部损坏，门前有一个篮球场，场中只剩下一个篮球架，另一个不见踪影。王海强告诉我，这是以前部队的营房，部队撤走后，留下房子，长时间没有人住，就废弃了。类似的房子，在大陈岛还有不少。

我回头看，风电场生产大楼蓝白相间，在阳光下颇为耀眼，其色彩与大海、与蓝天白云共一色，有一种被大海席卷的感觉，远处，风机叶片在不慌不忙地转动。这一瞬间，我产生了一种时光流逝、尘世沧桑之感。我想，当年的解放军驻军，如果看到这片恍如童话里才有的风车，想必也会和我一样，在心里感受到一种平和与宁静。这个场景，他们应该想象过无数遍，并且期待在不远的将来成为现实。

欧共体的大陈记忆

走近大陈供电所，以山体为背景，一组风电实景雕塑赫然入目。

此处被辟为"垦荒园"，主景是一座主要以风力发电机叶片做成的雕塑，背景是山体，岩石嶙峋，岩间的野草在风中摇晃。一组以大陈岛垦荒、大陈电力垦荒为主题的白色雕塑前的空地上，取大约两米高的立柱，埋入地下，顶端固定一组叶片，海风侵蚀之下，它已锈迹斑斑，其中一片将断未断。风叶下，一截海底电缆，裸露出里面的内芯。

风叶前，树着一块大理石碑，刻着碑文，用以说明设置这组雕塑的原因。

立碑者为浙江省科学技术委员会与椒江市人民政府，立碑时间是 1989 年 4 月。我在 2016 年夏天上岛时，山上的风机还在，虽然早已停运，但一直没有拆除，我建议，尽量保留，如果因为外在因素无法在原地整机保留，也应该拆卸下来，分散保存。这不光是中欧能源合作的典范，也是大陈岛风电发展的实证。现在看到其以雕塑的形式加以展示，比锁进仓库更有意义，我内心甚慰，拉上王海强、蒋伟坚和曹霞在风叶前合了一张影。

当时，我拍下了石碑。此刻，我放大石碑上的碑文，清晰可见这么几行字：根据中国—欧洲共同体的科技合作协定，援建大陈岛的分散能源系统，于 1988 年全面竣工，并投入运行。欧洲共同体为该项目无偿提供了全部技术和设备，设备主要包括上下大陈岛一万伏海底电缆、太阳能电池地面卫星电视接收站和差转系统、风力发电机组和柴油发电机联网系统、风力发电机测试系统。

碑上还刻着：这一项目为解放边远地区及海岛能源短缺闯出了新路，有

大陈岛电力垦荒园内退役的欧洲风机（陈富强 摄）

力促进了大陈岛经济和社会的发展，提高了人民生活质量，将在中国和亚洲太平洋地区产生深远影响，并导致中欧工业界之间进一步合作，促进外向型经济的发展。

石碑上镌刻着为这一项目做出贡献的主要单位和国际友人，分别是：欧洲共同体委员会、国家科学技术委员会、浙江省人民政府、大陈镇人民政府、浙江省能源研究所、浙江省机电设计研究院，以及欧洲共同体官员雷盖先生、欧洲共同体大陈岛项目顾问麦尼尔先生、缪尔先生。

欧洲共同体是欧洲联盟的前身。1965 年 4 月 8 日，法国、联邦德国、意大利、荷兰、比利时和卢森堡 6 国签订了《布鲁塞尔条约》，决定将欧洲煤钢共同体、欧洲原子能共同体和欧洲经济共同体统一起来，统称欧洲共同体。条约于 1967 年 7 月 1 日生效。欧共体总部设在比利时首都布鲁塞尔。欧洲共同体的基础文件《罗马条约》规定，其宗旨是：在欧洲各国人民之间建立不断的、愈益密切的、联合的基础，清除分裂欧洲的壁垒，保证各国经济和社会的进步，不断改善人民生活和就业的条件，并通过共同贸易政策促进国际交换。后来，又有英国等多个国家加入欧共体。很显然，这是一个颇有实力的国际组织，是世界上一支重要的经济力量。

那么，欧洲共同体与遥远的大陈岛又是在怎样的背景下连接在一起的呢？这要从 1985 年初欧洲共同体代表团访问中国讲起。

1985 年初，欧洲共同体代表团访华，其中一个议题是和国家科学技术委员会研讨新能源开发。在场的浙江省科委代表建议，把开发地址设在大陈岛。当年 3 月，省科委人员陪同欧洲共同体专家到大陈岛实地考察，欧共体专家认为，大陈岛符合建站条件。而后，中欧双方专家又多次到大陈岛考察选址，经反复论证，于 1986 年底，共同写出可行性报告。这是非常关键的一步，可行性报告的出炉，标志着离在大陈岛建站只有一步之遥。

1987 年 4 月，可行性报告获中欧双方批准，双方着手组建团队，开始招标。1988年2月，在风机研制生产行业中口碑不错的丹麦科威咨询公司中标，签订合同承建全部工程。在总投资中，中方投资人民币50万元，欧洲共同体方无偿提供工程主要设备及海底电缆等，价值130万欧洲货币单位，其中部分互补工程则由国内自行配套投资，且作为无偿资助，站址定在元宝山原风机站。

1987年4月，工程全面动工，土建工程为130平方米的二层楼房，设置风力机和柴油机测试中心，包括两座各高30米的测风塔。这两座测风塔可以综合测定风向、风速、大气压以及配套柴油机耗油量、风力机及其设备各项参数。站区安装丹麦波纳斯公司生产的ADE-933型风力发电机3台，单机容量55千瓦（风大时可达70千瓦），总容量165千瓦。另外，还在邻近的大陈发电厂安装1台美国产280千瓦柴油发电机组，与风力发电机组配套运行。配套设备还有160千瓦升压变压器两台，全部设备以电子计算机自动控制。

这也是大陈岛电网首次使用电子计算机自动控制。

在设备安装期间，丹麦方面曾来过专家、技工20多人次。其间，浙江省科委和椒江市科委、椒江市电力公司及元宝山风力发电站职工共12人前往丹麦考察学习风力发电专业业务。

1988年12月20日，风力发电站与大陈发电厂并网运行。由于采用电子计算机自控装置，机组由原站2名职工管理，欧洲共同体技工仅做不定期暂驻检修。1989年8月7日，浙江省机电设计院与椒江市电力公司签订移交协议，风力发电站改由椒江市电力公司接管。

欧洲共同体合作项目风力发电机组投产后，1989年、1990年两年分别发电27.84万和27.14万千瓦时，基本达到年发电30万千瓦时的设计要求。1991年，椒江市供电局投资60万元，配备一台500千瓦柴油发电机组。1992年，全年发电量170万千瓦时。1993年，发电量达200万千瓦时。

然而，由于经济结构变化等多种原因，再加上大陈岛常住人口逐年减少，

1988年，我国与欧共体首次合作的风柴互补能源系统项目风力发电机组落地大陈元宝山
（国网台州市椒江区供电公司　供图）

至1994年，企业用电量和居民生活用电量急剧下降，发电机组全年发电量已下降到120万千瓦时，经济亏损达50余万元。1995年，原配套风柴发电系统的280千瓦柴油发电机组损坏。年底，欧洲共同体合作项目风力发电机组停止运行。

欧洲共同体援建的风力发电机在大陈岛转动了七年，无法测算这三台风机在这七年间的日夜转了多少圈，但它们带来的后续效应，尤其是给大陈岛"生态零碳"海岛创建、大陈风电场工程建设的探索，都提供了弥足珍贵的经验。

可以说，欧共体风电项目在大陈岛电力垦荒历程中，是一座丰碑。

欧共体风电项目的中方人物

　　王海强进单位的那年，恰逢欧共体风电项目开工建设，他参与了上下大陈岛海底电缆的施工。王海强说自己生逢其时，有幸参与这么有意义的工程。后来，他又见证了风机的七年运行，以及它们的停机。在停机后的头几年，由于风机没有完全损坏，风叶依旧会在风中转动。每次看到它们缓缓转动，王海强都会默默看上一阵，在心里向它们敬一个礼。

　　孙旭东也在这个项目开工前进入大陈发电厂，喜欢钻研的他，在这个项目中承担重要工作，主要负责风/柴互补供电系统的安装。

　　除了王海强和孙旭东，还有两个人物进入了我的视线。

　　"垦二代"陈招德有个外号叫"垦荒鱼王"，他首创大陈岛铜合金围网养殖大黄鱼技术，是大陈黄鱼铜网箱养殖技术第一人。我们的话题，自然就从铜网养殖说起。这个铜网箱，与我们传统认知中的养鱼网箱完全不同，铜网箱的面积可达上万平方米，甚至更大，所以，在海上建这样一个铜网箱，投资巨大。

　　大陈渔场是浙江第三大渔场，渔产丰富。"靠海吃海"，陈招德告诉我，过去大陈海域盛产大黄鱼，渔汛时能听到成群结队的大黄鱼发出"咕咕"声，渔民循着声音追踪大黄鱼群，敲梆捕鱼。大陈岛渔业鼎盛的20世纪60至80年代，有来自闽、浙、沪、苏沿海的5000多艘渔船云集大陈渔场捕捞。渔民上岛售卖鱼货、补给物资，大陈岛如同"海上集市"。

　　但传统"索取式"的捕鱼作业，也造成了渔业资源的衰竭，如今，野生大黄鱼早已一鱼难求，可见，大陈海域的野生大黄鱼资源已几近枯竭，大陈岛的渔业也从海洋捕捞向近海养殖转型。1998年开始，大陈开始养殖大黄鱼。经历了普通网箱养殖、抗风浪网箱养殖、钢管桩铜网围海养殖等转型发展阶段，大陈大黄鱼产业从小到大，大陈大黄鱼养殖场现在已成为浙江省最大的大黄

大陈铜围网养殖创始人陈招德（陈招德　供图）

鱼养殖基地。

　　大陈铜围网养殖大黄鱼，和一个人有脱不开的关系，那就是陈招德。他在大陈岛上出生成长，陈招德说，"小时候我们都是吃着野生大黄鱼长大的"。

　　2011年，陈招德的一位朋友找到他，希望正在做工程的陈招德来帮忙建造一种海上养殖设施，专门养殖大黄鱼。原来，这个朋友计划在海上用竹竿和网圈出一片海域来养大黄鱼，因为拥有足够的活动空间，这样养殖出来的大黄鱼肉质才好，接近于野生大黄鱼。在陈招德看来，大陈岛附近海域条件优越，适合养鱼，并且当时野生大黄鱼由于捕捞的问题逐渐紧缺，价格不断上涨，这事儿能成。

　　2012年，陈招德联合当地的十几个渔民，共同投资900多万元成立了合作社，选择在大陈岛附近深度适当、洋流顺畅的海域建起了围栏养鱼场。

但在养殖过程中，陈招德面临着台风肆虐和海螺、贻贝等水生附着生物侵蚀渔网这两个严重的问题，给养殖场的维护带来很大难度。这时，他突然想到参观上海世博会时，曾经看到智利国家馆展示的铜围网水产养殖技术，他心里一动，何不在大陈岛用铜网箱养殖大黄鱼？

说来也巧，陈招德之前做工程时认识的一个材料领域的朋友告诉他，一种刚研发的铜合金材料能够有效抵抗水生动物的附着侵蚀，而这个研发团队，此时正好就在大陈岛停留学习。

陈招德立即找到了科研团队的专家们，给他们看了自己的图纸。而这个科研团队也希望自己的产品能够尽快在实际应用上得到实验，双方一拍即合。

半年后，一个造价近千万元的大型铜围栏设施养殖大黄鱼基地在大陈岛海域建设完成。单单一个网的造价，就超过300万元，是普通尼龙网的10倍。这个技术当时在国内尚无先例。

陈招德向我介绍："相比传统的网箱养殖，大型铜围网空间大，鱼运动量自然也大，体型也更苗条，肉质口感更好。同时铜合金围网密度低，网眼直径有7厘米，小鱼小虾都能进去，成为大黄鱼天然的食物，这样养出来的大黄鱼，更接近野生状态。"陈招德的这一创新，让大陈大黄鱼的身价瞬间翻倍，所出产的大黄鱼2斤以下的每斤都卖到50元以上，二三斤重的大黄鱼则卖到180元一斤，而一般的网箱养殖大黄鱼售价不到它的一半。

陈招德首创的铜网养殖大黄鱼，一举擦亮了"大陈黄鱼"的金字招牌。随着品质的提升，"大陈黄鱼"连续获评"最受消费者喜爱的中国农产品区域公用品牌"和地理标志证明商标。现在，大陈岛海域作为浙江省大黄鱼养殖基地的龙头，岛上养殖大黄鱼的从业公司及合作社共有12家，年产大黄鱼约3000吨，产值3亿元以上。

在采访过程中，陈招德突然说，大陈岛欧共体那个风电项目，他承接了基础工程的施工，风机也是他的工程队安装的。这让我稍稍有点意外。因为在确定采访名单时，我并不是很清楚陈招德的角色，陈招德显然看到了我略显尴尬的表情，他爽朗大笑，我也跟着笑了起来。原来，1984 年，陈招德赶上了国有企业改制的风头，和几名朋友一起包下一家国营水泥厂，正式开始了他的创业之路，也掘到了他人生的第一桶金。在包下厂子之后，陈招德意识到如果想将事业做得更大，就得不断学习新的技术。于是，他在创业路上先后学习了电工、焊工、安装等。这让他的水泥厂慢慢变成了能够承接各种建设任务的企业，生意也越做越大。

没过几年，陈招德听说家乡大陈岛上的供电系统将要配备一座风力发电站，陈招德投标拿下了这个工程。也是在这次施工中，陈招德活跃的思维和肯动脑、肯钻研的性格，让他的团队攻克了不少施工难题，让前来指导的外国专家都刮目相看。

陈招德拿下的供电系统工程，其实就是欧共体风电项目。他告诉我，当时，在现场指导的有德国、法国和丹麦的专家。元宝山顶进行场地平整后进行风机安装，需要测量设备安装时的平整度，他就用水管当水准仪进行测试，这个土法上马，赢来德国专家的大拇指。陈招德说，相比德法专家，丹麦专家要更严厉一点，但凡施工过程中稍有差错，就要开口骂人。不过，陈招德认为，专家严厉有好处，可以避免施工中的瑕疵，也为他和员工培养了严谨的工作习惯。

更大的收获还在后头，这次欧共体风电项目的中标，打响了陈招德在当地的名号，各种工程订单纷至沓来，陈招德选择了专攻修路架桥，在多个市县建设工程，攒下了千万身家。这也为他后来在大陈岛建铜网养殖场储备了足够的资金。

陈招德已年逾花甲，他说，他这一辈子做过的、见过的终生难忘的事，有三件，一件是参与了欧共体风电项目的建设，因为这个工程的成功，为他后续参与投标基建项目加分不少，招标方一看他这家企业的履历，就高看三分。

第二件是为大陈岛铜网养殖大黄鱼蹚出一条路子，让大陈岛渔民可以更好地靠海吃海。第三件是在岛上亲眼见到了两位书记同志。

陈招德跟我绘声绘色地回忆起见到第一位书记同志的场景。陈招德说，他记得很清楚，那天是 1985 年 12 月 29 日，天气有点冷。"起先我并不知道是书记同志登岛，他上岛前一天，青少年宫要挂块牌匾，当时，岛上只有我一个人有电钻，镇政府里的人通知我，让我去挂。第二天，我看到有一艘登陆艇靠岸，书记同志穿着一件米色风衣，坐在船上。上岸后，他坐吉普车去青少年宫。我和几个年轻人就跟在车后面拼命跑，因为岛上都是盘山公路，车子开得不快，我们几个人又跑得快，跟了好长一段路才被甩掉。不过，跑到青少年宫，我还是见到了书记同志。他很亲民，四个脚的长凳拉过来就坐，还掀开岛民家里的桌罩看他们的饭菜，又问一位十六七岁的孩子，家里生活怎么样。那天，书记同志还跟垦荒队员们合了一张影。王海强的爸爸妈妈都拍进照片里了，只不过，海强妈妈没有参与合影，但书记同志跟大家交谈时，海强妈妈在镜头前有一个明显的侧影。"陈招德说的这张照片，我在大陈供电所看到过，王海强指着一个女子的侧影说："这是我妈妈。"

至于 2006 年 8 月 29 日，时任浙江省委书记同志登岛，陈招德说，他当时有任务，驾着水上摩托艇，去上大陈岛接可能掉队的人。陈招德说："那次书记同志上岛，媒体公开报道的很多，我就不细说了。"不过，他有点得意地告诉我，书记同志住的饭店，是他的公司参与建造的。

我是在椒江采访陈招德的，他再三跟我说，如果去大陈岛，一定要去看看他的铜网养殖场，他会跟渔场人说好，开船来接我。第二天，我上岛后，去看了一个规模很大的大黄鱼养殖场，但主人不是陈招德，这是后话。

我在大陈岛两岸乡情馆看到了陈招德在台湾大陈村参访的照片，原来，他还是一名台属，而且是大陈台胞台属联谊会常务副会长。此外，他在担任椒江区政协委员和台州市人大代表期间，为大陈岛老百姓代言，做了不少好事，岛上居民都称他为"能人乡贤"。

蒋佐富是台州市供电公司的副总工程师。但鲜为人知的是，他在大陈岛欧共体风电项目的建设过程中，曾经担当过重要角色。

从湖南大学电气工程系电力系统及自动化专业毕业后，蒋佐富被分配到天津自动化仪表研究所工作。那是 1987 年，科班大学生还是颇为稀罕的，而且一毕业，基本上是国家包分配工作。一年半后，也就是 1988 年 12 月，蒋佐富调到椒江电力公司。他刚到椒江公司报到，就被告知，需要上大陈岛工作半年。这倒并非完全是锻炼性质的上岛，而是因为欧共体的风机项目正处于关键阶段。

蒋佐富一上岛，发现欧共体援建的 3 组发电机试运行满 500 小时，正进行运行维护。蒋佐富与同事陶育林，跟丹麦专家小组的两个工程师一起，爬到 20 多米的风机塔上，打开机舱盖，维护发电机。这次运维包括发电机和后台维护，持续了 2 至 3 周。这次运维结束后，丹麦工程师回国，运维的重担就落到了蒋佐富肩上，这个结果，多少有点出乎蒋佐富的意料。和丹麦工程师一起工作，与自己独当一面工作，性质截然不同，但蒋佐富知道，自己面对的是华山一条路，没有第二个选择。

当时，大陈岛上是 4 台柴油机和并网风机发电系统发电。蒋佐富的任务主要是风电运维监控。在蒋佐富看来，岛上负荷几百千瓦就可满足，不怎么需要发电机出满力。岛上风机与柴油机协调出力，风力足的时候，柴油发电机就可以少出一点力，从这个角度来看，也算是绿色发电的一次探索了。

科班大学生在岛上属于稀缺资源，除了蒋佐富和陶育林，基本没有其他大学生。他们在聊天时就说，因为欧共体的机器控制系统全是英文的，大家不太熟悉，如果两人离开，可能会影响到控制系统和风柴系统的运维。于是，他们就当起了翻译员，将项目运维需要的英文译成中文，留给其他同事用。

蒋佐富说，大陈岛风电系统技术在当时算是很先进的，虽然当时一到晚上，岛上企业和民居用电量就下降，但是风机的发电依然是在进行的。他们甚至想过，能不能利用多余的电驱动加热设备，在冬季时给居民供热。如果这个设想能够实现，那么，大陈岛的绿电供应，就又多了一个选项。

不过，蒋佐富说，这事要留给年轻人去做了。

第九章

纪录首创:
一个中国,一个世界

迪拜时间 2023 年 12 月 13 日中午，包括中国在内的 190 多个《联合国气候变化框架公约》缔约方达成协议：各国需在能源系统中减少对化石能源的依赖，以便全球到 2050 年实现温室气体净零排放。这个协议也叫"阿联酋共识"。这是国际气候谈判历史上，首次达成有关转型脱离化石能源的全球性共识。

阿联酋共识列出的目标包括"到 2030 年将全球可再生能源装机量增加两倍，并将全球能效提升速度增加一倍"，"加快努力，逐步淘汰未加装减排设施的煤电项目"，以及"到 2030 年加速并大幅减少全球非二氧化碳气体排放，尤其是甲烷排放"，等等。

阿联酋共识建议中东和北非地区积极探索氢能源的创新战略与路径。包括利用低碳氢进行工业脱碳，特别是在化肥、钢铁和化工行业。积极探索氢在包括海运、可持续航空燃料和绿色钢铁等在内的新领域的使用价值。

这是联合国在应对全球气候变化协议中，明确提及使用氢能源。

事实上，在阿联酋共识之前，有关全球气候变化的国际协议，已经有《京都议定书》和《巴黎协定》，它们的主要目的都是减缓全球气候变化和降低温室气体排放。但这两个协议都未旗帜鲜明地涉及氢能源在气候变化中所能产生的不可替代的作用。

氢能是一种来源丰富、绿色低碳、应用广泛的二次能源，正逐步成为全球能源转型发展的重要载体之一。

中国已把氢能的应用纳入国家能源体系和新型电力系统建设。2022 年，国家发展改革委和国家能源局发布《氢能产业发展中长期规划（2021—2035 年）》，提出了推动氢能产业高质量发展的重要举措以及产业发展的各阶段目标。

在这个长期规划发布当年，全国首个海岛"绿氢"综合能源示范工程在浙江台州大陈岛投入运营，工程利用海岛丰富的风电电解水制取氢气，为我国使用可再生能源制氢储能、氢能多元耦合与高效利用提供重要示范。

几乎与"绿氢"工程同时建设的大陈岛柔性低频输电示范工程，也在当年投入运行。这是世界首个柔性低频输电示范工程。

回顾全球柔性低频输电历史，我们会发现，尽管美国和德国是最早将低频输电技术应用于电气化铁路的国家，但第三代，也就是最新一代的柔性低频输电技术应用，却在中国的大陈岛。

1886 年，世界上第一个交流配电系统在美国建成，开启了交流输电的新纪元。在电气化初期，因为没有统一的标准，所以交流输电存在大量不同的频率，1918 年的伦敦就有 10 种不同频率的电力。

随着 20 世纪电力工业的发展，越来越多的电力采用 60 赫兹（北美洲）或 50 赫兹（欧洲和亚洲大部分地区）的频率进行传输。电力频率标准化促进了国际上电器设备的贸易。直到"二战"后，随着价格适中的家用电器出现，世界各国开始制定更统一的标准。美国公司制造 60 赫兹的设备，而欧洲公司制造 50 赫兹的设备，这样才能各自垄断市场。这种寡头垄断导致了今天我们所见到的不同频率的电器设备。

1994 年，中国的王锡凡院士首次提出分频输电系统的概念。分频输电系统是低频输电系统的特殊形式——采用全控型换流器的低频输电系统，也叫柔性低频输电。浙江开展了 2 个柔性低频输电的示范工程。台州大陈岛 35 千伏 11 兆瓦柔性低频 20 赫兹交流输电示范工程，将大陈岛风电场发出的低频电能经海缆与陆上电网相连。2022 年 6 月，该工程投运。杭州 220 千伏柔性低频输电示范工程，对亭山—中埠线开展 20 赫兹低频输电改造，电压等级 220 千伏、容量 300 兆瓦，实现富阳和昇光两个 500 千伏供区柔性互联共济。2023 年 6 月，该工程投运。

台州 35 千伏柔性低频输电示范工程，首创海岛低频互联技术，构建起"陆地—海岛—风电"互联系统，将海岛上低频风机发出的 20 赫兹低频交流电源源不断送往陆地，为开发中远洋地区丰富的风力资源提供了更加经济高效的输送手段，有利于促进新能源特别是中远海风电的规模化发展，助力高质量实现"双碳"目标，同时改变了大陈岛原先由单条海缆供电的情况，大幅提高了海岛用电的可靠性。

大陈岛的新能源开发与建设，在短时间内呈现"井喷"态势，并且先后取得多项国内与全球领先成果，一方面与大陈岛得天独厚的地理环境分不开，另一方面，也与浙江电力人敢想敢试、埋头苦干、行胜于言的性格密切相关。而大陈岛承载了这两个项目，毫无争议地说明，在能源电力这个领域，也有"台州式硬气"。

中国海岛的"绿氢"之光

从上大陈码头上岸，即可见左侧山地高处的大陈氢能综合利用示范工程，步行需 20 分钟左右。

米黄色围墙围出一个规则的长方形院子，在地势起伏的上大陈岛，能平整出这么一块土地可不容易。氢能站一侧靠山，另一侧向大海。站内的设备布局充满了物理与化学元素，对于我来说，要看懂这些设备上的符号，是一

上大陈岛上的"绿氢"设备（国网台州市椒江区供电公司　供图）

件很艰难的事情。

　　控制室、制氢单元、自来水纯化系统等都是用新的集装箱——经过特殊定制的铁壳房子，白色外墙上绘有波浪、山峦与风机——集成在一起，然后依次安装着氮气集装格、储氢系统、氢增压机、燃料电池系统等。一根避雷针高出围墙，直刺云霄，从大海的方向眺望氢能站，首先看到的，就是这根避雷针。与氢能站毗邻的山头上，有三台风力发电机在旋转，这是氢能系统的一部分，也是大陈风电场的一部分，没有风电的加入，氢能的综合利用就无法实现。

　　蒋伟坚尽可能用通俗的语言向我介绍这个项目的功能，他参与了项目的建设，现在又是负责运行的所长。我能从他介绍的语气中，听出他对氢能在大陈岛落地的欣慰。

　　蒋伟坚说，我国是世界上最大的制氢国，年氢气产量约3300万吨，其中，达到工业氢气质量标准的约1200万吨。我国的可再生能源装机量全球第一，因此，在清洁低碳的氢能供给上具有巨大潜力。从现状看，国内氢能产业呈现积极发展态势，已初步掌握氢能制备、储运、加氢、燃料电池和系统集成等主要技术和生产工艺，在部分区域实现了燃料电池汽车小规模示范应用。

通常，氢能具有调节周期长、储能容量大的优势，国家现在在着力推进的，主要有以下几个方面：开展氢储能在可再生能源消纳、电网调峰等应用场景的示范；探索培育"风光发电＋氢储能"一体化应用新模式；逐步形成抽水蓄能、电化学储能、氢储能等多种储能技术相互融合的电力系统储能体系；同时，探索氢能跨能源网络协同优化潜力，促进电能、热能、燃料等异质能源之间的互联互通。

具体到大陈岛这个氢能项目，主要是利用海岛丰富的风电电解水制取氢气，为我国可再生能源制氢储能、氢能多元耦合与高效利用提供重要示范。项目投运后，预计每年可消纳岛上富余风电 36.5 万千瓦时，产出氢气 73000 立方米（标准条件），这些氢气可发电约 10 万千瓦时。

作为一种二次能源，氢能虽然是清洁的可再生能源，在释放能量的过程中没有碳排放，但目前生产氢能的过程却并不是百分之百"零碳"。根据氢能生产来源和生产过程中的碳排放情况，氢能被分为"灰氢""蓝氢""绿氢"。其中，使用再生能源制造的氢气，例如通过风电来电解水所得的氢，称为"绿氢"，其在生产过程中零碳排放，是氢能利用的理想形态。

而大陈岛"绿氢"工程利用海岛的风电，通过质子交换膜技术电解水制氢，构建了"制氢—储氢—燃料电池"热电联供系统。"绿氢"工程的投运，能够利用晚上的富余风电制氢储能，在白天用电高负荷时使用。不仅如此，"绿氢"工程的制氢、储氢、发电系统，可在常规电力系统检修、故障导致停电期间，作为附近用户的应急电源使用。

因此，也有人称它是一个"大型充电宝"。

大陈岛的"绿氢"工程，或将成为我国未来风电制氢储能的重要示范。

在和蒋伟坚的交流中，我谈到了一个常识性问题：对于大多数普通民众来说，或许通过科普，他们大概知道"绿氢"是个好东西，那么，它究竟好在哪里呢？

蒋伟坚告诉我："说起来，这是一个很专业的问题，我觉得，从大陈岛'绿氢'项目的运行来看，'绿氢'至少有三个方面的好处。首先体现在环境保护上，'绿氢'在生产过程中不易排放空气污染物，对周围环境无不良影响。同时，使用'绿氢'不会产生污染物，对环境的污染相对较小。

"其次，它具有可持续性，'绿氢'可以通过可再生资源生产，因此可以持续提供动力。这种可持续性是普通天然材料所不具备的。传统能源的总量非常有限，而且传统天然材料的使用会对自然环境造成很大的破坏。

"最后，'绿氢'应用广泛，'绿氢'可用于发电、交通、工业生产等领域，具有显著的发展前景。在发电行业，'绿氢'可作为绿色能源，取代传统天然材料；在交通行业，'绿氢'可用作新能源汽车的燃料；在工业中，'绿氢'可用于制造化学品、合成氨工艺等。"

而在国网浙江电力科学研究院氢电耦合技术专家李志浩看来，大陈岛"绿氢"工程能有效促进海岛清洁能源消纳与电网潮流优化，实现大陈岛清洁能源 100% 消纳与全过程"零碳"供能。李志浩也认为，这个工程应用了制氢／发电一体化变换装置等首台首套装备，实现国内首套氢综合利用能量管理和安全控制技术突破。这一技术提高了新型电力系统对新能源的适应性与安全性，其综合能效超过 72%，达到国际领先水平，是新型电力系统的一次有益探索和实践。

李志浩的观点，与我后来请教的一位专家的观点基本一致。他们都认为，在新能源安全可靠的基础上，传统能源比重将有计划、分步骤逐步降低。根据仿真模拟分析得知，当电力系统中风能、太阳能发电量占比超过 50% 时，就需要解决数天、数周乃至跨季节的电力电量平衡问题，大规模长周期储能的作用将会进一步凸显。综合考虑储能容量、储能时长、应用场景等因素可以发现，在各类长周期储能技术中，氢储能技术是实现大规模、长周期、跨季节储能的关键技术，适合参与季节性调峰、提高新能源基地送出能力等长周期调节场景。氢储能电站采用"电—氢—电"转换方式，将富余的电能转化为氢能储存起来，实现规模化、长期、广域储能，可解决电力系统电力电量平衡问题。在大规模新能源汇集、负荷密集接入等关键电网节点，可因地制宜布局氢储能电站，发挥其调峰、调频等作用，支撑电力系统安全稳定运行。

我跟蒋伟坚交流时，说很多普通民众不清楚"绿氢"基本原理，以及它带给我们的好处，其实，我也是普通民众中的一个。从大陈岛采访完回杭州后，我专门和一位在中国电科院工作的沈姓教授级高工做了语音交谈，他给我普及了一些基本知识。他说，简单讲，使用风能、太阳能等可再生能源发的电电解水制得的氢气被称为"绿氢"。在他看来，普通民众不需要对过于专业的理论有太深了解，知道一个大概即可，重要的是，要让大家明白，人类文明发展到一定程度，"绿氢"的出现与应用是必然的结果。

沈教授讲到了长远目标，比如以碳达峰和碳中和的时间为界，预计到2030年，全国各地区"绿氢"供需基本自给自足，西北地区的"绿氢"产量及需求量在各地区中皆为最高。预计到2060年，西北地区依然是我国最大"绿氢"产地，产量超出本地需求，但华东、西南、华南、华北、华中等地区的"绿氢"供给难以满足本地需求，需要实现跨区域输送。从远期来看，我国"绿氢"发展在地理分布上存在供需不匹配问题，"绿氢"生产与消费需求呈现逆向分布的特征。保障能源安全、经济供给，需要对"绿氢"进行远距离、大规模输送。

于是，沈教授讲到特高压。他认为，特高压已经是十分成熟的技术，从理论上、经济上和技术上都没有障碍，所以，他认为，"绿氢"的远距离、大规模输送可通过输氢、输电两种方式开展。前者是利用可再生能源电力就地制氢，通过输氢管道将"绿氢"跨区域输送至需求侧消纳。后者则可利用特高压输电技术跨区域输送可再生能源电力，在需求侧通过电制氢满足当地"绿氢"需求。在不同输送距离的场景中，输氢与输电的经济性不同。随着输送距离增加，输氢管道建设、运维等成本明显增加。而我国特高压输电技术较为成熟，在远距离、大规模等特定能源输送场景中，特高压输电代替管道输氢具有更高的经济性。

我跟沈教授谈到大陈岛的"绿氢"项目，他说他当然知道，这是一个十分成功的验证项目，可以说是中国海岛的"绿氢"之光。他说，如果将目光稍放远一些，大陈岛"绿氢"项目可作为电解水制氢的副产品，高纯度氧气可服务于当地渔民的大黄鱼养殖。燃料电池发电时产生的热量通过热回收，可为岛上民宿、酒店提供热水。未来，岛上的新能源旅游观光车也有可能用上氢能供电的充电桩。

沈教授对于"绿氢"应用于供热的设想，与欧共体风电运维工程师蒋佐富的想法不谋而合。只不过，蒋佐富提出利用风电供热的设想是在 20 世纪 80 年代末 90 年代初，似乎显得有些超前，但现在回过头来看，蒋佐富的设想无疑具有前瞻性，绘出了一幅美好的蓝图。

从中国可再生能源已有的发展路径与速度预测，我觉得沈教授说的这个未来，似乎不会太遥远。而蒋佐富寄希望于年轻人的蓝图，也终究会在年轻人手中成为现实。

他们创造了一个电力系统的世界纪录

如果不是门口的一块牌子上写着"世界首个柔性低频输电示范工程大陈

低频站"，乍一看，这里就是一个普通的 35 千伏变电站。这个低频站也在上大陈岛，从航拍的照片上俯瞰，低频站主厂房与相应的附属设备、铁塔，再加上山坡上的风力发电机，构成了这座有世界第一之称的低频变电站。

柔性低频输电，对于外行人而言，是个十分专业的技术名词，事实上，低频输电技术在工业领域的应用，并不鲜见。

第一代低频输电技术采用同步变频机与其他频率电网互联，在德国、美国的电气化铁路中应用已有近百年。20 世纪初期，受制于串励电机的转子火花以及工频涡流损耗等问题，部分国家构建了铁路供电专用 $16\frac{2}{3}$ 赫兹或 25 赫兹电力系统。同时期，美国纽约州受大量重工业串励电机限制，也采用了 25 赫兹频率，通过若干同步变频机与 60 赫兹主网互联。

第二代低频输电技术基于半控型器件的交交变频器与其他频率电网互联。广泛应用于变频电机的驱动领域，在德国铁路电网中也曾有极少量基于汞弧阀和晶闸管的 50 赫兹 /$16\frac{2}{3}$ 赫兹静止变频站，但都是基于单相铁路供电的拓扑。

第三代低频输电技术基于全控型器件的交交变频器与其他频率电网互联。伴随着电力电子新技术的高速发展、柔性低频输电技术的提出，高压、大容量、远距离低频输电具备了技术可行性。而电力系统形态的深刻演变，新的应用场景层出不穷，低频输电凭借着在海上风电送出等典型场景下的技术经济优势，引发了广泛关注。

台州 35 千伏柔性低频输电示范工程，属于第三代低频输电。

2022 年 5 月 9 日，中央电视台对全球首条低频海缆的敷设进行现场直播。一大早，央视记者就来到海缆敷设现场——浙江省台州市金清镇 4 公里以外的海缆敷设船上。在东海海面上，借助海缆电动转盘和高压水泵的作用，低频海缆就像一条蛟龙，以每分钟 5 米的速度，慢慢进入海底 3 米深的预设通道当中。

世界首个柔性低频输电示范工程海底电缆在台州大陈岛入海（国网台州供电公司　供图）

海底电缆的敷设也是国家电网的强项，"国蛟一号"的实施单位是舟山供电公司，"国蛟一号"是全国首个海洋输电技术品牌，它打破了海洋输电技术在科研、施工、装备、运维领域"各自为战"的局面，通过品牌建设汇聚海洋输电全产业链优势资源，合力破解复杂海洋环境下电力传输"卡脖子"问题，增强企业核心竞争力，提供中国海洋输电核心智慧和系统解决方案。而台州35千伏柔性低频输电示范工程的海洋输电工程，就是"国蛟一号"的作品。

央视直播的这条35千伏海缆敷设线路是从大陈岛海域到金清岛琅玑山的，总长度25.7公里，全程采用深埋保护方式进行施工，埋设深度不小于3米，具有截面大、自重大等特点。

新增的这条海缆投运后，将海岛上风机发出的20赫兹低频交流电源源不断送往陆地，这是低频互联迈向大规模商业化运用的"探路石"，为开发70至200公里中远洋丰富的风力资源，增添了更加经济高效的输送手段。另一方面，新增的海缆将大大提高大陈岛上的用电可靠性，摆脱原先单条海缆供电的局面。

台州柔性低频输电示范工程，采用国际首创海岛低频互联及风机低频接入技术，通过海底电缆连接大陈岛上的大陈变与路桥金清的盐场变，构建"陆地—海岛—风电"互联系统，研发35千伏柔性交流换频站、低频变压器、低频断路器、低频风机、低频控保系统和低频计量表等多项首台首套设备。其中，海底电缆敷设是一项重要环节，主要用于陆岛之间的电能输送。

柔性低频输电是以全控型电力电子器件为基础的一种新型高效的交流输电技术，通过高压大容量交交换流器将50赫兹工频降至约20赫兹低频，减小线路阻抗，减少电缆线路充电无功，通过对频率维度的潜力的挖掘，实现系统功率传输能力和柔性调控能力的提升。

举例来说，比起工频输电技术，低频输电技术就好比是同样造价下拥有了一条容量更大、直径更宽的水管，水源可以更多地进行输送，电能也是如此。

2022 年 6 月 16 日，全球首个柔性低频输电示范工程——台州 35 千伏柔性低频输电示范工程在浙江省台州市投运。

工程投运后，预计实现年发电量 450 万千瓦时，相当于约 2000 户家庭一年的用电量，每年可节约标准煤 1800 吨，减少二氧化碳排放 4480 吨。

中央电视台播出的专题片《绿电打卡大陈岛》中，有数个镜头向观众呈现了大陈低频站机房内的场景，片中，记者周雪梅与技术人员有一段简短的对话。

电视画面上，首先出现的是低频站后侧山坡上正在缓缓转动的风力发电机，然后是画外音："独特的地理位置，成就了大陈岛无穷无尽的风能资源。这里年有效风能时数达 7000 小时，通过风力发电机，这些风能资源转化成电能，为打造全电海岛提供了绿色能源的保证。在这些风机中有两台格外抢眼，它们连接着世界上最先进的输电设备。"

接着是记者周雪梅与工程师张叶的对话：

周雪梅："我们来看看，这个世界首个柔性低频输电工程，是在这里面，能看到吗？"

张叶："对的，像这一台风机就是其中之一，这一排呢就是我们全球首台（套）的低频开关柜，那这一组开关柜呢总共有 5 面。"

周雪梅："这 5 个柜子就能够管整个这条线路了吗？"

张叶："对。在大陈岛上低频部分就由它们来管理。"

周雪梅："但是你离这个柜子这么近，会不会有危险？它是 35 千伏的。"

张叶："表面是安全的。"

周雪梅："它平时都是锁死的？"

张叶："是的，是五防锁，因为要防止误触碰或者误操作。"

周雪梅："哦，我看看啊。1，2，3，4，5。"

从画面上，可以看到记者在数张叶说的五防锁。

周雪梅指着开关柜对镜头说："大概这 5 个柜子当中，有不到 10 个这样的五防锁，那这些柜子呢，在经过打开这个锁之后，你就能够发现里面拥有着中国领先、世界最前沿的电力技术。我们看上去这个平平无奇的柜子，却是能把大陈岛上的风能转化成电能，输送到了大陆的千家万户。"

最后是画外音："这套设备运用世界上独一无二的 35 千伏柔性低频技术，组成陆地—海岛—风电互联系统，将大陈岛上经风机转化的电能输送到大陆，为超过 5000 户居民提供清洁能源。"

我在央视记者周雪梅采访张叶的现场，看到了一组电视画面上出现的 35 千伏低频开关柜，它们排列整齐，地面上一尘不染，能倒映出开关柜的影子。我看着这组开关柜，仿佛面对的是列队整齐、随时能出征的士兵。其实，我眼前除了开关柜，空无一人，高度自动化的设备，不需要人现场值守。当然，

台州 35 千伏柔性低频输电示范工程厂房内的开关柜（陈富强　摄）

值班人员通常在集中控制室，只有在定时巡检的时候，他们才会出现在机房。

在集中控制室，一面墙上的大陈岛新型电力系统示意图，清晰地勾勒出大陈岛"碳中和示范岛"的现实场景。而在同一侧墙上，一副对联十分醒目：扎根海岛燃岁月；屹立潮头抒年华。王海强与蒋伟坚两任大陈供电所所长恰好在我边上，我说："这副对联讲的就是你们和你们所的员工们。"王海强说："总是需要有人在岛上一代一代守下去。"

在一楼入门处的墙上，有一封时任国家电网公司党组书记、董事长辛保安给王海强的回信，很简短，我数了一下，连标点符号总共 111 个字："向王海强同志及大陈岛上扎根边陲、为民服务、无私奉献的干部职工致敬！要牢记习近平总书记殷切嘱托，继续发扬垦荒精神，再接再厉，认真做好电力供应保障、'零碳'海岛建设各项'岛上的事'，为'小康的大陈、现代化的大陈'贡献国网力量。"

在上大陈岛期间，我与张学鹏探讨海上风电并网的几个路径，我们都认为，随着大陈柔性低频输电项目的成功，低频输电将提供除常规交流、常规直流之外第三种并网新选择。

很显然，低频输电有很多优点，简单总结，就是低损耗、低成本、控制灵活、应用场景多。

柔性低频输电用于海上风电送出场景时，可采用风机直接发出低频电力升压送出，仅需在陆上变频并网，省去了柔直送出方案中海上换流站的建设、运维费用，有利于提高风电利用小时数，而相比工频交流送出方案则可以有效减少高昂的海缆投资，因此，柔性低频输电在 70 公里至 200 公里的中远海范围内具备技术、经济优势。

柔性低频输电本质上仍属于交流输电范畴，可以使用交流开关和变压器实现组网和电压等级变换，同时可借鉴常规交流系统的控保配置方案，可方便地组成多端低频交流输电系统，具有更强的组网性能和更灵活的运行方式。

相比柔性直流输电组网，柔性低频输电无需采用直流断路器和直流变压器。

柔性低频输电系统具备灵活的潮流调控能力，有利于实现电网不同供区之间的灵活互联互济。同时，可以为电网提供动态无功支撑，在维持电网电压稳定、改善系统无功分布等方面起到重要作用。

另外，还有一个不可忽略的因素，台风是我国华东、华南沿海常见的灾害性天气，在台风区域适应性策略上，大陈岛项目的技改机组采用了"多重防护体系"，包括台风状态下机组的被动安全性能和主动安全策略等，使得机组的台风区域适应性全面增强。由于大陈岛 35 千伏柔性低频输电示范工程采用了国际首创的海岛低频互联技术，通过 25.7 公里海底电缆连接大陈岛上的大陈变与路桥金清的盐场变，顺利打通了海岛—大陆通电通道。

张学鹏带着我绕到主机房后面，他指着一条排列呈倾斜状的电缆告诉我，这是陈盐 3748 线，这条线路连接 35 千伏大陈变电站至 35 千伏盐场变电站。也就是说，柔性低频输电链条中的重要一环——逾 25 公里的海底电缆，就是

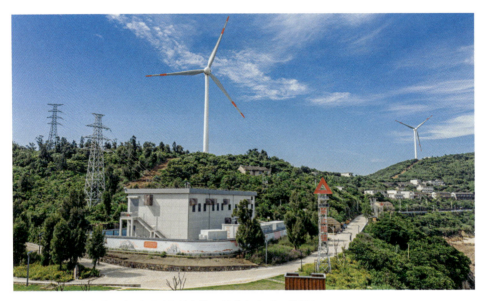

大陈岛低频站和低频风机（国网台州市椒江区供电公司　供图）

从这里出发，身若蛟龙，奔向陆地。

我仰望着接入主机房的电缆，有一种"五百里滇池，奔来眼底，披襟岸帻，喜茫茫空阔无边"的诗情在心底涌动。我仿佛看见，电流通过这条电缆，穿越浩瀚的海洋，与鱼群擦肩而过，与船舶擦肩而过，与灯塔擦肩而过，与海底的暗流擦肩而过，然后，登陆上岸，与大地相连，点亮人间万家灯火。

实现蓝图的人

2021 年 7 月 15 日上午 8 时许，台州路桥区金清镇。

往常平静的白剑线突然热闹起来，一台接一台大型机械沿着白剑线往东，被运往区域内的变电站。邻近的黄琅社区的居民看到这阵势，纷纷议论，这是有大事要发生啊。

的确，对国网台州供电公司来说，这是不寻常的一天，他们集结精干力量，正要干一件大事情。带头的是项目的总承包方台州宏达电力建设有限公司（以下简称宏达公司）变电施工三队队长朱昌荣，紧跟着他的，是赵存飞、王迪等土建队员，他们带着大型机械，正式进驻这个变电站，拉开了全球首个 35 千伏柔性低频输电示范工程施工建设的序幕。

在首批进驻盐场换频站的土建团队中，还有一支以包彦达为队长的土建施工队伍。出征前不久，宏达公司执行董事唐斌拨通了包彦达的电话："这个工程任务艰巨，能否如期完成工程，盐场换频站的建设是关键，而关键的第一步就是土建工作。"听到这话，包彦达不假思索："我立下军令状，保证完成任务。"

果然，148 天后，35 千伏盐场换频站五层高主体建筑结顶。这个速度，放在任何一支施工队，都是值得记上一笔的。

　　凡对变电站稍稍有点认知的人都知道，电气设备是盐场变的核心，也是整个柔性低频示范工程的关键技术环节，单说工程量，电气安装工程量超过了一座 220 千伏变电站的规模，这些安装工程包括 60 公里的控制电缆、3 台主变、超过 100 面的控制屏柜，以及桥臂电抗器、换频阀等一系列设备的安装调试。

　　这项艰巨的任务落在了变电施工三队身上。三队现任队长叫代号。第一次听到这个名字，我略微有点诧异，百家姓里有代姓吗？答案当然是肯定的，不过，刚开始我还以为代号是一个人的代号。

　　代号在这个工程中还兼另一个职务：盐场换频站项目部电气安装总工。自进场施工以来，代号每天奔波于项目部和公司总部之间，处理物资采购、基建部门对接、现场政策处理确认、安全生产监督、施工建设进度把控等纷繁甚至琐碎却又缺一不可的工作。他的手机几乎没有闲暇的时候，都是连轴转，每天的通话量达到几十个之多。他甚至忘记了自己的生日。生日那天，他依旧在现场，陪伴他的是嘈杂的机械声和鼎沸的人声。直到夜色降临，孩子在电话里的一句"生日快乐"，才让他猛然想起，原来，今天是自己的生日。

　　宏达公司总经理张林忠擅长写古体诗，他在获悉代号的这个情况时，颇受感动，写下《代号在建设工地度过四十生日有感》：

　　　　故土神农谓随州，功建低频显身手。

　　　　引领光明新时代，号鼓铁军壮志酬！

　　宏达公司素有"电力铁军"之谓，在这项对于台州来说具有里程碑意义的工程上，国网台州供电公司领导对宏达公司给予高度信任。实际上，宏达公司全体干部员工铆足了劲，为自己能参与世界首个柔性低频项目感到庆幸。但现实是，在工程推进过程中，他们遇到的各种层出不穷的困难无法想象。

　　盐场换频站施工有序推进，离工程最后投运的时间也越来越近。宏达公司增派入职不到两年的蒋程然所在的项目管理中心，以及多支队伍进驻盐场换频站。国网浙江电科院、台州供电公司等多个部门单位也分别抽调大批技术人员和专家，进驻施工现场协同联动。那段时间的盐场换频站，每到夜幕降临，就灯火闪耀。据统计，单日在此工作人数最高达到 280 多人。对于一个等级只有 35 千伏的变电所来说，可以说十分罕见。

　　星光不问赶路人。2021 年 3 月 12 日，平板车通过钢轨将 35 千伏低频变压器缓缓顶入盐场换频站主变室，标志着变电站进入设备安装阶段。

　　A0 号塔是海缆登陆口的第一基塔，塔高 50 多米，普通地面立塔大概需要 2 天时间，而 A0 号塔需要 18 天时间才能立完，难度可见一斑。

　　2021 年 4 月 13 日，喻楚兵带领的施工队正式进驻 A0 号塔施工现场，他们将在接下来的时间里，完成 A0 号塔的施工建造。A0 号塔与普通铁塔不同，它采用的施工工艺为中空夹层混凝土钢管杆施工，底部 1 至 4 节为内外夹层结构，夹层中间灌注 C40 混凝土，杆塔呼高 42 米，全高 55 米；钢材重 79.3 吨，灌浆后杆塔总重量超过 180 吨，具备防御 15 级强风的能力。

　　喻楚兵坦言，A0 号塔施工比较特殊，它处于琅玑山山脚的半岛上，此地气候多变，通往半岛的只有一条山间小路，塔材和施工大型机械无法进入，只能通过海运，但综合潮汛时间，每天物资有效运输时间不足 2 小时。除此之外，配套工程还有一个难点，那就是金清侧登陆点和大陈侧登陆点的潮间带打通施工。潮间带施工就是在海底和陆地之间的岩石中打出能让海缆通过的通道，从而让大陈岛绿电顺利进入海缆，连接到金清侧陆地上的铁塔。

　　2021 年 4 月 15 日，定向钻钻机、滤水泵机、照明设备、大型发动机、大型机械等陆续通过海运集结在琅玑山山脚的半岛上，施工人员将定向钻钻机放到指定位置，待现场调试完成，定向钻开足马力，一头钻入坚硬的岩石。

　　但开工第四天，施工遇到了意想不到的障碍。

宏达公司组织柔性低频输电示范工程低频风机吊装（曹琼蕾　摄）

定向钻钻机在预设路径上掘进至 30 米处，遇到了宽度 2 米左右的空洞裂缝，钻头冷却水顺着这个空洞裂缝，流向看不见的深渊。施工人员多次尝试穿过该空洞裂缝，但均未成功，这就意味着第一次导向孔贯穿失败。

宏达公司时任副总经理吕鑫第一时间将相关情况反馈给设计单位。开工第五天，相关专家召开专题会议讨论，充分论证导向孔贯穿失败的原因及解决方案。宏达公司、省设计院、路桥公司及定向钻厂家经过多次沟通，决定采用向山体方向移动，并往后伸长定向钻长度的方式避过空洞点。

4 月 22 日下午，第二次钻孔开始。在吸取了第一次失败的经验后，施工人员在钻孔过程中特别小心，掘进长度逐步推进，7 米，23 米，57 米，90 米，120 米，掘进长度越长，意味着离目标越近。与此同时，扩孔工作也在紧张进行。

5月5日凌晨，当扩孔达到90米时，施工再度受挫。此处为中风化岩和海底碎岩交界处，碎岩的硬度较低，扩孔方向自然而然地朝上方碎岩区偏移，无法保持原先设定的掘进路径，进而出现了堵孔问题。扩孔器牙轮及转轴卡在岩层中发生断裂，部件横堵在孔洞中。施工人员当机立断，连夜联系厂方运送来新钻头，在90米至125米钻头断裂处重新掘进施工，但是经过一夜抢修，断裂的钻头也未能顺利取出。

施工人员报告，孔洞已报废。

当日上午9时，施工人员重新开孔掘进。这次采取了新式大功率钻头，昼夜不间断施工，相比于前两次掘进，这一次的速度明显加快。到第二天16时，钻孔已经打穿125米处的岩层。至晚上10时，清孔作业完成，接下来开展推扩孔工作。施工人员将导向钻头从孔道抽出，换成大钻头，进行推扩施工。

但是，还是没有成功。钻孔第三次失败。

接二连三的失败给现场人员的心里蒙上了一层阴影。但工期不等人，施工人员调整好心态，投入新一轮的施工。有了前三次失败的经验教训，第四次打通导向孔后，施工人员决定采用拉扩的方式进行施工作业。拉扩不同于推扩，该作业方式是导向孔打通并清孔后，将无钻头钻杆推进至海中，定向钻操作船提前标记水下位置浮标，从海里向陆地从下往上开展扩孔。相比陆上施工，大大提高了成功率。

2021年5月15日，潮间带施工顺利完成。次日，A0号塔和潮间带施工通过验收。至此，A0号塔的施工终于告一段落，柔性低频输电示范工程进入最后冲刺阶段。

35千伏柔性低频输电工程配套工程——35千伏盐场换频站、海缆敷设、潮间带施工、A0至A9号塔等工作任务陆续进入扫尾阶段，只剩20赫兹低频风机的吊装、调试、并网了。而这一步恰恰是收官之举，也是最关键的一步，顺利与否直接关系到整个工程能否如期完工。

其实，施工负责人赵波已多次到现场，对接并选定上大陈岛唯一的军用码头作为低频风机组件运输船的靠岸地点，并再三勘查，制定运输车在岛上的行驶路线，确保低频风机组件安全运输到指定地点。

在1号风机塔筒及其他部件如期运送至上大陈岛开展吊装后，5月22日晚，三根长达37米的叶片从堆场被运载上船，运输船劈波斩浪向东驶往上大陈岛，这是1号低频风机吊装的最后组件。

上大陈岛码头，大家全神贯注盯着时钟，等待着涨潮的那一刻。

时间来到了5月23日凌晨，海水冲上礁石，重新打湿了军用码头的水泥路。"开工，咱们在确保安全的情况下，抓紧时间上岸。"随着指挥长一声令下，运输船加足马力，马达声划破上大陈岛寂静的夜空，五盏照明灯将码

宏达公司组织低频风机安装（谢海明　摄）

头照得如同白昼。在吸取了第一次靠岸失败的经验后，这一次船长特别谨慎，成功将船与码头上同海水相连的水泥路无缝对接。三辆运输车喘着粗气驶离运输船，爬上上大陈环岛公路。

随后的风机安装与调试，相比潮间带施工，磕磕碰碰的事情就少多了。真可谓昨天的披荆斩棘，只为今日的一路坦途。

建设这个工程的那群人，他们的汗水，滴入每一座铁塔、每一片风叶。也滴入大海，然后与海水一起，流向更辽远的天际。在海天相接的地方，有彼岸，也有日出与日落。那是大海的故乡，宽广、博大，装得下太阳，也装得下星辰，以及电闪与雷鸣。

蓝图绘就，实现纸上蓝图的人，往往就隐入幕后。在整个工程的建设过程中，有数不清的功臣，但是他们总是无法全部出现在我的笔下，也不可能全部出现在记者的镜头前。他们默默无闻，用汗水在天地之间、大海之上，写下"电力垦荒"四个大字，然后，转身离开，留下一个个坚实的背影，继续走向下一个工程，他们清楚，那里才是他们的主场。

第十章

海岛绿能的中国样本

　　2020 年 9 月 22 日，中国国家主席在第七十五届联合国大会一般性辩论大会上做出庄严承诺，中国将提高国家自主贡献力度，采取更加有利的政策和措施，二氧化碳排放力争于 2030 年前达到峰值，努力争取 2060 年前实现碳中和。

　　世界主要发达国家的碳中和时间普遍是 2050 年，比中国早 10 年。从这个时间表也可以看出，中国要实现"双碳"目标，的确任重道远。这与中国是全球碳排放最大国家有紧密关系。

　　国际能源署发布的《2023 年碳排放报告》所呈现的数据，也不容乐观，2023 年，全球与能源相关的二氧化碳排放量增长 1.1%，增加 4.1 亿吨，达到 374 亿吨的历史新高。而中国的排放量占全球总量的 31%，增加了 4%，所有化石燃料产生的碳排放量都有所增长。

　　从碳排放结构来看，能源活动是全球温室气体的主要排放源。在中国，能源领域产生了近 90% 的碳排放，其中，电力生产产生的二氧化碳占中国能源相关碳排放总量的 51% 左右。由此可见，能源减排体量巨大，能源消费总量仍有进一步提升的需求，未来能源领域低碳化发展对实现"碳中和"目标作用显著。中国能源禀赋具有"富煤贫油少气"特征，虽然近年来可再生能源发展势头迅猛，但目前以煤炭为代表的化石能源在能源供应体系中仍占据重要地位。

全球能源互联网发展合作组织在 2021 年 3 月发布的《中国 2060 年前碳中和研究报告》描绘了中长期能源转型的路径和详细的能源结构变化情况。报告指出能源生产转向以清洁能源为主导，化石能源将在 2028 年左右达峰。根据能源类型来看，煤炭消费总量 2013 年后稳定在 28 亿吨左右，并将在 2025 年电煤达到峰值后开始下降。石油消费总量 2030 年前达峰后将逐渐下降，峰值约为 7.4 亿吨。天然气消费总量 2035 年前后达到峰值，约为 5000 亿立方米。而清洁能源将在 2040 年前成为主导能源，2030 年前清洁能源比重每年需要提高 1.3 个百分点，从目前的 15.3% 提升至 31%。2030 年至 2050 年，是清洁能源发展增速最快阶段，清洁能源比重需要每年提高 2.2 个百分点，到 2050 年达到 75%。2050 年至 2060 年，清洁能源发展保持较高水平，占比每年提高 1.5 个百分点，2060 年，90% 能源需求将由清洁能源供应，实现能源生产体系全面转型。

对比 2019 年至 2023 年的数据，可以看到，虽然与能源相关的总排放量增加了约 9 亿吨，但是，如果没有自 2019 年以来五项关键清洁能源技术，即太阳能光伏、风能、核能、热泵和电动汽车的发展，排放量增长将是目前的 3 倍。

中国在持续努力。2023 年，中国贡献了全球太阳能光伏、风能和电动汽车新增发电量的 60% 左右。2023 年，中国太阳能光伏和风能在总发电量中的份额达到 15%，远超 2015 年的 4%，接近发达经济体 17% 的水平。2023 年，中国电动汽车在汽车总销量中的份额是发达经济体的两倍多。

不可否认，自 2020 年中国提出"双碳"目标以来，中国的能源转型进程就被按下了"加速键"。中国作为世界上最大的发展中国家，经济处于中高速发展阶段，全社会用电量大且以煤电为主。但中国克服重重阻力，在电力行业的清洁低碳转型方面迈出了坚定步伐。近年来，中国煤电发电量占总发电量比重逐年下降，并显著让位于可再生能源。2023 年，我国电力总装机容量达到 29.2 亿千瓦，同比增长 13.7%。特别值得关注的是，非化石能源发电装机容量首次超过火电装机容量，占总装机容量比重首次突破 50%；可再生能源装机容量达 14.5 亿千瓦，首次超过火电装机容量，在全国发电总装机容量的占比过半。全年全国发电量 9.5 万亿千瓦时，同比增长 6.9%，全国可再生能源发电量达 3 万亿千瓦时，约占全社会用电量的三分之一。

为促进全球能源绿色低碳发展，中国承诺，不再新建境外煤电项目，为全球树立了榜样。这个做法，在国际上赢得一片好评。国际能源署署长法提赫·比罗尔说："密切关注中国进展，不该带任何偏见……我们都需要了解中国（为世界）做出的贡献。""数据已经十分明确，中国不仅在国内开展了出色工作，还在发展清洁能源技术和降低技术成本方面为世界其他国家做出了重要贡献。"

让我们把视线下沉到中国基层电力企业，会发现，他们的行动十分富有实效与建设性。

2023 年 5 月 9 日，在以"中国品牌　世界共享"为主题的第七个中国品牌日到来之前，国网台州供电公司发布了全国首份聚焦绿电赋能零碳海岛建设专项报告。

位于浙江台州椒江的大陈岛率先开展零碳示范，绿电供应、资源循环，不仅为我国海岛绿色降碳提供了经验，也为可持续发展与碳中和探索提供了观察样板。《绿电赋能零碳海岛建设专项报告》分为发展洞察、"东海明珠"大陈岛、实施成效、经验推广等版块，重点介绍国网台州供电公司以世界首个柔性低频输电示范工程和全国首个海岛"绿氢"综合能源示范工程作为抓手，着力构建基于海岛应用场景的新型电力系统，通过全电养殖、全电民宿、全电景区、全电交通等全电项目，赋能零碳海岛建设，建立社会共享模式，为浙江乃至全国提供了零碳实践样板。

次日，在浙江莫干山召开的 2024 世界品牌莫干山大会上，国网台州供电公司党委书记、副总经理梁樑做了《打造"海岛绿能"技术品牌赋能海岛高质量可持续发展》的演讲，并在现场接受新华社专访，介绍"海岛绿能"技术品牌的建设与发展历程，分享了以绿色发展理念融入海岛振兴发展的探索经验与实践成果。

梁樑在接受新华社专访时，回答了记者"海岛绿能"的品牌含义。梁樑说，品牌核心在于依托新型电力系统，以建设零碳海岛为目标，将海岛独特的自然资源，尤其是丰富的风能资源加以高效利用，推动海岛能源结构绿色转型。同时"海岛绿能"将可持续发展理念与海岛旅游及海产养殖等特色产业深度融合，为全球岛屿高质量可持续发展提供了切实可行的典型方案。

罗进圣是国网台州供电公司总经理，他也认同梁樑对于"海岛绿能"品牌的阐述，把这项工作写进了他的年度总经理工作报告。

大陈岛为全球可持续发展贡献了一个专用名词：海岛绿能。

国网台州供电公司党委书记梁樑（左）接受新华社演播室专访（国网台州供电公司 供图）

"风光倍增计划"下的海岛全电系

2021年，浙江提出"风光倍增计划"，大力发展风、光等新能源，持续推进能源清洁化进程。目标是到"十四五"末，浙江新增海上风电装机容量455万千瓦以上，力争达到500万千瓦，全省风电总装机容量达到641万千瓦以上。在宁波、温州、舟山、台州等海域，打造3个以上百万千瓦级海上风电基地。此后，浙江先后并网岱山4号海上风电场、华电玉环1号海上风电场等多个大型海上风电项目，并在舟山、嘉兴海域形成百万千瓦级海上风电群。数据显示，"十四五"以来，浙江风电发展迅速，装机容量从186万千瓦增加到495万千瓦，增长166%。

风、光等新能源占比不断攀升，对新能源消纳和电网调节能力的挑战也在增加。为此，国网浙江电力一方面加快电网建设，尤其是新能源项目送出工程建设，确保新能源应并网尽并网。在台州大陈岛，建成投运世界首个35千伏柔性低频输电工程，通过柔性低频输电技术对电网进行柔性功率支撑，有效提升输送容量、输送距离以及输送效率，为中远海海上风电项目开发和风电的消纳提供了新的解决方案。另一方面，国网浙江电力加快建设"特高压直流＋交流环网"，打造浙江新型电力系统骨干网架，实现区内能源资源大范围优化配置，以应对新能源对大电网的冲击，保障电网安全稳定运行。2023年底，浙江已经建成"两交三直"的特高压骨干网架，省内特高压交流环网和第四直流有望在"十四五"末至"十五五"初建成，将极大提升浙江能源电力供给能力，保障能源安全，助力新能源发展，加快能源清洁化进程。

在此大背景下，大陈岛的碳中和行动显然要快人一步。

随着大陈岛"碳中和"示范区建设方案编制项目完成招投标，专家团队启动大陈岛生态系统调查和采样，标志着大陈岛"碳中和"实现路径构建迈出了崭新一步。大陈岛自然资源丰富，"碳中和"实践基础好，对于实现示

上大陈岛上的全国首个海岛"微氢"综合能源示范工程（国网台州市椒江区供电公司 供图）

范区的目标，台州大陈岛开发建设管委会副主任、大陈镇党委书记金霄翔信心十足："我们将以入选全省首批低（零）碳试点单位为契机，赓续垦荒志，以绿色发展厚植生态优势，奋力谱写新篇章，全力打造全国岛礁碳中和示范样板。"

与之相配套的是，全电已覆盖大陈岛民宿、养殖、交通、景区、低碳固废处置、低碳废水处理……大陈全电系统已初见雏形。

我在岛上乘坐的交通工具，皆为新能源车。这批新能源客车，单从外观设计上看，就有明显的大陈特色。车身除了有大陈岛字样，还有海鸥、大海等海岛元素。客车线路覆盖上下大陈主要景点，既方便了岛上居民出行，也为岛外来客提供了清洁舒适的乘车环境。

除了新能源车，海上混动新能源客船"大陈同心"轮也即将在上下大陈岛之间投运。"大陈同心"轮由椒江大陈镇政府委托杭州钱航船舶修造有限公司建造，轮船总长35.6米，总宽8米，服务航速14节，最大载客量90客位，是一艘可在海上运行的油电混合动力游轮，系国内首艘。从已发布的图片看，这艘游轮外观呈红黑色调，既有垦荒记忆，也有未来科技感，流线型设计，充满现代元素，投入航运后，对保护大陈水域生态环境，可以说有百利而无一害。

生活在大陈岛的居民发现，如今大陈岛的角角落落都在潜移默化地被绿色改变，从生产到生活正全方位实现低碳化，一幅水清岛净、鱼鸥翔集、人海和谐的海岛新画卷正徐徐展开。

在下大陈岛，我入住的是"有家"客栈。这是大陈岛第一家全电民宿。

所谓全电民宿，是指通过实施电能替代，提高民宿电气化水平，在民宿的建设、改造及运营过程中，在烹饪、采暖、空调、照明、热水供应等诸多方面，以电能作为唯一终端使用能源的民宿。

"有家"客栈的地理位置，在下大陈岛，可以说独一无二，是180度海

从"有家"客栈眺望大陈海景（陈富强　摄）

景房。

　　我踏进客栈，一抬眼，看到作家黄亚洲的题词"上得大陈，方知有家"被装框裱好，悬挂在前台上方。我拍了张照片发给亚洲，他回过来五个笑脸，可见他是开心的。很显然，"有家"在岛上，有口皆碑。

　　站在客栈阳台上，可眺大陈海域一角，楼下，有一个沙子细腻、绵软、厚度适中的沙滩。黄昏，海上的渔火忽明忽暗，偶尔有一艘渔船驶过，打破海面的宁静。客栈外是一片坡地，种着青菜，菜地上方，建了一个瞭望台，茅草覆顶，上面挂一块牌子，写着"我在大陈岛很想你"。我爬上瞭望台，三月的海风吹过，有些许凉意。从这个角度看，大海似乎显得更为辽阔。

　　"有家"客栈地处大陈岛东端，从地理位置看，并不是最好，距离岛中心梅花湾有点远，不过，"有家"创始人施招荣有自己的考虑，岛东端视野开阔、地势较高，大陈海域的海景可尽收眼底。街上热闹是热闹，但却没有这样的地理优势。施招荣认为，从街上到民宿的这段距离，不能构成游客不选择"有家"的原因，相反，他认为，游客既然选择来到大陈岛，对海景房一定会更加情有独钟。

施招荣不是大陈岛本地人，原本他在椒江经营一家轮胎店。2016 年，施招荣和妻子来大陈岛旅游，被这个世外桃源般的海岛深深地吸引，次年 4 月便买下了位于凤尾村土地堂的一栋青石民居。施招荣将它命名为"有家"客栈，这是他向往已久的家。"有家"客栈只有十个房间，每个房间都以"外婆家""舅舅家"等家人的身份来命名，让客人一入住，就有宾至如归之感。施招荣妻子陈菊琴说："这是我们民宿的主题，让游客有回家的感觉。游客在这里住三天的话，我们会确保他们的早餐三天不重样。"

那么，如何分辨普通民宿与全电民宿呢？其实很简单，全电民宿都挂有一块标志身份的专用特制牌匾，木质，设计中融入了电的元素，上端是"国

大陈供电所员工帮助"有家"客栈完成全电厨房改造（大陈供电所　供图）

家电网"的文字与标识，下端则是一行字"电力，服务美好生活"。除了特制牌匾，因为"有家"是第一家全电民宿，所以，还在房前嵌有一块说明牌：这是一家以"电"为唯一能源的民宿，区别于传统民宿的燃煤、燃油、燃气设施设备，全电民宿在其建设运行过程中，将厨房烹饪、供暖制冷、新风系统、供水系统和照明系统等诸多方面做了电能替代改造。平均入住一晚全电民宿，您可以节能 0.87 千克标准煤，相当于减排 7.09 千克二氧化碳。欢迎您入住全电民宿，感谢您为大陈岛的绿色生态保护与"零碳"海岛建设添一份力。

说实话，入住全电民宿，与传统民宿比，似乎也没有特别的感受，要说最明显的感受，就是少了煤气和油烟味。服务员给我们做早餐时，我特意去厨房看了看，验证一下陈菊琴讲的是否属实。要说吃的，豆浆是自己磨的，又香又好喝，红糖馒头好吃，我一连吃掉两个。但让我关注的，还是煤气炉改成的电磁炉，这是全电民宿的标配。我问服务员，电磁炉的使用感觉怎么样，她说最明显的感觉，一是方便，二是清洁，三是安全。我试了一下，只需旋转按钮，原先用煤气时跳动的火焰，现在被蓝色电量格代替，服务员说："可别小看这个电磁炉，烧饭火力很足，一蒸笼花卷很快就熟了，而且，可以轻易举起锅的把手，一点也不烫。"

施招荣有三个身份：台州好人、第七届椒江区道德模范、椒江区新时代垦荒人。我觉得，"有家"客栈能成为大陈岛第一家全电民宿，且当选台州民宿协会副会长单位，与创始人的这三个身份分不开。施招荣的视野与心胸，就像大海一样开阔，如此方能先人一步接受新生事物。

当然，除了响应"零碳"海岛建设，客栈日常运营费用的降低，也是全电带来的实实在在的好处。2020 年，"有家"客栈在大陈供电所指导下进行了全电改造。厨房里配备了一套电磁炉、电煮锅、电蒸笼等全电设备，代替了原先的燃气灶，使用三年多来，成效明显。施招荣认为，改为全电民宿，至少有三个好处，第一个是安全，第二个是干净，第三个是省钱。他算了一笔账，一个月能省大概 200 元煤气费，一年下来也有 2000 多块钱。"相比用煤气，换成用电后每月费用能减少 20%。"对施招荣来说，这笔费用在他的商业版图里或许不算很多，但终究是划算的。

施招荣对于全电民宿的使用感受，与服务员的感觉几乎不谋而合。施招荣大气，他说："凡是预订了我们家房间的客人，他们也可以自己带食物过来，在全电厨房进行烹饪，安全又方便。"尽管自带食物的客人并不多，但他有这个底气讲这个话，主要还是因为全电厨房带来的便捷与安全。

蒋伟坚也给我算了一笔账，他说，前期的厨房改造要购买一套电磁炉，成本是 7000 至 8000 元人民币。按照已经改造了的民宿老板的说法，2 至 3 年就能完全收回前期投入的成本。从长远的角度看，全电民宿的经济效益也是显而易见的。

"有家"附近的海巢客栈的创始人，"85 后"毛海明也证实了施招荣的说法。

其实，我在椒江码头，就与毛海明夫妻俩偶遇了。当时，我和张学鹏、曹霞等在排队检票上船，曹霞突然与排在我们前面的一对年轻人打招呼。曹霞说："过两天去和你们聊。"原来，这是一对在大陈岛上经营民宿的夫妻，也是我这次的采访对象之一。我发现，他们脚下，有一堆日用品。妻子李园园说，他们来椒江采购一些东西。

从"有家"到"海巢"步行也就两三分钟，两家毗邻。毛海明夫妻俩都在。我们就站在院子里聊天。毛海明告诉我，客栈是自家的老宅改造的，客房用了新型建材，是新中式和简欧风格的装修，看上去轻巧但又耐看。我问他，怎么就想到给客栈起名"海巢"。毛海明笑着说，其实也没有特别的意思，就是想着，在海岛上，有一个可供远行的人歇脚的巢而已。

我很自然地问到全电民宿的事，毛海明也很坦然地告诉我，这是趋势，再说，岛上用煤气的确不方便。因为煤气要海运上岛，再从码头统一拉到煤

大陈供电所员工为全电民宿挂牌（大陈供电所　供图）

气罐存放点，然后，我们就去那边灌，有时候排队还排不上。我感到奇怪，怎么会排不上呢？是人太多了？他说："就是用户与煤气罐的数量不匹配，比方说30个人过去，但只有20罐煤气。有时候，我们很早就过去，4点半就排队排在那里，煤气站都还没有开门，天也没亮，但好不容易排到了，人家告诉你，煤气没有了。我们开客栈的，煤气是一天都不能停的，不然，就开不了饭。搞了这个全电民宿，厨房里的事情就省心多了，现在说煤气，好像是说很久以前的事情一样了。"

打造全电民宿的难点在于厨房的改造。大陈岛的灶具燃料全靠海运，由于特殊的地理环境，燃料短缺的情况时有发生，这就导致每户民宿都会囤积大量的燃料。说到全电厨房，刚推行时，用户最担心的，还是安全问题。中央电视台记者在岛上采访时，也特别关注这个问题，记者邀请大陈供电所的潘宏恩现场进行了演示。

我从电视画面中看到，潘宏恩在电磁灶上搁了一壶水，对记者说，只需要 10 秒钟，水就沸腾了。但实际演示，不到 10 秒钟。潘宏恩要记者数数，记者数 5，6，7，8，9，10，这时，壶里的水已经沸腾。潘宏恩说："你别看这是沸腾的水，温度很高对吧？其实灶面这里是没什么温度的，很安全，手碰着都没事。"说着，潘宏恩用手试了一下。记者也伸手摸了一下，说："是凉的，比我的体温还要低。"潘宏恩说："我们整个全电厨房是没有明火的，这就杜绝了明火引起火灾的隐患。"

蒋伟坚告诉我，"有家"和"海巢"是大陈岛最早一批民宿，也是最早做全电民宿的，在大陈岛是样本。其他民宿主人来看过后，都表示认可，回去以后也着手改造。现在岛上的全电民宿已经超过 30 家。随着"零碳"海岛建设的推进，这个数字还会持续而快速地增长。他说，岛上拢共不到 50 家民宿，或许，你下次上岛时来看，全部都是全电民宿了。

我和毛海明正聊着天，他妻子李园园笑着从房间里出来。夫妻俩站在一起，有一种莫名的但悦目的喜感。毛海明身高在 180 公分以上，把妻子李园园衬得娇小玲珑。看得出来，李园园的性格很好，笑容一直挂在脸上。她是台州路桥人，为了爱情，嫁到了岛上。她加入我们的聊天，尽管对岛上跟民宿相关的管理，夫妻俩也有一些想法，认为可以做得更规范、更好，但她始终笑眯眯的，所以，听上去，她不是在说一件不愉快的事，而是谈笑间，阴云全散的感觉。

毛海明算是"垦三代"，他爷爷当年跟垦荒队员上岛，虽然不是垦荒队在编人员，但干的活和垦荒没有差别，也在岛上定居下来，娶妻生子。

毛海明说："刚开始做民宿，其实岛上的人是不看好的。但对这个岛我是有情怀的。"我理解毛海明所说的情怀，从他爷爷开始，他们就是这里的主人。而李园园则说："我们的垦荒，是一种精神上的垦荒。"

李园园说："老房子门打开，一扇窗，三面墙，好简陋啊，就是传说中的家徒四壁。改造成民宿后，第一年客人很少，我们买了车，专门去码头接客人。说心里话，我们总希望把自己的家乡好的一面，让越来越多的人看到。"

不过，最艰难的时候已经过去。"海巢"已经有了自己的连锁店，从一家到三家，年营业额能达到一百万元上下。

李园园在聊天中，对全电民宿十分认可，特别是对电磁灶，她更是赞不绝口。她说："这口灶最大功率 15 千瓦，平时用 5 千瓦就够烧菜了，而且油烟更少。"

我提议和他俩合个影。李园园系着"海巢"专用围裙，穿着一双拖鞋，是客栈老板娘的行头。我说这样就很好，但她坚持要去换一双鞋子，她说，

本书作者（左）与海巢客栈创始人毛海明、李园园夫妇（路远　摄）

穿着鞋子，她会显得高一点。

照片拍出来后，我们三人的神态都很放松，尤其是李园园，双手叉腰又未完全叉腰的样子，脸上笑容仿佛一朵刚好盛开的花。我们身后的背景，是一堵白色的墙，墙上是"海巢"标识。"海巢"已在岛上开了几家连锁民宿，之所以要投资，是因为在毛海明心里，他看好大陈岛的明天。

"海巢"阳台外面种着一片橘子树，且已结果，橘子沉甸甸地压弯了枝头。见我们在议论这片橘树，毛海明妈妈端来一盆橘子，让我们吃。我发现，盆里的橘子颜色有两种，一种是常见的橘黄色，另外一种却是罕见的偏白色。毛妈妈说："白的要甜一些，都是我们自家种的。"毛海明说："我爸爸妈妈身体还好，平时就在客栈里帮忙干活。"我说："那你的运营成本又降低不少。"他说："这个可以忽略不计，不是钱的事，主要是有事情可做，他们也开心。"

我理解老人的心情，在与他们的聊天中，我发现他们也是深有感触，早先的大陈岛，"走路高低不平，夜里电灯不明，急事电话不灵，遇风航船常停"，现在，除了不可抗拒的风浪会让客船停航，其他几个制约大陈岛发展的瓶颈，基本得以解决。自家几间老宅，经过儿子的手，突然就成了摇钱树，哪有不开心的道理。

离开"海巢"，我发现外墙上挂着一块"人大代表联络站"的牌子。年轻的毛海明，带着他的妻子，返回他的家乡大陈岛，将祖传的老宅改造成民宿，给远方的来客一个面向大海的"巢"。我忽然意识到，毛海明夫妇在给游客一个巢的同时，也为自己的人生筑起了一个"巢"，他们在这里看潮涨潮落，看太阳在早晨升起，也看月亮挂在大海上空：

从明天起，做一个幸福的人

喂马，劈柴，周游世界

从明天起，关心粮食和蔬菜

我有一所房子，面朝大海，春暖花开

全电养殖的大陈模式

在大陈岛，我第一次听到"全电养殖"这个新鲜词。

我在椒江采访大陈岛铜网养殖第一人陈招德时，他邀请我去看他在大陈岛的铜网养殖场，但因为需要坐船经过一片海域，终究不方便，加上我在岛上的时间安排紧凑，后来我们选择了另外一家规模更大的大黄鱼养殖场"广源渔业"。他们使用的也是铜网养殖技术，而且已经实现全电化生产、加工、冷藏和运输。

广源渔业养殖场所在的鸡笼头，是海岸突出的一处岬角，此处海阔水深，非常适合养殖大黄鱼。尽管是围网养殖，但独特的气候与水质，使得大陈大黄鱼拥有"体梭形、色金黄、肉蒜瓣、膘肥厚、味鲜美"五大特质，品质接近野生，成为全国各类大黄鱼品种中的翘楚，还获得了国家地理标志产品商标及全国名特优新农产品、"浙江符号"旅游商品等荣誉称号。

鸡笼头还是大陈岛最佳落日观赏地。遗憾的是我们去的那天，虽然恰好是日落时分，但乌云低沉，压在大海之上，没有见到夕阳西沉的美景。

金伟军是养殖场的技术人员，他告诉我，节假日天气好的时候，不光是山坡上，就连养殖场的过道上都是拍日落的人，这里已经是一个来大陈必到的打卡点。金伟军说的过道，是绕围网的人行道，我目测了一下，步行一圈，得半个小时以上。这个围网面积有上万平方米，不光在大陈岛，在全国也是数一数二。也有人说，这是亚洲最大的铜围网养殖场。

沿着山间石阶下行，可俯瞰围网养殖场，围网从山脚向大海延伸，远眺，近海平面处，是无数立柱，围网就从海底沿着立柱一路铺开，离海平面数米高的位置，就是人行通道。在靠近山体方向，有几间集装箱组成的房子，这里是金伟军和他的同事们工作与生活的空间。制冰车间也在这里。

广源渔业是中国水产科学研究院东海水产研究所的科研协作单位，所以在这片集装箱屋子里，专门辟出一个集装箱作为科研用房，分隔成包括化验室在内的多个房间，供科研人员使用。员工的宿舍也在这里。科研用房和员工住房都安装了空调，显然，这片区域的用电没有问题。

蒋伟坚说，供电所专门拉了一根专用电缆过来，养殖场的用电是完全可以得到保障的。我问："养殖场哪些地方会需要用电呢？"蒋伟坚说："那就多了，捕鱼起网机械需要用电，制冰需要用电，冷藏处理需要用电，科研和员工的生活，也都需要用电。"

广源渔业全景（张圆　摄）

王根法是广源渔业创办人之一，他说，2017 年广源渔业铜围网大黄鱼养殖基地建成之初，因为鸡笼头一带偏僻无人住，一直未拉电线，所以只能依靠一台自备柴油发电机用于冷库供电，但柴油发电能耗高、污染严重、经济性差、供电可靠性低，时常造成经济损失。

大陈供电所党员服务队告诉王根法，"用柴油发电，一天的发电成本至少要几千元，污染还大，要是用电缆供电，每天的用电成本至少节省一半"，建议他"以电代油"，以消除用电困扰。

经过几次讨论，王根法动了心。广源渔业"一次都不跑"就通上了电，不仅每年节约用电成本近 7 万元，而且因为鱼品更鲜活，"大陈一品"大黄鱼成了游客必带的伴手礼。"以电代油"保护了海洋环境，构建了蓝色海湾新生态，上线电动升降机、自动包装机、鱼饲料自动投喂机、鱼苗养殖增

海岛"绿氢"设备为大黄鱼养殖基地打造绿色环保"零碳渔场"优化低碳用能方案

（大陈供电所　供图）

氧风机等现代化机器，大幅提升了工作的效率，也提高了大黄鱼幼苗存活率，每年增产大黄鱼约300吨，经济效益提升28.6%。

利用现代化、规模化养殖设施，广源渔业依托"东海明珠"大陈岛的知名度和旅游风光，大力发展休闲渔业，将美丽海岛、特色渔业、优质产品融为一体，让王根法尝足甜头。

金伟军指着制冰室说："这个是片冰机，把水放下去，启动按钮后机器就会自动制冰了。"金伟军说的片冰机，我看着就是一个集装箱。金伟军说，说是集装箱也对，实际上它是一间制冰室。只要有市场订单，制冰室就能随时启动。

2017年，大陈岛建成全电水产养殖场。目前，鸡笼头黄鱼养殖基地在水产增氧、水循环、黄鱼加工、冷藏、运输等环节成功实现"一站式"电能替代改造。金伟军向我介绍："其他的基地用冰要么是岸上带过来，要么是街上买的，我们这样直接制冰更方便一点。"大陈是渔业大镇，每天都要往各

广源渔业养殖场现场的科研实验室（陈富强　摄）

地运鱼。高温天里，为保障鱼儿活着运到各大市场，货车水箱里需要加入重量和鱼几乎相同的冰块。其实，大黄鱼用冰需求量也挺大，1 吨冰够 3600 斤的大黄鱼使用。机器运作 1 小时要消耗 11 度电，大黄鱼旺季来临时，制冰机需要 24 小时运作。在金伟军看来，许多养殖户会用氟利昂制冷，而电能替代的好处就是更加高效，且节能减排。

因为实行了全电养殖，在鸡笼头黄鱼养殖基地，闻不到油污味，听不见柴油机轰隆作响的声音。广源渔业是大陈岛首家全电水产养殖场，养殖场负责人陈敏康算了笔账，现在基地一天电费三五百元："如果用柴油发电，这一块成本至少乘以十，污染还大。"令他惊喜的是，全电养殖大大提高了大黄鱼幼苗的存活率，增加了大黄鱼产量，养殖效益明显提升。

和王根法一样，陈敏康也讲到大黄鱼幼苗的存活率。

我知道大黄鱼群怕敲竹杠的声音，但也会怕岸上柴油机发电时发出的噪声吗？金伟军说："肯定怕啊。以前海里的野生大黄鱼群是怕捕鱼人的敲杠声，但围网里的大黄鱼，听到柴油发电机的声音，也会害怕。所以我们说全电养殖提高了大黄鱼幼苗的存活率，因为输电的过程，与柴油发电机发电的过程，产生的噪音量完全不同。"

多年以前，在舟山参加一个活动时，我曾向浙江海洋大学的一位老师讨教过东海野生大黄鱼几乎灭绝的原因。现在回想，那位老师的答疑，一方面验证了金伟军所讲的大黄鱼怕噪声的说法，另一方面也弥补了我在这方面的知识缺陷，同时，也让我心生感叹，原来，野生大黄鱼在东海几乎灭绝，祸首是人类。

大黄鱼，除了黄之外，另有一个许多人不知晓的特点，就是它能发出响亮的叫声。大黄鱼在产卵和受到胁迫的时候，会发出"嘎嘎"或者"呜呜"的叫声。当然，石首鱼科的鱼类都是能叫的，大概是因为石首鱼科的鱼类都长得差不多，所以，它们需要靠声音来互相识别。大黄鱼更是将这种本领发

大黄鱼元素在大陈岛无处不在（陈富强　摄）

挥到了极致。大黄鱼的英文名字居然是"又大又黄的嘎嘎鱼"。偌大的鱼群，在叫声和激素的刺激下，每条大黄鱼都很兴奋，在鱼群中四处游蹿，相互摩擦着对方的身体，情到深处就是传宗接代的神圣仪式，结果呢，那些鱼卵和精子搅浑了一整片海。此时，人类应该能想象得到大黄鱼的鱼群在大海里面，得有多么巨大。

"琐碎金鳞软玉膏，冰缸满载入关舫。"这是清代诗人王莳蕙在《黄花鱼》一诗中对浙江省沿海一带渔民捕捞大黄鱼场景的真实写照。但是，古人肯定不会想到，曾经有着无比辉煌的大黄鱼捕捞产量记录和加工产业的浙东沿海，如今却落入野生种群一鱼难求的尴尬境地了。

大黄鱼在各大分布海区一年四季都能见到，而渔汛则是在每年春秋两季的生殖季节才能形成。渔汛时期，渔民们会根据经验驾船到大黄鱼产卵的海域，然后将一根竹竿插到海里去听大黄鱼的叫声，或者把耳朵贴在船板上，判断鱼群的密度和位置。在确定大黄鱼的位置之后，两艘船就会利用双船底拖网将大黄鱼围捕起来，一网基本能捞起一整个鱼群。

通常，这个鱼群的巨大令人难以置信，据说，最多的时候，一网能捞起200吨野生大黄鱼。刚开始我不太相信这个数字，一网200吨，这真是太可怕了。但我在查阅了相关文献后，发现数据是真实的，我几乎不寒而栗。

然而，这还不是最可怕的捕捞方式，称得上赶尽杀绝的捕捞方式的，是敲罟作业。这种捕捞方式源于南方，始于明朝嘉靖年间，而且主要针对大黄鱼，因此当时也把大黄鱼叫作敲罟鱼。大黄鱼和其他石首鱼科的鱼类一样，在头骨腹面连着的两个翼耳骨中各有一个耳石，耳石与海中的噪声共鸣，大脑会发生强烈的脑震荡。渔民敲打绑在船帮上的竹杠，通过水下声波将大黄鱼震昏，再把昏死的鱼群网入大船张开的网中，不分老幼一网打尽，连其他在捕鱼作业区附近的石首鱼科的鱼类也不能幸免。

这种捕捞方式北上传到福建、浙江之后，大黄鱼的年产量直接翻了20倍，导致鱼多价贱，很多鱼烂在码头，被直接抬去沤肥。在这样的肆意捕捞之下，20世纪80年代之后，基本就没有大黄鱼的渔汛出现了，大海中洪亮的"嘎嘎"声就此成为绝响。

这就是野生大黄鱼的结局。

在广源渔业鸡笼头养殖场，有一台废弃的柴油发电机。金伟军说，全电养殖后，这台柴油发电机就没用了。我走过去，看到发电机上盖着一块篷布用来遮雨，由于长久没有使用，机器部分零件已经生锈，边上的一只柴油桶也是锈迹斑驳。金伟军告诉我，他们打算把它当废铁处理了。我一听，直喊不可，太可惜了。我认真地说："这台发电机，不光是全电养殖迭代的见证，也是你们广源渔业的历史文物，放到你们公司去，以后可是想找也找不到的宝贝了。"

我特意拍了张这台柴油发电机的照片。如果有一天，他们真的把它当作废铁处理了，我这张照片可就是历史的记忆了。

广源渔业退役的柴油发电机（陈富强　摄）

离开大陈岛后不久，有一天，曹霞发微信向我打听，国内有哪些电力博物馆做得比较好。我尽自己所知，向她推荐了几家，有省内的，也有省外的。曹霞说，主要是为建立大陈岛电力能源变迁类博物馆做点功课。我看过不少博物馆，但这个"海岛电力能源变迁类博物馆"还是第一次听说。我突然想起鸡笼头大黄鱼养殖场的那台柴油发电机，如果能放在博物馆里，就是大陈岛全电养殖迭代的最好实证了。但犹豫了一下，我还是没有开口。

说不定哪一天，广源渔业也和我想到一起去了呢。

乘风破浪，少年有凌云志

见到蔡畅时，她和我在微电影《大陈日记》里看到的她相比，有比较大的差别。我看了下微电影拍摄时间，蔡畅在里面本色出演，那时，她五年级。

而我第一次见到现实中的蔡畅时，她已经是一个初中生了。

蔡畅是帆船帆板队运动员，与微电影里面那个皮肤黝黑的女孩子相比，站在我面前的蔡畅肤色白净，纯真的眼眸中闪烁着她这个年龄应有的光泽。我觉得她一点也不像一个帆板运动员，与一个普通的初中学生没有半点区别。但让我意想不到的是，蔡畅已经获得过全省的帆板比赛冠军了。

在上岛之前，我并不知道大陈岛有一个帆船帆板训练基地。在检索了一些资料后才知道，这个基地走出了全运会冠军魏梦喜，她曾在亚洲帆船锦标赛、国际帆联世界杯帆船赛中夺得女子470级金牌。这里走出去的另外一名运动员徐建勇获得了全运会亚军。他俩还入选了东京奥运会参赛大名单，这是椒江历史上的首次。

大陈岛独特的自然环境铸就了帆船帆板训练优越的场地条件，先后有40多名运动员从这里的帆船帆板训练基地走向浙江省队乃至国家队。这里也成为浙江乃至全国帆船帆板运动的"冠军摇篮"。

大陈实验学校是岛上唯——所中小学制的学校，校园不算小，如果按正常教育规模，容纳两三百个学生上课是没有问题的，但现在学生不足20人，而且主要是帆船帆板队队员，其中就有蔡畅。

别看大陈实验学校现在的学生就那么几个，从前，也曾辉煌过。王海强说："岛上的孩子都是在这里念的书，我就是在这里从小学一直念到高中。"被称为大陈岛上最黑的人，外号"小黑"的金宇祺，也是这里的学生。

在和王海强、金宇祺聊天时，他们不约而同提到了一个人，那就是大陈实验学校校长翁丽芬。和王海强一样，翁丽芬也被誉为"新时代的垦荒人"。她是土生土长的大陈岛人，从一名代课老师，考上正式语文老师编制，再成为学校校长，最后当选为党的十八大代表、全国人大代表。翁丽芬一路成长，堪称海岛女教师的典范。

2019年，全国"两会"期间，翁丽芬提出将大陈岛列为全国中小学生研

蔡畅在海上训练（国网台州市椒江区供电公司　供图）

学实践基地的建议。她认为，如今的大陈岛天蓝、水清、滩美、林绿、礁奇，红色教育活动点不断建设完善，红色文化不断得到挖掘，具备"研学＋红色"的文化传承和"研学＋国防"的军事记忆。开发"研学＋国防""研学＋垦荒"的研学旅行新线路，能促进大陈岛旅游业及相关产业的发展，也能更好地弘扬垦荒精神。

我们到达校门口时，陈奕同老师已经等在那儿了。握手寒暄后，我们进入学校。校园内出奇的冷清，一楼有几个幼儿在老师带领下玩童车。我问："幼儿园也在这里吗？"陈奕同说："是的，幼儿太少，没有专门的幼儿园，他们就借了学校的场地，作为幼儿园了。"我又问："有几个孩子呢？"陈奕同笑着说："你数一下，有几个是几个。"不用数，我一眼看去，就三个孩子。

然后就讲到学校，因为学生太少，就经常拼班上课。蔡畅所在的那个班恰好在上课，陈奕同就把她喊了出来，我们站在教室外的走廊上聊了一会儿。蔡畅在微电影《大陈日记》里蹦蹦跳跳的，但出现在我面前时，却显得有些文静。我说，这可不像一个帆板运动员。蔡畅就笑了，她一笑，我感觉整个校园都笑了。真的，这个孩子特别可爱阳光。她说，她在这里上课，平时住宿就在学校后面的那座两层小楼里。陈奕同带着我们走到走廊尽头，从那儿可看到蔡畅说的帆船帆板队队员宿舍。魏梦喜是教练，不过，她那几天不在岛上，所以没有见到，略有些遗憾。

蔡畅不满 15 岁，在和我们聊天时，话不多，但小姑娘有着体育人惯有的直爽。她说："我上小学一年级时就盼着上岛了。我不怕吃苦，看到大海就兴奋。平时的体能训练，一跑就是 3000 米。海上训练一般时长都在 3 个小时以上……训练时我从来没有哭过。"

我想，这个孩子具备一个优秀运动员的潜质，她的梦想，在大海。或许，几年以后，她也会和她的教练魏梦喜一样，给大陈岛带来荣耀。

我去大陈实验学校采访，还有另外一个原因，大陈实验学校是大陈供电所长期结对的重点服务对象，供电所结合"红色益＋"专项基金为孩子们建起阳光书屋和电教室，免费安装了电采暖系统，让孩子们能够坐在温暖的教室里上课。学校食堂的老柴火灶也改成了全新的电磁炉，并且在学校屋顶铺上了太阳能光伏板，保障了学校安全、绿色用电，打造了海岛全电学校示范点。学校年用电量大约 2.3 万度，而屋顶的光伏发电站可年均发电 1 万度，为学校省了一笔不小的电费开支，并每年可减少排放二氧化碳 9.97 吨、二氧化硫 0.3 吨，节约标准煤 4 吨。

"红色益＋"关系着大陈供电所编织的三张公益网络，分别是红色益＋电力"垦荒红"，红色益＋志愿"服务红"，红色益＋大陈"小康红"。

由于大陈岛远离陆地，主要产业是旅游业和渔业，针对岛上情况，大陈供电所分类开展了反哺垦荒老人、关爱留守儿童、电暖海岛渔村、保障驻岛官兵"四大服务"活动，并且把旅游旺季、海产丰收季合并，制定了一张"红十二月"学雷锋服务表。他们还特别给岛上的几户垦荒老人单独列了"专属服务档案", 老人家里缺什么, 身体哪里不舒服, 有时候他们比老人的儿女还清楚。他们还联合镇上的卫生院, 组织了入户电路＋身体健康"双体检"。后来, 还和镇政府、教育局一起做志愿活动, 组建起"四象限服务联盟", 做着做着, 他们又"拉拢"了90多家单位, 成立了台州市志愿服务联合会, 王海强也就成了联合会第一任会长。

我在与陈奕同的交流中, 除了感受到坚守教师的不易, 还能感受到大陈供电所结对带给学校的实实在在的帮助。我跟陈奕同谈了我的一点直观感受, 随着大陈岛的开发, 大陈实验学校校舍中终究会坐上更多的学生, 校园里, 也会响起琅琅书声。你在陆地上的中小学看到的情景, 也能在这里看到。而这并不是奇迹, 只不过是重现垦荒时代的荣光。

陈奕同说, 我们也在等待这一天的到来, 我们已经做好准备了。

大陈供电所党员服务队员指导游客安全用电、低碳出行, 并为游客答疑解惑（大陈供电所　供图）

蔡畅是金宇祺的结对帮扶对象。在微电影《大陈日记》里，金宇祺去大陈实验学校做光伏电站常规检查时，给蔡畅带去了一个小礼物，一辆可以拼装的光伏车玩具。那天，蔡畅恰好去海上训练，金宇祺托翁校长转交。蔡畅回到学校，拿到光伏车后，惊喜不已。这个出现在微电影中的细节，也是现实中真实发生过的。

少年蔡畅在大海上乘风破浪的画面，在走廊上的如花笑容，在我的脑子里挥之不去，这位少年运动员，她在大陈岛的岁月，将印在她的生命中一辈子。无论她日后是否登顶，她都有凌云志，曾经在大陈岛发光。

主要参考资料

〔1〕《中华人民共和国电力工业史》编委会，《中华人民共和国电力工业史·浙江卷》，中国电力出版社 2004 年版。

〔2〕《椒江电力工业志》编纂委员会，《椒江电力工业志：1917—2005》，浙江人民出版社 2010 年版。

〔3〕台州市椒江区《大陈岛志》编纂委员会，《大陈岛志》，商务印书馆 2022 年版。

〔4〕徐家骏、钱国丹，《峥嵘岁月稠——大陈岛垦荒精神口述史》，浙江人民出版社 2019 年版。

〔5〕浙江省电力学会农村电气化专业委员会，《东方启明——从农耕时代到乡村文明的电气化浙江之路》，浙江人民出版社 2019 年版。

〔6〕国网浙江省电力有限公司，《浙电记忆（第二辑）》，社会科学文献出版社 2021 年版。

〔7〕《走遍中国》栏目组，《绿电打卡大陈岛》，中央电视台中文国际频道，2024 年 3 月 25 日。

〔8〕浙电 e 家融媒体中心，《寻鲜记 | 我在海岛邂逅夏日至味》，2022 年 7 月 3 日。

后　记

串珠成链，
献给中国电力垦荒者

1949 年以后的中国，有两次著名的垦荒，一次是东北的北大荒垦荒，另一次是东海的大陈岛垦荒。

北大荒后来成为重要的国家粮仓，也出现了以梁晓声、张抗抗、金宇澄等为代表的一批优秀作家，他们以自己过人的才华与非凡的努力，共同点亮了新时期的文学星空，创作出诸如《今夜有暴风雪》《分界线》《繁花》等影响广泛的文学作品。相比北大荒，大陈岛显得清寂许多，其知名度也明显不如北大荒。说到反映大陈岛的文学艺术作品，尽管早期有歌剧《红珊瑚》，特别是插曲《珊瑚颂》被广为传唱，但作品反映的，主要还是在大陈岛附近发生的一江山岛战役，而且作者并非大陈岛垦荒者。

因此，多年以来，人们对大陈岛的印象，似乎并不深刻。客观讲，这与当年分赴北大荒与大陈岛的垦荒者的身份有一定关系，去北大荒的大多是上海、杭州、哈尔滨等大中城市的知青，而赴大陈岛的，基本上是温州与台州的年轻人，两者所受教育程度不同，再加上两地垦荒人数悬殊，产生作家的土壤，确实存在一定差距。

但是，北大荒与大陈岛的垦荒精神，却没有人数多少和含金量高低之分，垦荒者们在新中国历史上，都有过光辉的岁月，他们身上闪耀的光芒，历久弥新。

仿佛一艘漂泊在汪洋中的船，大陈岛的居民捕鱼、养殖，与台风为伴，面朝大海，年复一年。岛上的老人们，不关心客轮是否停航，不关心太阳什么时候落下，也不关心月亮什么时候升起。他们的后代，大多移居陆上工作与生活，大陈岛，在他们后代的视线里，是故乡，又似异乡。如果没有手机和电视，岛上的日子，有世外桃源的大部分特征。

大陈岛再次为人所关注，主要还是因为 2016 年党和国家最高领导人给垦荒队队员后代回了信。他勉励大家要"继承和弘扬大陈岛垦荒精神，热爱祖国、好好学习、砥砺品格"，"努力成长为有知识、有品德、有作为的新一代建设者"。

浙江省各级党委、政府也给予了应有的重视，出台相应政策与措施。浙江省委书记易炼红在大陈镇调研时，不仅实地考察了大陈大黄鱼全电养殖基地，还在大陈岛青少年研学基地接见慰问了大陈供电所职工、"垦二代"代表王海强。

至于国网浙江电力，对大陈供电所取得的每一点微小进步，都看在眼里。董事长陈安伟专程上岛，到大陈供电所调研并看望职工，给予宝贵的支持和鼓励。

自此以后，大陈岛重回主流媒体和公众视野。记者和读者仿佛发现新大陆一般，将目光投向台州湾以东。在离岸 50 多公里的洋面上，有一座美丽的海岛，那儿是省级森林公园，岛上森林覆盖率达 50%—60%，它有国家一级渔港，岛周海域是浙江省第三大渔场，素有"东海明珠"之称。在"双碳"目标成为国家承诺时，大陈岛已经是一座零碳海岛，岛上的氢能与柔性低频输电设施，分别为全国与世界第一。部分健在的垦荒队员，也成为大陈岛垦荒精神的代言人。

而相关的文艺作品，也开始频频出现。首部大陈岛垦荒题材的电影《大陈岛誓言》登陆院线，开了一个好头。随后，舞剧《风起大陈》在杭州首演后，开启全国巡演。图书《峥嵘岁月稠》《拓荒者之歌》等公开出版。特别是《大

2024年4月12日，中共浙江省委书记易炼红在台州市大陈镇调研，慰问了大陈供电所职工、"垦二代"代表王海强（左一）（胡元勇　摄）

国网浙江电力董事长陈安伟（左）调研大陈供电所（王新斌　摄）

"东海明珠"下大陈岛鸟瞰（国网台州市椒江区供电公司 供图）

陈岛志》的编纂出版，为读者了解大陈岛的历史，提供了一条不可多得的史学路径。志书内列出 467 名垦荒队队员的名单，一个不少，令我震撼。

更为重要的是，年轻人开始向大陈岛"洄游"。这是一个重要的迹象，如果一座海岛没有年轻人愿意光顾居住，它的尽头一定是荒芜。随着年轻人上岛创业、工作，大陈岛正在重返当年的生机，气象万千，似乎指日可待。在大陈岛两岸乡情馆，为我讲解的两位年轻人都非本岛人，其中一位来自金华，她就读于浙江旅游职业学院，受聘于台州文旅下属单位，上岛做讲解员。在一些民宿中，我也看到了不少年轻的面孔。

在采访大陈镇党委负责宣传工作的李丽丽委员时，她告诉我，早几年旅游业虽然在发展，但是可能满街看过去都是五六十岁、六七十岁的人，相对来说年轻人确实少。她说：我记得我们区长讲党课，在跟我们座谈的时候，

大陈镇党委委员李丽丽（左）接受采访（张林忠　摄）

跟我们开玩笑说，大陈发展得好不好，就要看岛上在走的人，以前一看都是老年团，但是现在年轻人很多，就有活力。

李丽丽这话，也是现实。毛主席说："你们青年人朝气蓬勃，正在兴旺时期，好像早晨八九点钟的太阳。希望寄托在你们身上。"年轻人是国家的未来，当然也是大陈岛的未来。

年轻人"洄游"大陈岛，让我想起鱼群的洄游习性。鱼类在水体中具有一定的时间、范围、方向、距离的迁移称为洄游。洄游的规律和水温、食物等都有着直接的关系。其中，适温洄游是指当栖息环境温度高于或者低于它们适宜生活的温度时，它们就会离窝远游，寻找适合生活的水域，比如天气冷的时候它们会从浅水区游到深水区栖息过冬，春天气温上升的时候它们会从深水区游到浅水区活动觅食。这和候鸟迁徙的道理一致。

鱼群洄游，候鸟迁徙，推而及人，就是寻找适合人类生活与成长的环境。我想起《诗经·蒹葭》中的几句：

> 溯洄从之，道阻且长。
> 溯游从之，宛在水中央。

这几句诗的大概意思是逆流而上去追寻，道路崎岖又漫长。顺流而下去追寻，仿佛就在水中央。诗句的意境，很贴切地解释了从陆地重返大陈岛的年轻人渴望改变家乡的心情。

与大陈岛年轻人的"洄游"略有不同，大陈供电所的年轻人，一直保持着相对稳定。他们有的上岛时是青年，等到离岛时，已是两鬓染霜。然后，又有年轻人接过前辈手上的扳手与螺丝刀，系上安全带，戴上安全帽。电力垦荒的薪火代代相传，照亮了大陈岛的天空，也照亮了自己脚下的路。

大陈供电所是中国沿海岛屿供电所中比较特殊的一个，它远离大陆。岛上最初的电力供应，分别来自国共军队。照亮胡宗南指挥部办公桌的电灯，在时隔70多年以后，依旧高悬屋梁，散发光芒，让后来人看到摊在桌面上的作战地图，上面的目标，是一个无法实现的妄想。作为军事要塞，一江山岛的硝烟弥漫过大陈岛的上空，岛上遍布地雷、战壕、碉堡、防空洞。几代电力人，在这样一座遍地断壁残垣，荒凉而死寂的海岛上，用他们的青春、热血与生命，铸成一张智能而坚强的大陈电网。他们登上世界电力科技的顶峰，摘取中国第一的桂冠。在沧海横流、天空辽阔之间，架线铺路，收拾山河。他们和守岛军人一起，和垦荒队员们一起，衔泥筑巢，重建家园，从此，刀枪入库，铸剑为犁，有万家灯火，更有争光日月。

于是，我也看到了大陈岛电力题材的文艺作品，比如广播连续剧《大陈岛上点灯人》，再比如根据真实故事创作的多部微电影，为大陈岛电力垦荒

微电影《大陈薪火》海报
（国网台州市椒江区供电公司　供图）

史留下生动的影像资料，我看过的就有《追风者》《大陈薪火》《传承》《大陈日记》《坚守的理由》等。其中，《大陈薪火》还获得了亚洲微电影最佳作品奖。这些微电影中，隐隐约约都有王海强的影子，比如《追风者》中的吴海生，是大陈电力"垦二代"，一位朴实的基层电力工人，显然是以王海强为原型。而吴海生的儿子吴小风，则是一位电力科技人员。他们之间的传承关系，在文艺作品中升华了。在现实中，王海强和他的儿子，何尝不是如此？

但我也发现，大陈岛被主流媒体关注的电力项目，比如氢能综合利用示范工程与柔性低频输电示范工程，尽管创造了全国与世界第一的纪录，但关注的焦点，主要还是停留在新闻角度，而且工程投运以后，关注的热度也自然下降。而大陈岛，是浙江省首批低（零）碳试点乡镇和省级林业碳汇先行示范地，是我国实现"双碳"目标的一个示范区。大陈电网的零碳项目之多，更是全国难得一见的。岛上还有欧洲共同体援建的风电站遗址，有国家电网

大陈供电所的党员服务队巡视全岛线路设备，保障旅游旺季用电可靠（大陈供电所　供图）

百年电力文化遗产。大陈供电所还是全国学雷锋活动示范点、浙江省模范集体。

在我看来，大陈岛的电力垦荒精神，是大陈岛垦荒精神的一部分，"大陈垦荒，电力传承"是大陈岛电力独一无二的宝贵财富，它所包含与延续的精神力量，应该有一部立得起的作品，为大陈岛电力垦荒做个小传。

于是，为大陈岛电力垦荒创作一部长篇文学作品，似乎也是顺理成章。

我在能源电力题材领域深耕多年，先后创作了包括《能源工业革命——全球能源互联网简史》《中国电力工业简史（1882—2021）》《火焰传》等在内的8部长篇作品。我曾告诉自己，不再刻意把自己绑定在能源电力题材的写作上，要拓宽写作面，创作一些相对自由的题材。但是，大陈岛电力垦荒题材，让我改变了想法，我曾经的创作观点"能源电力工业题材写作的无限可能性"，在面对大陈岛电力垦荒时，再次占据上风。我对大陈岛的历史有兴趣，而且我相信，大陈岛电力垦荒史，会与大陈岛垦荒精神一起，成为这座岛屿的精神丰碑，世代流芳。

从 2024 年元旦我接到第一个邀约的微信留言算起，到我登上大陈岛采访，时隔两个月。在我登岛之前，具体协助我采写本书的国网台州市椒江区供电公司以极高的效率，搜集了大量资料，既有纸质图书，也有电子书和历年与大陈电力垦荒有关的新闻稿。这是不可多得的原始材料，是写作本书不可替代的史料索引。在后来的采访中，我沿着这些线索，获取大量第一手材料，寻访大量与大陈电力相关的普通人物，当然，采访对象也包括老垦荒队员、大黄鱼养殖场老板、民宿创始人、帆船帆板队员，以及大陈镇党委的分管领导等。

在上、下大陈岛采访时，那些普通电力职工给我留下了深刻印象，他们不善言辞，问一句，答半句，但他们一旦行动，就如猛虎。所以，大陈电网走到今天，是有原因的，正是因为有一批行胜于言的工人师傅，他们以岛为家，筑起一张坚固的大陈电网，为零碳海岛付出了汗水，也奉献了他们的青春。

在岛上的几天，无论是采访，还是在供电所食堂共进午餐，员工们在日常生活中的朴实、在面对台风等自然灾害时抢修电网的坚韧与敏捷，都让我感叹。他们常常会让我想起一句诗"谁家新燕啄春泥"，他们就是一只只燕子，用日复一日的坚持，筑起坚强的大陈电网，面向大海，坚如磐石。

书中引用了几位诗人与作家的作品。诗人海子已经作古，但我相信，他在九泉之下获悉自己生前的诗歌被广为传诵，一定会很欣慰。当代著名作家黄亚洲的外公张襄巨是温岭电力工业的先驱，亚洲为外公创作的诗歌《四十年代，温岭电灯公司》，可以说是对第一代台州电力人的记忆。在长篇纪实小说《花门坊八号》中，亚洲对张襄巨家族史有更详细而传神的描述。而我曾经与亚洲合作采写中国第一部电力题材的长篇报告文学《中国亮了》，所以，我引用了亚洲的诗歌，在征得他的授权后，不存在侵犯著作权的问题。张林忠的四行诗，原本抒写的就是大陈岛柔性低频输电工程的建设者。

大陈岛上的新型电力系统数智驾驶舱展厅（国网台州供电公司　供图）

　　本书写到的人物有数十位，但无论我怎么编排结构，依旧会有很多人物无法进入我的笔下，他们似乎在有意回避，告诉我要把更多的文字留给大陈岛电力垦荒史。话在理，但我必须点出他们的名字，他们也是大陈岛电力垦荒的组成部分。电力垦荒，是一个可以无穷大的概念，从1882年夏天开始，中国电力工人就开始了140多年电力垦荒的征程。

　　梁樑是国网台州供电公司党委书记，多年以前，与我在同一个部门共事。他到台州上任后，做出了一些令人眼前一亮的工作，比如构建出"山海垦荒、逐光共富"基层党建精品工程，形成"双环四线"6条示范带，打造32个党建推动发展的"项目库、场景库"。

　　梁樑是台州温岭人，他回到家乡工作，想多做一些有意义的事情。我相信，他在登上大陈岛后，心里就有一个计划了。他告诉我，在台州回杭州的动车上，

温岭太平镇花门坊巷（梁樑　摄）

他读完黄亚洲的《花门坊八号》，在第十二章"张襄巨的霓虹灯又亮了起来"中，他看到黄亚洲回忆与我合作采写《中国亮了》的细节。我猜测，那时他心中的计划就开始不停喷涌，并有了清晰的文案。我从大陈岛采访回杭后不久，梁樑发给我一组照片，他特意去了趟温岭太平镇花门坊巷，照片上的花门坊巷已充满沧桑，那些墙体斑驳的老建筑，仿佛在叙述100多年以前的故事。在和黄亚洲小聚时，我将这些照片给他看，他若有所思，他一定想起了他的外公张襄巨，也想起他的母亲张定国，曾经在这条巷子里走来走去。而现在，往事都已随时光烟消云散，但一些承载着岁月记忆的老房子还在，更有一部《花门坊八号》留在人间，细说从前。

感谢蒋君萍，她同意我"串珠成链"的观点。当我落笔写下第一个字，我就知道，我要做的，是把散落在台州，尤其是大陈岛的一颗颗珍珠，串起来，

大陈岛绿电打卡活动点位布置（椒江供电所　供图）

串成一串好看的链子，这条链子的每颗珍珠上，都写满了大陈岛电力垦荒史的 66 年时光。我们都认为，一颗珍珠，就是一个电力垦荒人。

感谢应瑞婷，她是本书写作的主要联络人。她总是在第一时间给我必要的支持。她的团队为采写本书所做的前期准备，让我一起笔就看得见结尾。她的得力助手曹琼蕾，关注大陈岛多年，积累了大量素材。本书里面写到的不少细节，就来自她的隔空投送。曹琼蕾和青年作家程亚军曾经采写《牧岛者的日月星光》，之前，程亚军出版有《光阴里的光》，这两部作品，组成台州电网"南强北伟"的主要格局。所谓"南强北伟"，"南强"是指椒江大陈岛的王海强，"北伟"是指三门蛇蟠岛的林海伟，他们都是坚守海岛为民服务的平民英雄。周游在《山海回响》中，采写了柔性低频输电工程的施工，为我打开了一扇窗子，从中我看见建设者们平凡而伟岸的身影。叶彬成采写

清洁风能为海岛民宿提供充足的绿色用能（葛嘉仪　摄）

的《铸剑为犁，点亮大陈岛》也很值得一读。

当然，还有更多的媒体记者，他们采写的新闻，让我受益匪浅。

王海强是贯穿全书的一个主要人物，作为一名"垦二代"，他是新时代浙江省"万名好党员"之一，是浙江省"担当作为好支书"，毫无疑问，王海强是大陈电力垦荒史的主角之一。而蒋伟坚与曹霞算是大陈电力垦荒第三代，他们从前辈手上接过的，是火种，是一盏不灭的灯。这盏亮了 60 多年的灯，是否能继续照亮大陈电力垦荒的现在与未来，很大程度上，取决于他们这个团队的凝聚力和战斗力。值得欣慰的是，他们提灯奔跑的姿势，坚毅、果断、虎虎生风，他们手上的灯，划过夜空，映照大海，这是 21 世纪的碧海红灯，是大陈岛电力垦荒者的形象，是一粒永不熄灭的火种。

曹霞在本书的采写过程中，起到了穿针引线的作用。她的身份，在我需要确认一些人物与事件的准确性时，显得特别珍贵。我经常在夜间，通过微信向她抛出一个又一个问题，而她也总能及时回复，并且在最短的时间内，解决我遇到的疑难问题。她把大陈岛当作自己的家，她给我印象最为深刻的一句话是：有一种在这里出生的感觉。

　　而我不能一一列出的名单，我将赋予他们一个共同的名字——中国电力垦荒者，并且手捧这部由一颗颗散落的珍珠串成的《碧海红灯：大陈岛电力垦荒史》，向他们致意。

作者

2024 年 7 月